EVA ROSSMANN
VOM SCHÖNEN SCHEIN

MÖRDERISCHE GESCHICHTEN

W0088697

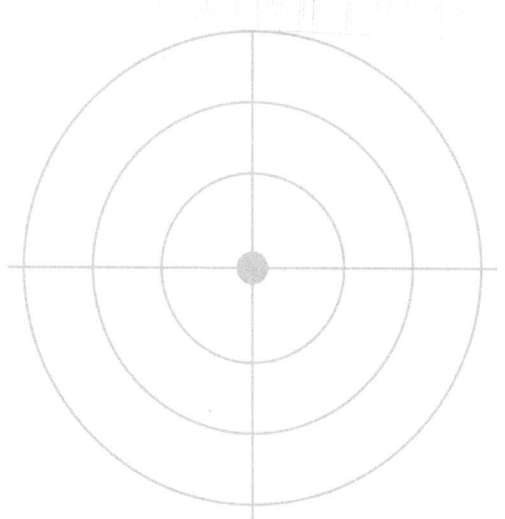

FOLIO VERLAG WIEN · BOZEN

© Umschlagmotiv: Eva Rossmann

Lektorat: Joe Rabl

© Folio Verlag Wien • Bozen 2020
Alle Rechte vorbehalten

Grafische Gestaltung: Dall'O & Freunde
Druckvorbereitung: Typoplus, Frangart
Printed in Europe

ISBN 978-3-85256-816-4

www.folioverlag.com

E-Book ISBN 978-3-99037-110-7

INHALT

SO SCHÖN DAS LAND

„Geht's noch? Ich soll über eine Hochzeit schreiben?"

Sam sieht mich ungerührt an. „Ich dachte, du wärst jahrelang so etwas wie Society-Reporterin gewesen."

„Damals war ich dreißig. Und hungrig."

Sie mustert mich.

„Sag jetzt nichts. Ich bin nicht viel schwerer als damals."

„Es ist die Hochzeit des Jahrzehnts, oder, um es mit den Worten des neuen Sportmanagers zu sagen: die Traumhochzeit des Jahrtausends."

„Eine Skifahrerin und ein Tennisspieler. Wie toll."

„Die dreifache Gewinnerin des Gesamt-Weltcups und die Nummer zwei der Tennis-Weltrangliste."

„Entzückend. Und dafür wird ECCO zum Online-Boulevardmagazin."

Meine Chefredakteurin seufzt und sieht aus dem Fenster. Wien grau in grau. Die Häuser, die Straße am Donaukanal, selbst das Wasser. Schlechtwetter im April, da merkt man nichts vom Frühling. Kein Hauch von Prater-und-blühende-Bäume-Romantik.

„Die ganze Branche spottet, wenn ich das covere. Mira Valensky, ehemalige Chefreporterin, die beim *Magazin* ausgestiegen ist, weil sie lieber seriösen Online-Journalismus machen wollte."

„Wir brauchen die Kohle, um ehrlich zu sein. Wir müssen erst richtig Fuß fassen. Es geht um unsere Zugriffe im Netz. Die Story können wir auch bei ECCO Italien, ECCO Spanien, ECCO Slowenien und so weiter spielen. Mehr Zugriffe, mehr Reichweite, mehr Werbung."

„Klar, ECCO Italien liefert uns eine heiße Story über die Hintergründe des internationalen Müllhandels und wir schicken ihnen Belangloses von einer Promi-Hochzeit. Ist eben Österreich. Ich freue mich schon auf meine Kollegen vom guten alten Print-Boulevard."

„Du hast einen großen Vorteil: Du kannst schreiben, was du willst."

„Das hat mein allererster Chefredakteur auch gesagt. Er wollte mir das Begräbnis der letzten Kaiserin Zita schmackhaft machen."

„Was, da warst du schon im Journalismus? Das muss ... in den Sechzigern gewesen sein, im letzten Jahrhundert."

Ich sehe Sam belustigt an. „Es war in den Achtzigern. Aber trotzdem urlange her. Ich hab im Organisationsbüro angerufen und gebeten, zu Karl Habsburg durchgestellt zu werden. Die Tussi am Telefon hat gesagt, ‚Der Herr Erzherzog ist leider beschäftigt', mit ganz spitzer Betonung auf ‚Erzherzog'. Weißt du, wann in Österreich die Adelstitel abgeschafft wurden?"

„Nach dem Ersten Weltkrieg. – Und deswegen wehrst du dich gegen alle High-End-Festivitäten?"

„Ich hab dem Chefredakteur geglaubt, ich bin hin und habe alles beschrieben. Das Wetter war noch mieser als heute. Jede Menge uralter Militärs im Leichenzug, an ihren Hüten riesige Federn, sicher von irgendeinem Vieh unter Naturschutz. Als sie beim Stephansdom waren, sind ihnen die Federn wie seltsame Ohrbüschel am Gesicht geklebt. Der ganze Aufzug hat gewirkt wie ein Casting für einen Kostümfilm. Ich war mir sicher, dass Karl die Prinzenrolle nicht kriegen würde."

„Und warum erzählst du mir das?"

„Weil der Chefredakteur stinkwütend war, nachdem ich das alles geschrieben hatte. Mehr Leserbriefe und Abbestellungen hat es nie gegeben. Nicht einmal, wenn ich mir erlaubt habe, etwas gegen die Freiheitlichen zu schreiben. Majestätsbeleidigung, Nestbeschmutzung, das waren noch die höflichsten Reaktionen. Und: Was glaubst du, wie die Leute auf eine ehrliche Reportage über die Hochzeit dieser gehypten Sportlieblinge reagieren würden?"

„Werden wir sehen."

Natürlich steigt die Hochzeit in der Wachau. Wo sonst? Spektakuläre Landschaft an der Donau, Kulisse für Heimatfilme und Wein-Tourismusgegend Nummer eins. Ja, es gibt hier sehr guten Wein. Wirklich, die Landschaft ist einzigartig. Und sie kann nichts dafür, dass alle Asiaten und die Hälfte der Amerikaner hier gewesen sein wollen. Ich bin gerade noch zum Presse-Briefing zurechtgekommen.

Christoph Kaiser, der Manager des neuen Sportkonsortiums. „CSO, so ähnlich wie CSI", hat er gescherzt, „und mindestens so aufregend, nur viel österreichischer." Diese Manager-Schnösel und ihre englischen Abkürzungen. Chief Sports Officer. Man darf so etwas nie auf Deutsch übersetzen, dann klingt es halb so gut. Er muss um die vierzig sein und er ist immerhin so clever, dass er weiß, dass Slim-Fit-Anzüge wieder out sind. Er trägt Jeans und ein Designersakko mit Trachtenanklängen. Als er bestellt wurde, gab es einigen Tumult. Sein Vorgänger war eine Institution, englische Abkürzungen hätte er verachtet, aber auch nicht verstanden. Er war so eine Art Alpen-Diktator. Immer zum Wohle des Sports unterwegs, dass ihm gewisse Sportlerinnen besonders am Herzen lagen, konnte er vor Gericht bisher erfolgreich bestreiten. Aber seit #MeToo und der Story eines deutschen Aufdeckungsmagazins über seinen beachtlichen Grundbesitz in Tiroler Skigebieten war er nicht mehr ganz unumstritten. Man hat ihn hochgeehrt in Pension geschickt, ein Sportkonsortium gegründet, in dem „Staat und Privat zur Erhaltung und Entwicklung Österreichs als Sportnation" zusammenarbeiten, und diesen Christoph

Kaiser aus dem Hut gezaubert. Er hat in den USA und an einer österreichischen Privatuniversität Sportmanagement studiert. Ich habe recherchiert, das wenigstens stimmt. Wobei diese einigermaßen elitäre Privatuni jeden nehmen dürfte, der zahlt. Unter der Studienrichtung „Sport- und Eventmanagement" findet man als Einstiegsvoraussetzungen: *Bei uns können Sie ohne Numerus Clausus studieren, d. h. Sie benötigen für die Zulassung keinen bestimmten Notendurchschnitt. Als Zugangsvoraussetzungen gelten: die allgemeine Universitätsreife oder ein vergleichbarer Bildungsabschluss sowie Kenntnisse über die deutsche Sprache.*

Wenn solche Grammatik-Kenntnisse reichen, haben wohl wirklich viele eine Chance.

Ich bin mir nicht einmal sicher, ob der neue Supermanager wirklich Kaiser heißt. Passt zu gut. Meister des inszenierten Klischees. Jedenfalls darf ich mich glücklich schätzen, im erlauchten Kreis der „Top-Medien" dabei zu sein. Zugang zu den gesamten Hochzeitsfeierlichkeiten, anders als die „allgemein akkreditierten Medien", die sich nur zu bestimmten Zeiten in bestimmten Bereichen aufhalten dürfen.

„Wie bei der Formel 1", habe ich einem Kollegen aus Deutschland zugeflüstert.

„Du schreibst sonst wirklich über Sport?"

„Nein. Sehe ich so aus?"

„Ich auch nicht."

CSO Kaiser räuspert sich und sieht zu uns herüber. „Also: volle Transparenz. Es ist ein Fest unter Freunden und ihr seid eingeladen, mitzufeiern. Wir wollen Daniel und Daniela am schönsten Tag in ihrem Leben begleiten. Wisst ihr, was Daniela zu mir gesagt hat? Dass es einfach großartig ist, dass ihre Hochzeit von so vielen Profis gecovert wird – wer sonst hat die Chance auf derart perfekt gestaltete Erinnerungen?"

„Wer zahlt den Zinnober eigentlich?"

Ich recke den Kopf. Der das sagt, steht etwas abseits. Aber ohne Top-Badge wäre er gar nicht in den Pressesalon gekommen. Kurze graue Haare, Cordsakko, könnte tatsächlich als Sportreporter durchgehen.

Das Lächeln des CSO wird noch etwas breiter. „Wie Daniela heute früh schon sagte: Sie ist sehr dankbar dafür, dass die Medien ihre Arbeit tun. Das Paar hat ganz bewusst auf Exklusivstorys verzichtet. Keiner Ihrer Kollegen wird bevorzugt und zahlt dafür."

„Ich hab das anders gemeint. Das Schloss ist sicher nicht umsonst. Und der Shuttledienst vom Flughafen Wien für die VIP-Gäste, und, und …"

„Sie haben recht, das Schloss ist unbezahlbar. Zum Glück steht es im Eigentum des Landes. Die Winzerfamilie, die es betreut, ist nicht nur international erfolgreich, es handelt sich bei ihnen auch um große Österreich- und Sportfans. Daniela und Daniel haben gebeten, von Hochzeitsgeschenken abzusehen. Stattdessen bitten sie alle geladenen Gäste, eine Kleinigkeit für eine gute Sache zu spenden. Es gibt drei Möglichkeiten: die Kinderkrebshilfe, den Fonds für Angewandte Virologie, das Klimabündnis der Tourismusgemeinden. Ich würde Sie dann ersuchen, eine Viertelstunde vor der offiziellen Trauung auf Ihren Plätzen zu sein. Die Sitzordnung haben wir Ihnen mit den übrigen Unterlagen bereits heute Vormittag via Mail geschickt."

Ich habe das glückliche Hochzeitspaar noch nicht zu Gesicht bekommen. Daniela sei, wie jede Braut, etwas aufgeregt und jetzt bei der Hochzeitsfriseurin. Daniel werde von seinen besten Freunden mit einer kleinen Runde Golf abgelenkt. Überall kommen wir trotz unseres Top-Badges natürlich doch nicht hin, aber die einschlägigen Witze meiner Kollegen über Transparenz in der Hochzeitsnacht habe ich schon hinter mir.

Interessant, dass vor allem männliche Journalisten hier sind. Weil sich doch Männer mehr für Klatsch interessieren? Weil es mit der Sportbranche zu tun hat?

Das Schloss, eine der gefragtesten Hochzeitslocations des Landes, präsentiert sich ganz in Weiß und Lila. Die Braut habe sich diese Farben gewünscht, heißt es. Sicher ein Zufall, dass ihre Skifirma ein lila Logo hat. Auch wenn das Wetter heute endlich schön ist, man wollte nichts dem Zufall überlassen. Die Trauung wird im großen Saal stattfinden, die Agape danach „im Hof". Eine Untertreibung der Extraklasse. Es handelt sich um ein penibel gepflegtes Gelände für gut fünfhundert Personen. Mit Wegen aus Naturstein, kleineren und größeren Flugdächern, Sitzecken, Marmorbänken und, ganz rustikal, Heuballen samt Kissen. Auf der Bühne probt eine zehnköpfige Band. Fetzen von *Love Is in the Air*, *She's the One* und *I am from Austria* klingen zu mir herüber. Die Weingärten fallen steil zur Donau ab. Nicht ganz einfach zu betreuen. Aber dafür gibt's Arbeiter. Das hier ist beileibe kein Familienbetrieb mehr. Muss es auch nicht sein. Einen Teil des Winzerhofs kann ich von hier aus sehen. Er liegt am Ende eines sorgsam geschotterten Wegs, zwanzig, dreißig Meter den Hügel hinunter.

Ich halte mein Gesicht in die Sonne. Vielleicht bin ich viel zu zynisch. Kann doch sein, dass Daniela Sagerer und Daniel Balaj einander wirklich lieben. Und irgendjemand muss das Trara rundherum ja inszenieren. So brauchen sie sich wenigstens keinen Hochzeitsplaner zu leisten. Auch wenn sie es könnten. Seit Balaj einige ATP-Turniere gewonnen hat, gehört er zu den Großverdienern im Tennis. Daniela hat zwar noch viel mehr gewonnen, aber Skifahren hat international nicht den Stellenwert von Tennis. Und Frauensport wird jedenfalls schlechter bezahlt. Allerdings hat sie einige lukrative Werbeverträge laufen. Sie ist aber auch der Mega-Ski-Star seit Marcel Hirscher. Und mindestens so sympathisch. Ich habe mich vorbereitet. Zumindest ein bisschen. Kennengelernt haben sich die beiden voriges Jahr auf der großen Sport-Gala. Sie wurden zu Sportlerin und Sportler des Jahres gekürt und danach, beim Feiern, gab es den ersten Flirt: Daniela Sagerer, vierundzwanzig, aus einer Tiroler Bauernfamilie. Daniel Balaj, dreißig, mit einem Vater, der auch bereits Tennisprofi war. Österreich hat ihn im Jugoslawienkrieg aufgenommen, und er hat für unser Land gewonnen. Wenngleich nicht so viel wie sein Sohn. Paradebeispiel für gelungene Integration, sozusagen. Auch wenn es immer noch Postings gibt, die von „dem Kosovo-Albaner" reden, der sich damals den Zugang erschlichen hätte. Tatsächlich gab es da ein paar Ungereimtheiten. Aber: Es war eben schon immer so, dass sich Sportler mit der Einwanderung in unser so schöne Land leichter tun als Normalsterbliche.

Über Monate blieb die Sportlerliebe unentdeckt und das war vielleicht die größte Leistung der beiden. Oder zumindest die größte Leistung ihrer Betreuerteams. Ein deutscher Boulevardreporter hat nachzuweisen versucht, dass Daniel und Daniela gar keine Zeit gehabt hätten, einander zu treffen. Er wollte damit wohl die eigene Erfolglosigkeit entschuldigen. Wie hatte es ihm passieren können, dass die Liebesgeschichte der beiden nicht über ihn, sondern über den neuen Sportmanager, ganz offiziell, bekannt gemacht wurde? Geschieht ihm recht, mieser Schmierer. Er ist natürlich auch da. Schreibt seit Jahrzehnten unter dem Namen Alfi. Und trägt eine Frisur, die jener von Donald Trump sehr ähnlich ist. In irgendeinem Society-Magazin hat er behauptet, Trump hätte sich die Frisur von ihm abgeschaut. Was ist das für eine Gesellschaft, in der sich Society-Reporter schon gegenseitig interviewen? Ich sehe auf die Uhr. Ich sollte zum Auto, um meine repräsentable Leinenjacke zu holen. In einer Stunde ist Hochzeit. Also zurück hinauf zum Schloss, durch den Gebäudekomplex, auf der anderen Seite dann wieder hinunter zu den Parkplätzen. Die

Fernsehteams haben die näher gelegenen zugeteilt bekommen. Die Onlinemedien die am weitesten entfernten. Nur, weil wir weniger zu tragen haben, oder sagt das auch etwas über Hierarchien aus?

Ich könnte freilich genauso gut den Weingarten ein Stück nach unten und dann die Schotterstraße nehmen. So wäre das Auf und Ab zu vermeiden. Der Weingarten ist rutschiger als gedacht. Ich halte mich an den Rebstöcken fest und sehe, dass sie gerade begonnen haben, auszutreiben. Eigentlich wollte ich nicht mehr, sondern weniger sportliche Betätigung. Jetzt fühle ich mich wie in einem Slalomhang. Paradedisziplin von Daniela Sagerer. Hätte man in die Hochzeitsfeierlichkeiten einbauen können. Weinbergslalom. Spektakulärer Ausblick auf die Donau. Ich schnaufe durch und beobachte, wie ein riesiges Frachtschiff langsam donauabwärts gleitet. Dann kneife ich die Augen zusammen. Ich bin seit vielen Jahren kurzsichtig, aber wer muss schon immer alles so genau sehen? Und seit es Navis gibt, habe ich auch beim Entziffern der Überkopfwegweiser keinen Stress mehr. Da sitzt jemand auf der Wiese zwischen den Rebstöcken. Offenbar gibt es noch andere, denen Weinberge lieber sind als Schlossherrlichkeit. Er, sie, es schaut, wie ich gerade eben, aufs Wasser, zum Schiff.

Ich bin nicht aufmerksam genug, es zieht mir die Beine weg, ich rutsche, falle, lande wenig elegant auf dem Allerwertesten.

Die Gestalt dreht sich abrupt zu mir um. Große erschrockene Augen.

Mein Sturz war nicht besonders spektakulär. Im Allgemeinen bin ich auch nicht furchterregend. Ich brauche eine Sekunde, bevor mir klar ist: Die Augen sind so groß, weil entsprechend geschminkt. Und sie gehören zu Daniela Sagerer, der weltbesten Slalomfahrerin.

„Alles in Ordnung", sage ich und rapple mich auf. „Und mit Ihnen? Auch alles okay?"

Sie nickt. „Ist nur … die Aufregung. Das ist bei den meisten so, sagt man."

„Sagt Kaiser." Ich zwinkere ihr zu. Wirkt, als könnte die Skiprinzessin etwas Aufmunterung brauchen. „Der hat alles unter Kontrolle."

Der Effekt ist leider gegenteilig. Sie drückt die Augen zusammen, aber ich kann es sehen. Tränen.

„Ist nicht so schlimm. Ist bald vorbei", sage ich etwas unbeholfen. „Keine Sorge, ich erzähl niemandem davon."

„Ich … hab nur etwas Luft gebraucht."

„Der Typ sorgt schon dafür, dass alles gut läuft, so hab ich das gemeint. Da bin ich mir wirklich sicher", rede ich weiter.

„Ja, tut er, und es ist gut, dass alles geplant ist. Ich weiß, dass so etwas genau geplant sein muss, ich bin kein kleines Mädchen mehr." Jetzt hat sie ihr Kinn gehoben. Kampfgeist. Davon hat sie sicher jede Menge, sonst wäre sie nie so weit gekommen.

„Eben. Versuch es zu genießen. Es ist …"

Der Seufzer ist, als würde ein Felsen gesprengt.

„Du magst ihn doch. Daniel, meine ich. Entschuldigung, Sie."

„Du ist schon in Ordnung. Ist mir lieber als das ganze Tamtam. Ich bin Tamtam gewohnt, aber nicht dieses. Normal bin ich fokussiert auf das, was ich kann. Und habe Unterstützung bei dem, was ich nicht kann."

Es klingt wie ein auswendig gelernter Spruch. „Ist jetzt nicht viel anders."

„Ja. Und natürlich mag ich ihn. Sonst würde ich ihn nie heiraten."

„Wo ist er?"

„Der Bräutigam darf die Braut vor der Hochzeit nicht sehen, wissen Sie das nicht?"

„Ist so ein Brauch. Aber ganz traditionell heiratet ihr ja nicht gerade."

„Ich muss hinein, die machen sich sicher schon große Sorgen, ich muss mich noch anziehen. Danke fürs Reden."

Ich lächle. Sie ist wirklich lieb. Und ich wünsche ihr alles Gute. Ich werde nett über die Hochzeit schreiben – oder ist das womöglich auch eine Aktion von Sportmanager Kaiser? Quasi Message Control vom Raffiniertesten? Aber so wichtig bin ich wohl nicht. Es gibt andere, auf die er mehr achtgeben muss. Diesen schmierigen Alfi zum Beispiel. „Es ist dein großer Tag, versuch ihn zu genießen!", rufe ich Daniela noch nach. Es klingt wie aus einem Rosamunde-Pilcher-Film. Kein Wunder bei dieser Kulisse.

Sie dreht sich abrupt um: „Genießen? Ich werde es genießen, wenn ich wieder ein Rennen gewinne. Da zahlt sich die Anstrengung aus! Das mach ich für mich – und natürlich mein Team!"

Die Kleine ist ganz schön durch den Wind. Dabei braucht man gerade beim Slalom starke Nerven. „Du schaffst das schon!"

Sie hebt die Arme und lässt sie wieder sinken. „Ja. – Wenn Sie ihn sehen, dann sagen Sie ihm, wir kriegen das alles hin. Ganz sicher."

„Was kriegt ihr hin?" Unser aller CSO. Fast wie CSI. Wir haben ihn nicht kommen gehört und starren ihn an.

„Ein … Interview", antworte ich.

„Ich glaube das nicht. Sie haben Daniela hier aufgelauert, um ein Exklusivinterview zu ergattern?" Gar nichts mehr zu spüren von seiner professionellen Freundlichkeit.

„Unsinn. Es geht nicht um diese Hochzeitssache. Und wir haben uns zufällig getroffen."

„Du solltest längst im Haus sein", bellt der Sportmanager in Danielas Richtung.

Sie geht davon, gerade, dass sie nicht läuft.

„Und Sie sollte ich von der Hochzeit ausschließen."

Ich sehe ihn einigermaßen spöttisch an. „Sie werden es nicht begreifen, aber so wichtig ist mir die Sache nicht."

„Egal. Aber Ihnen ist klar, dass jedes Interview autorisiert werden muss. Es ist zum Besten unserer … Hochzeiter."

„Ab morgen ist sie wieder einfach die beste Skifahrerin der Welt. Und soviel ich weiß, hat sie ein eigenes Betreuerteam."

„Natürlich. Aber ich habe die Verantwortung. Für das Ganze."

„Das Ganze?"

„Dass man fair mit ihr umgeht. Und mit dem, was sie repräsentiert."

„Versprochen."

„Noch einmal: Es gibt keine Extra-Interviews von der Hochzeit. Das sind Sie auch Ihren Kollegen schuldig."

„Hatte ich nie vor. – Wissen Sie eigentlich, wo Daniel ist?"

„Sie werden ihn demnächst sehen. Von Ihrem Platz aus, bei der Hochzeit. Ich verlasse mich auf Sie. Ansonsten …"

Ich lächle. „Ansonsten?"

„Ich nehme an, Sie haben den Vertrag gelesen, den Sie vor der offiziellen Einladung bekommen haben."

Ich hebe den Daumen und gehe in die Richtung, in der ich die Parkplätze vermute.

Was soll man über eine Hochzeit wie diese sagen? Natürlich waren Braut und Bräutigam da. Danielas weißes Kleid hat vielleicht an den Schultern ein wenig gespannt, aber sie hat auch mehr Muskeln als die meisten Bräute, die in solchen Spitzen-Spitzenroben heiraten. Daniels Gesichtsausdruck war eher konzentriert als glückselig, aber dafür hat sie gestrahlt. Sein Vater war sein Trauzeuge. Nicht, weil er keine Freunde hat, sondern weil sein Vater sein bester Freund ist. Und sein Coach noch dazu. Kleine Mädchen in lila Kleidchen haben Veilchen und weiße Rosenblätter gestreut. Der Duft war nahezu berauschend, kann sein, man hat mit Aroma nachgeholfen. Die Trauung wurde von jenem Bischof zelebriert, der die Öffentlichkeit schon zu seiner Zeit als Dompfarrer geliebt hat. Man muss die frohe Botschaft zu den Menschen bringen, ist sein Leitsatz. Egal, ob über WhatsApp oder Radio Maria. Und die Botschaft war froh, Daniela und Daniel haben sich getraut. Vergessen die Aufregung davor, auch Sportmanager Kaiser lächelt zufrieden. Das chinesische Kamerateam ist längst für die schönen Bilder rundum in den Weingärten unterwegs, noch immer scheint die Sonne. Ich habe Daniela einmal verstohlen und aufmunternd zugenickt. Sie hat getan, als kenne sie mich nicht. Wahrscheinlich hat sie mich nicht gesehen.

Ich weiß, worüber ich scheiben werde: die Hochzeit als perfekte Inszenierung. In diesem Fall nicht nur als angeblich glücklichster Tag zweier Menschen, sondern als Feierstunde einer ganzen Nation und ihrer Vorzüge: schöne Landschaft, begabte Menschen, Gastfreundschaft, Romantik. We are from Austria. Wenn Christoph Kaiser einmal nicht mehr Sportmanager sein sollte, kann er sofort als Hochzeitsplaner anfangen. Damit wird meine Reportage schließen. Das Brautpaar möchte ich mit gebührendem Respekt behandeln. Die beiden sind außergewöhnlich erfolgreiche, hart arbeitende junge Leute mit besonderen Talenten. Man mag sie, weil man ihnen eben nicht nachstreben muss. Niemand verlangt von einem durchschnittlichen Dreißigjährigen, in der Tennis-Weltrangliste nach oben zu klettern, keine Frau wird sich an der Ausnahmeskifahrerin orientieren, wenn es darum geht, Job und Familie zu vereinbaren. Ich habe vor, schon während des Hochzeitsessens zu verschwinden. Nach der Vorspeise sollte ich auch über das Menü schreiben können. Ich nehme an, es ist so überraschungsfrei wie der Typ, der dafür gebucht wurde.

Während das junge Glück irgendwo für Hochzeitsfotos posiert, werden wir mit einem kurzen Film über ihre größten

Erfolge und über ihre Liebe zu Österreich unterhalten. Samt Hinweis, dass dieses Material veröffentlicht werden darf. Man werde es bis morgen um die offiziellen Hochzeitsaufnahmen ergänzen. Nur um Missverständnisse zu vermeiden, müsse die Verwendung von Ausschnitten mit dem Presseteam abgesprochen werden. Ich sehe schon vor mir, wie man in Indien Tränen der Rührung weint, wenn Daniela und Daniel zu den Klängen des Donauwalzers im Prunksaal des Schlosses einander die Ringe anstecken. Bollywood könnte auf Ideen kommen. So geht Erfolg. So geht Liebe. Und der nächste Urlaub in die Wachau.

Die Band spielt außergewöhnlich gut, das macht selbst diese Musikmischung erträglich. Internationale Lovesongs, Austropop und etwas, das man Hits der Klassik nennen könnte. *Bolero*, *Vier Jahreszeiten* und *Kleine Nachtmusik* mit E-Gitarre und Schlagzeug. Ich stehe an der Bar und gönne mir ein Glas gespritzten Weißwein.

„Nicht schlecht für eine Bauerntochter und einen Migrantenbuben", murmelt der Typ neben mir. Ich sehe auf seinen Badge. Er ist vom *Blatt*, der größten, aber kaum besten Zeitung in unserem Land. Ganz so ist es nicht, dass wir uns völlig frei zwischen den geladenen Gästen bewegen können. Wir haben unsere eigene Bar, unseren eigenen Bereich beim Hochzeitsessen, wir tragen unsere Namensschilder. Wir haben sie zu tragen. Auf dass man uns erkennt. Egal, wir werden die frohe Kunde trotzdem froh verkünden.

„Bauerntochter?", spottet eine blasse junge Frau in lila Samtjacke. Ich kann ihr Namensschild nicht entziffern. „Ihr Vater ist Versicherungsvertreter. Von der Landwirtschaft können die schon lange nicht mehr leben. Macht die Mutter allein. Gut, dass Daniela ins Verdienen gekommen ist, jetzt können sie sich eine Hilfskraft leisten. Angeblich trinkt die Mutter."

„Angeblich, wenn ich das schon höre. Und Sippenhaftung gibt's auch keine. Jedenfalls ist Daniela Sagerer eine großartige Skifahrerin." Warum auch immer, ich habe das Gefühl, sie gegen die dürre Giftspritze verteidigen zu müssen.

„Wohl ein Fan, was? Oder gar vom großen CSO eingeschleust, um zu schauen, was wir quatschen?" Sie starrt auf meinen Badge. Offenbar ist auch sie kurzsichtig. „ECCO. Noch nie gehört."

„Die war beim *Magazin*", antwortet mein Kollege vom *Blatt*. „Da hast du noch nicht einmal deinen Namen schreiben können."

Danke für die Unterstützung. Mira, das Fossil.

„Aber dass sein Vater Mega-Schwierigkeiten hat, ist euch Sport-Gläubigen nicht entgangen, oder?"

Ich lächle süffisant. Ich habe keine Ahnung. Vielleicht hätte ich mich doch intensiver vorbereiten sollen.

„Du meinst, wegen dieser Offshore-Sache?", sagt der vom *Blatt* lässig und nimmt einen großen Schluck Gin Tonic.

„Wenn die ihm nicht unter die Arme greifen, kann er sich die nächste Saison in die Haare schmieren. Tennistourneen sind teuer." Die lila Nachwuchskraft hat augenscheinlich Freude daran, alles schlechtzumachen.

„Die …", ergänze ich gedankenvoll.

„Na, das neue Sportkonsortium. Samt CSO Kaiser. Die haben Kohle hoch siebzig. Sind ja auch teilweise staatlich. Und die gesamte Branche zahlt mit. Man ist abhängig von Genehmigungen, von der Zuteilung der Sportevents, von Werbepackages. Ich finde diesen Kaiser übrigens mehr als dubios."

„Irgendjemand muss die Arbeit machen", murmelt der vom *Blatt*.

„Na ja, das wirkliche Sagen haben ohnehin andere. Die Wirtschaft. Die dahinter."

Ich sehe mein lila Visavis mit freundlichem Spott an. „Wie immer. Die Welt ist verschworen."

„Prost", unterstützt mich der vom *Blatt*.

Blutwurst mit Kaisergranaten und Maschanzker-Essig-Reduktion. Gibt es immer noch welche, die glauben, eine Kombination von Innereien und Meeresfrüchten sei kreativ? Wird seit gut zwanzig, dreißig Jahren gemacht. Und funktioniert selten. Unser Starkoch hat die Vorspeise selbst kommentiert: „das Beste aus Österreich und dem Rest der Welt". Hängt er nicht gerade vor dem Mikrofon, ist er am Smartphone. „Gekocht hat der nicht selbst", sagt mein Kollege vom *Blatt*.

„Tut er sonst auch nicht", erkläre ich ihm. „Geht sich bei seinen vielen Lokalen schwer aus. Wenn er sich an den Herd stellt, dann geht es um PR."

„Kein Wunder, dass er sich mit Kaiser so gut versteht."

„Blutwurst? Ich kotz mich gleich an", wirft die Dürre in Lila ein. Inzwischen hab ich ihr Schild entziffert. Sie arbeitet für einen Blog. So etwas ist jetzt angeblich ganz wichtig. Kathi Richter.

„Kaisergranaten? Ihr Österreicher seid schon lustig, noch immer auf dem Kaisertrip … Ich dachte, das wäre etwas zum Schießen", kommt es von der *Berliner Abendzeitung*.

„Das sind diese Garnelen da auf dem Teller", lässt der vom *Blatt* weltläufig wissen.

Ich grinse ihm zu. „Auch wenn es eigentlich Scampi sind."

„Na und? Ich bin ja kein Gastrokritiker."

„Ich bin überhaupt Vegetarierin", ergänzt Kathi Richter und sieht sich um, als müsste sie das gegen alle verteidigen, wenn nötig, auch mit Kaisergranaten.

„Passt schon", sage ich gutmütig. Soll doch bitte jede essen, was sie will. Eine einfache Übung in Toleranz. Ich sehe hinüber zum Ehrentisch. Er ist zu weit entfernt, als dass ich Details erkennen oder gar Gesprächsfetzen aufschnappen könnte. Aber es wirkt, als wären alle mit der Vorspeise einverstanden. Auch Danielas Eltern. Die Außenministerin wirkt bäuerlicher als Mutter Sagerer. Vielleicht ist das Brokat-Dirndl daran schuld. Zu viele Rüschen, zu viel altrosa Gepluster. Ich muss an einen rustikalen Lampenschirm denken.

Ich verstricke mich in ein Gespräch über Doping im Radsport und Skilanglauf. Nicht gerade mein Spezialgebiet, auch wenn einschlägige Skandale die heile österreichische Sportwelt immer wieder beuteln. Die Pharmaindustrie teste neue Wirkstoffe am liebsten an Todkranken und an Spitzensportlern, hat mir ein Genetiker vor Jahren erzählt. Ich weiß bis heute nicht, ob ich das glauben will. Wobei schon interessant ist, dass Sportler und Trainer wegen Dopings verurteilt werden, Pharmafirmen aber nie. Ich sehe auf die Uhr. Material für eine nette Geschichte habe ich mehr als genug. Und wie die Feier weitergeht, kann ich mir vorstellen. Essen, tanzen, immer wieder schauen, wie spät es schon ist, trinken, tanzen, noch mehr trinken. Von den traditionellen Hochzeitsbräuchen hat man abgesehen, das wissen wir schon aus dem Presse-Briefing. Weil man „exklusive Kleingruppenbildung" verhindern möchte, hat Sportmanager Kaiser erklärt. Weil man so etwas nie ganz unter Kontrolle hat, ist meine Erklärung. Die meisten der Bräuche sind ohnehin eher lähmend.

Der Platz neben Daniela ist bereits seit einiger Zeit leer. Ich sollte zu ihr gehen und mich verabschieden. Das gebietet die Höflichkeit. Und vielleicht bekomme ich so noch die eine oder andere Zeile für meine Hochzeitsgeschichte. Hoffentlich ist ihrem Daniel nicht schlecht geworden. Zu viel Blutwurst auf zu viel Aufregung … Sie jedenfalls scheint das gut vertragen zu haben. Und so groß war die Portion ohnehin nicht. Mein Kochfreund Manninger hätte die Blutwurst selbst gemacht und mit Chili und Kokos gewürzt, dann hätte sie besser zu den

Scampi gepasst. Und jedenfalls interessanter geschmeckt. Aber wie hat mein Kollege so richtig gesagt? Wir sind ja nicht als Gastrokritiker hier. Ich stehe auf und winke unverbindlich in die Runde. Keine Lust, dass mich jemand zu Daniela begleitet.

Jetzt ist auch sie aufgestanden. Offenbar gibt's ein wenig Aufregung am Ehrentisch. Vielleicht ist ihm wirklich schlecht geworden? Sein Vater scheint auch schon länger nicht mehr da zu sein. Ihre Mutter beugt sich zu ihr, sie schüttelt energisch den Kopf. Ich nähere mich langsam.

„Was heißt, er geht nicht dran?", höre ich sie fragen.

„Keine Ahnung, aber ich hab ein ungutes …"

Griff auf meine Schulter. „Sie suchen die Toilette?"

Ich sehe CSO Kaiser ins Gesicht. „Machen Sie hier alles? Auch den Guide zu den Klos?"

„Dort drüben!" Er deutet in die dem Ehrentisch entgegengesetzte Richtung.

„Ich wollte mich von der Braut … der jungen Ehefrau verabschieden."

„Ich werde es ausrichten."

„Ich dachte, wir hätten die Möglichkeit, uns ganz frei zu bewegen."

„Sind Sie angeleint?"

„Ja dann …" Ich mache mich von ihm los und gehe Richtung Ehrentisch.

Jetzt ist der Griff auf meine Schulter schon fester. „Haben Sie das notwendig? Zu stören?"

„Wir kennen uns."

„Da hat sie mir etwas anderes gesagt."

Mutter und Vater Sagerer, Daniela. Jetzt stehen alle drei und flüstern aufeinander ein. Vielleicht geht es um ein ungeplantes Spiel. Man hat den Bräutigam entführt. Warum muss es immer die Braut sein? Nur weil es üblich ist? Schon möglich, dass einige dem Kontrollwahn von Kaiser ein Schnippchen schlagen wollten. Das erklärt auch seine unentspannte Reaktion mir gegenüber.

„Die haben den Bräutigam entführt, was?"

„Das ... ist absurd! Wehe, Sie schreiben so etwas. Er hat frische Luft gebraucht, mehr ist da nicht. Er ist Sportler. Nicht gewohnt, so lange zu ..."

„Ich habe vom Hochzeitsbrauch gesprochen."

Er starrt mich an. „Ich auch. Natürlich."

„Wie lange ist er schon weg?"

„Glauben Sie, ich habe auf die Uhr gesehen?"

„Sie haben doch alles im Griff. Sonst."

Ich sehe, dass auf seiner Unterlippe kleine Schweißperlen stehen. So warm ist sein Designersakko gar nicht. „Spotten Sie nur. Sie alle können feiern. Oder lästern. Ich arbeite. Ich habe einen Auftrag. Im Interesse unseres Brautpaares."

„Fürs heilige Image. Österreichs heile Welt."

„Und? Ist Ihnen klar, wie viele das gerne hätten? Wie schwierig es ist, in unserem Zeitalter der Bilder- und Nachrichtenflut durchzudringen? Mit den richtigen Messages zum richtigen Zeitpunkt? Die Aufmerksamkeit zu bekommen? Global gedacht? Warum, glauben Sie, kommen die Touristen? Warum kauft wer welche Sportartikel? Die Branche braucht jede Unterstützung, die sie kriegen kann, ich sage nur: Corona. Und dann noch der absurd warme Winter."

„Schon mal was von Klimakrise gehört?"

Kaiser versucht mich weiterhin anzusehen und gleichzeitig mitzubekommen, was am Ehrentisch los ist. Seine Gesichtszüge entgleiten ins Absurde, er schielt, sein Mund verzieht sich.

„Geht's Ihnen gut?", frage ich jetzt doch einigermaßen besorgt. Vielleicht war etwas im Essen. Daniel ist der Erste, der es gespürt hat, und liegt jetzt röchelnd unter einem Weinstock.

Kaiser fokussiert wieder auf mich. „Ich glaube, Ihre Kollegin winkt. Sie sollten ..."

Schwacher Versuch. Ich mache noch zwei Schritte Richtung Ehrentisch.

„Klimakrise? Sie sind also eine Jüngerin der heiligen Greta? Sind Sie dafür nicht …"

Ich will schon auffahren, als mir klar wird: Der will mich provozieren, in ein Gespräch verwickeln, Hauptsache, ich komme nicht zu Daniela. Allerdings. Alle Schäfchen kann auch der beste Hütehund nicht immer unter Kontrolle haben.

„Sorry, jetzt muss ich wirklich auf die Toilette. Dort drüben, haben Sie gesagt?" Ich deute brav in die dem Ehrentisch entgegengesetzte Richtung.

„Vergessen Sie nicht, was im Vertrag steht", gibt er mir mit.

Ich habe ihn noch immer nicht gelesen. Dafür habe ich gesehen, in welche Richtung Danielas Mutter gegangen ist. Ich bin keine Paparazza. Aber ich habe meinen journalistischen Ehrgeiz.

Frau Sagerer trägt ein schlicht geschnittenes beiges Kostüm, das ihr ausgesprochen gut steht. Sie ist schlank und mittelgroß, ihr Gesicht hat eine gesunde Bräune, die ebenso mit Urlaub im Warmen wie mit Arbeit im Freien zu tun haben kann.

„Daniels Freunde haben ihn entführt", sage ich und lächle sie an.

Frau Sagerer runzelt die Stirn. „Sie meinen, sein Team?"

„Ja … sozusagen."

„Sein Freund konnte nicht kommen, leider. Er hat im letzten Moment abgesagt. Weil seine Lieblingstante schwer krank geworden ist."

„Sein Team eben."

„Ich weiß nicht … Ich sollte nicht mit Ihnen reden." Sie starrt auf mein Namensschild.

„Wir sind eingeladen, aber doch irgendwie anders", lächle ich weiter. „Kaiser will alles kontrollieren, nicht wahr?"

Danielas Mutter lächelt zurück. „Sagen Sie es nicht weiter, aber der Mann ist eine Pest. Ich bin so etwas nicht gewohnt.

Ich bin echt froh, wenn es vorbei ist. Leider. – Und Sie werden das nicht schreiben, oder?"

„Werde ich nicht. Eine meiner besten Freundinnen ist übrigens Weinbäuerin."

„Oh, Sie kennen die Familie hier?"

„Nein, Eva Berthold. Im Weinviertel. Noch ein richtiger Familienbetrieb. Nichts derart Großes."

„Evelin Sagerer."

Sie streckt mir die Hand entgegen.

„Mira Valensky. Und ich will Sie wirklich nicht aushorchen. Ich bin keine Gesellschaftsreporterin, auch keine Sportreporterin."

„Was machen Sie dann hier?"

„Na ja. Frage ich mich auch. Ich arbeite für ein Onlinemagazin, üblicherweise schreibe ich gesellschaftspolitische Reportagen. Aber die Chefredakteurin ist auch eine Freundin. Und ich hab ihr versprochen, über diese Hochzeit eine nette Geschichte zu machen. Weil so etwas von sehr vielen Menschen gerne gelesen wird."

„Hoffentlich", seufzt Evelin Sagerer.

„Ich dachte, es gibt bei dieser Hochzeit keine verkauften Rechte?"

„Nein, aber die Betreuer sagen, was auch Kaiser sagt. Wenn die Hochzeit gut rüberkommt, haben wir viele Vorteile. Zum Beispiel was die nächsten Werbeverträge von Daniela angeht. Gar nicht zu reden von den Balajs."

„Was ist mit ihnen?"

„Das kann ich nicht sagen, muss sozusagen in der Familie bleiben. Aber es ist wichtig für sie, dass alles gut läuft."

„Und jetzt ist Daniel weg."

Sie schüttelt den Kopf. „Ihm wird alles zu viel geworden sein. Er … Sogar Daniela ist vor der Hochzeit davongelaufen. Und sie hat wirklich super Nerven."

„Ich hab sie im Weingarten getroffen, per Zufall. Er ist …
davongelaufen, meinen Sie?"

„Das mit dem Bräutigamentführen ist Unsinn. Sein Team
macht ganz genau das, was Kaiser geplant hat. Und auch er …
Er ist ein netter Kerl."

„Wie gut kennen Sie ihn?"

„Kein Kommentar."

„Nicht gut."

Evelin Sagerer seufzt. „Nicht trifft es besser. Er war einmal
bei uns. Wirklich nett, wenn auch ein wenig gestresst. Sein
Vater war mit. Der ist immer mit. Ich halte so etwas für
schwierig. Wir freuen uns für Daniela und wir haben sie immer unterstützt, auch wenn das am Anfang gar nicht leicht
war. Aber wir wären nie auf die Idee gekommen, immer an ihr
dranzukleben …"

„Sein Vater weiß auch nicht, wo er steckt?"

„Er sucht ihn, glaube ich. Oder sie reden irgendwo, das
wäre gut. Ein Gespräch zwischen den beiden. Ich muss jetzt
aufs Klo. Und Sie dürfen nichts schreiben, was ich gesagt habe.
Auch wenn es bloß für so ein Onlinedings ist."

Kreisendes Blaulicht. Keine Sirene. Menschen, die, von zwei
Scheinwerfern beleuchtet, zwischen Licht und Nacht, Wein-
stöcken und einem großen Baum planlos herumzueilen scheinen. Natürlich ist Kaiser dabei. Er rudert mit den Armen. Sein
Smartphone wird noch hügelabwärts fallen. Unter dem Baum
liegt Daniel. Man hat eine karierte Decke über ihn gebreitet.
Das festlich erleuchtete Schloss hebt sich vom Nachthimmel
ab. Das alles kann nicht real sein. Mehr Menschen kommen
in unsere Richtung, vom Schloss her, eine Karawane. Vater
Balaj brüllt auf einen Polizeibeamten ein. Ich verstehe trotzdem nichts. Ich weiß nur: Sein Sohn ist tot. Erschossen. Unter
dem großen Baum, der zwischen den Rebzeilen steht.

Nach meinem Gespräch mit Evelin Sagerer war ich unschlüssig, was ich tun soll. Zu meinem Tisch wollte ich nicht mehr zurück. Aber wie geplant fahren, obwohl Daniel verschwunden ist? Immerhin bin ich Journalistin. Und worüber ich schreibe, kann ich später entscheiden. Aber mich in Familienangelegenheiten einmischen? Hab ich das nicht längst getan, indem ich über diese Hochzeit berichte? War sie je eine Familienangelegenheit? Die ultimative Show, das schon eher. Ich bin am Vorplatz zum Schloss gestanden, als ich das Blaulicht gesehen habe. Und ich bin hin. Vesna hätte mir sonst gekündigt. Als Putzfrau und als Freundin. Kaiser war bereits da. Daniels Vater auch. Dazu ein paar vom Team.

Die bis ins kleinste geplante Traumhochzeit ist wohl geplatzt. Es hat jemanden gegeben, der sich nicht ans Drehbuch gehalten hat. Wir stehen im Vorzeigeweingarten, tief unter uns fließt die Donau, es glänzen die Lichter der Wachauer Dörfer, das Schloss strahlt vor sich hin und einer der Hauptdarsteller ist tot. Die Gruppe, die vom Schloss her kommt, bewegt sich schnell. Drängelei, Gerenne. Wer ist zuerst am Schauplatz? Wer kriegt die besten Bilder? Wer kann am meisten erzählen? Und wieder geht es um Aufmerksamkeit, um diese paar Sekunden Öffentlichkeit. Für Ego, Geld und … Stopp, Mira. Denk an Daniela. Wie fürchterlich.

Sirenen. Ein, zwei, drei Polizeiwagen biegen um die Kurve, halten nahe beim Baum. Knallende Türen, Befehle, die sich mit dieser Kulisse zu etwas noch immer völlig Unwirklichem mischen. „Alle zurück, treten Sie zurück! Gehen Sie zurück, da gibt es nichts zu sehen!" Energische Stimme durch ein Megafon.

„Wenn Sie den Tatort nicht verlassen, machen Sie sich strafbar!"

Ich sehe, wie sich eine Gestalt aus der langsamer gewordenen Gruppe löst. Ophelia, Desdemona, griechische Tragödiengestalt im wehenden weißen Kleid, bloßfüßig. – Hat Kaiser das inszeniert? Absurd, wie kannst du so etwas denken. Ihre Mutter läuft hinter ihr drein, auch sie hat die hohen Schuhe ausgezogen. Knapp vor dem Baum bleibt Daniela stehen. Sie starrt auf die Gestalt unter der Decke. Ihre Mutter legt ihr den Arm um die Schulter. Sie stehen und schauen.

Es ist gerade erst Mitternacht. Wir sitzen im Salon, in dem auch das Presse-Briefing vor der Hochzeit war. Ich bin mir sicher, nicht nur ich habe das Gefühl, dass Tage dazwischenliegen. Tage ohne Schlaf. Mir ist kalt. Das Licht im Raum ist unbarmherzig hell. Die Stuckverzierungen der Rokoko-Decke haben Sprünge, unsere Gesichter sind grau.

Neben dem Polizeidirektor steht Kaiser. Er hat tiefe Ringe unter den Augen. „Es wird volle Transparenz geben. Die Familie arbeitet eng mit den Behörden zusammen, damit dieses ... einzigartige Verbrechen rasch aufgeklärt wird. Sie können auch in der Medienberichterstattung auf meine totale Kooperation zählen. Je schneller wir ...“

Ein Kameraverbot haben sie trotzdem verhängt. Für den Moment. Meine Kollegen wirken erschöpft. Und auf eine seltsame Art überrascht, oder eher gekränkt, enttäuscht. So, als hätte man ihnen die Geburtstagstorte im letzten Moment weggenommen und ins Gesicht geworfen. Ich habe meinen ersten Bericht bereits durchgegeben, Sam einfach am Telefon erzählt, was ich weiß. Sie schreibt es zusammen und stellt es ins Netz. Während der Vorspeise erhält Daniel Balaj einen Anruf. Er flüstert Daniela zu, dass er gleich wiederkommt. Sie meint, er habe nicht besonders aufgeregt gewirkt. Er kommt nicht wieder. Sein Vater macht sich auf, ihn zu suchen. Gefunden wird er schließlich von einem slowakischen Arbeiter, der sich im Weingarten mit einer Freundin treffen wollte. Er sieht, dass Daniel Balaj tot ist. Ruft die Polizei. Die Tatwaffe hat man neben dem Toten gefunden. Es handelt sich um eine Smith & Wesson .44 Magnum. Der Schuss wurde aus ganz geringer Nähe auf seinen Kopf abgegeben.

Nun ist der Polizeidirektor dabei, uns das Prozedere zu erklären. Wann wer was darf, wann was passieren wird, und, vor allem, dass wir besser heimfahren sollten. Nachdem wir befragt worden sind. Wie alle anderen Hochzeitsgäste auch.

„Im Moment geht es auch darum, Personen und … Dinge auszuschließen", erklärt er.

„Selbstmord?", ruft eine Kollegin nach vorne.

„Selbstmord ist absurd", antwortet Kaiser anstelle des Polizeichefs. „Er stand auf dem Gipfel des Erfolgs. Er hat gerade geheiratet. Besser konnte es gar nicht laufen für ihn."

„Wir können nichts ausschließen im Moment", widerspricht der Polizeidirektor.

„Ich versichere Ihnen, es wird nichts vertuscht. Es wird volle Transparenz …"

Der Polizeidirektor sieht Kaiser stirnrunzelnd an. „Sie werden mir nicht unterstellen …"

„Nein. Natürlich nicht. Wir sind alle … in einer Ausnahmesituation. Ich bin überzeugt, dass die Polizeibehörden optimal mit uns kooperieren werden."

„Sie mit uns", präzisiert der Polizeichef.

„Wechselseitig. Ich möchte nur noch einmal allen anwesenden Medienvertretern versichern, dass ich Sie bei allem unterstütze, das der Aufklärung dieses … wie gesagt einmaligen Verbrechens dient. Das ist nicht nur ein feiger Mord, es ist ein Anschlag auf Österreich!"

Interessanterweise verwendet unser Kanzler einige Stunden später bei einer mehr oder weniger spontanen Trauerkundgebung genau diese Worte: „Es ist ein feiger Mord, es ist ein Anschlag auf ganz Österreich!" Vor einem großen schmiedeeisernen Tor an der Donauuferstraße haben inzwischen hunderte Menschen Blumen, manche auch Tennisschläger niedergelegt. Allerdings sind die ersten Trauernden einem Irrtum aufgesessen. Das Tor gehört nicht zum Weingut, in dem Daniel ums Leben gekommen ist. Aber jetzt ist an der Trauerstätte nichts mehr zu ändern. Und schließlich sei es ja auch egal, wo getrauert werde, hat Kaiser wissen lassen. Ihm habe ich einige interessante Hinweise zu verdanken. Offenbar ist er wirklich bemüht, dass der Fall so schnell wie möglich aufgeklärt wird. Vielleicht traut er es uns Medienleuten eher zu als den Polizeibehörden. Sein Kalkül ist wohl einfach: Je schneller alles geklärt ist, desto schneller ist alles vergessen. Und desto schneller kann er sich wieder um positive Aufmerksamkeit für den österreichischen Sport und vieles, was damit zusammenhängt, kümmern.

Die Herkunft der Waffe kennt man inzwischen. Sie ist auf den Besitzer des Weinguts zugelassen. Sie ist registriert, er verwendet sie zur Nachsuche. Das sei üblich, wenn man Wildschweine jage. Um ihm und auch uns „unnötige Anstrengungen zu ersparen", hat Kaiser zu einem Pressegespräch vor das Winzerhaus geladen. Titel der Ankündigung via WhatsApp: „Mord bei Traumhochzeit". Zwanzig, dreißig Kamerateams sind es sicher, die sich auf dem eigens errichteten Podest positioniert haben. So, dass im Hintergrund die steilen Weinhänge zu sehen sind. Geschickte Kameraleute können bis zur Donau hinunterblenden. Letztlich hätte jeder die Waffe nehmen können, erklärt der Hausherr. Er werde die Konsequenzen für seine Verantwortungslosigkeit tragen, aber es sei einfach ein „ziemliches Durcheinander" gewesen. Man habe „dem Team" das gesamte Haus zur Verfügung gestellt. Was er denn mit „dem Team" meine, fragt einer meiner Kollegen. „Den Hochzeitern … und ihrer Begleitung …"

„Dass ein Außenstehender die Waffe genommen hat, ist damit auszuschließen", stellt ein Fernsehreporter fest.

„Ist es leider nicht. Sie war in einem Schrank, wie es sich gehört, versperrt. Aber dann … Man hat Fotos gemacht, und ich habe mich daran erinnert, dass im Schrank eine alte Schießscheibe mit einem Herz ist, die habe ich für ein Foto herausgeholt. Der Schrank … er ist wohl offen geblieben und keiner kann sagen, wer ein und aus gegangen ist. Der Schrank steht im Nebenhaus, da war keine Security …"

„Wir hatten keine Security", fährt Kaiser dazwischen.

„Nein … ich meine …"

„Da geht es jetzt nicht ums Image", rufe ich nach vorne.

„Jeder hätte die Waffe nehmen können", sagt der CSO mit festem Blick in meine Richtung.

„Er hat sie sogar selbst …", fährt der Winzer fort, verstummt und sieht Kaiser an.

„Reden Sie weiter, es gibt nichts zu verbergen."

„Er … Daniel hat sie gesehen und hat gesagt, mit so einem Revolver hat er in Australien geschossen. Ich hab ihm die Munition gezeigt, es ist eine besondere. Viele konnten das sehen. Und ich fürchte … die Munition ist beim Gewehrschrank geblieben."

Warum hat mir Kaiser die Nummer von Danielas Mutter gegeben? Ich habe ihn bloß gefragt, wo die Familie jetzt ist. Und ihm erzählt, dass ich kurz vor dem Mord mit ihr geredet hätte. Eine Verdächtige weniger. Aber sie könnte dabei gewesen sein, als sie über den Revolver geredet haben. Sie könnte sich erinnern, wer sonst noch in der Nähe war.

Ich gehe den Schotterweg entlang, bleibe dort stehen, wo ich gestern Daniela begegnet bin. Gestern? Das kann nicht sein. Ich wähle die Nummer und erschrecke, als Evelin Sagerer nach dem ersten Läuten drangeht. Ich war mir beinahe sicher, dass sie nicht reagiert. Oder dass es sich überhaupt um eine falsche Nummer handelt.

„Man tut eben alles, damit der schreckliche Mord so schnell wie möglich geklärt wird", sagt sie. „Daniela ist nicht in der Verfassung ... noch nicht, sagt Kaiser. Morgen, übermorgen kann es sein, dass sie sich an die Öffentlichkeit wenden wird."

„Der führt sie wirklich den Medien vor?"

„Sind Sie nicht auch von ..."

„Ich bin anders." Ich komme mir lächerlich vor. Wie viele haben das schon gesagt.

„Auch sie will ... beitragen."

„Sorry, aber das klingt nicht echt. Der setzt euch unter Druck, ist es nicht so?"

Kurzes Schweigen. „Nein. Ist es nicht. Was wollen Sie wissen?"

„Sie haben mir erzählt, dass ein Freund von Daniel nicht kommen konnte. Und dass sein Vater immer an ihm drangeklebt ist. Bester Freund und Coach und Trauzeuge und alles."

„Daniels Vater ... er ist gegangen, um ihn zu suchen. Mehr kann ich nicht sagen. Man sagt ... Daniel hat sich abnabeln wollen. Es kann sein, dass er stärker beim neuen Konsortium andocken wollte."

„Der Vater wäre ausgebremst worden. Wo er doch alles für seinen Sohn ..."

„Ich ... ich kann mir nicht vorstellen, dass er etwas mit seinem Tod zu tun hat. Man darf nicht vergessen ... es ist sein Kind. War."

„Kaiser müsste eigentlich mehr darüber wissen."

„Weiß er sicher." Das klingt richtig erleichtert.

„Hat er gesagt, dass Sie mir das erzählen sollen?"

„Nein. Ich will einfach helfen. Auch damit Daniela besser ... damit zurechtkommt."

„Wie geht es ihr?"

„Das ist privat."

„Richten Sie ihr einen ganz lieben Gruß aus. Ich habe unser Treffen sehr nett gefunden. Und ich weiß, dass sie ihn …"

Weiß ich eigentlich nicht. Nur weil sie aufgeregt wie viele Bräute war? Weil sie gesagt hat, dass sie ihn natürlich mag, sonst würde sie ihn nicht heiraten? … Sinnlos. Ganz abgesehen davon, dass ich eine Fremde für sie bin. Wie viel erzählt man so einer? „Hat sie ihn geliebt?", frage ich trotzdem.

Schweigen.

„Hallo?"

„Sie hat ihn sehr gerne mögen. Leider."

„Leider?"

„Sonst hätte sie ihn nicht geheiratet. Und das alles wäre …"

„Sie meinen, sein Tod hat direkt mit der Hochzeit zu tun?"

„Ist er an diesem Abend gestorben, oder nicht?"

„Sein Freund … der abgesagt hat. Offenbar sein einziger Freund, der nichts mit Tennis und den Geschäften drum herum zu tun hat. Was wissen Sie über ihn?"

„Nichts. Außer, dass er nicht kommen konnte, weil seine Lieblingstante schwer krank geworden ist."

„Das würde ich gerne nachprüfen."

„Dann fragen Sie die Polizei. Vielleicht weiß die …"

„Sie wollten mich unterstützen. Uns."

Stille.

„Also?"

„Ich kenne nicht einmal seinen Namen. Ich hab das von Daniela."

„Aber Daniela wird ihn wohl kennen. Vielleicht hat sie seine Nummer."

„Glaube ich nicht."

„Wo er der beste Freund ihres … Mannes war?"

„Es war mehr so ein Freund von früher."

„Bitte fragen Sie Daniela. Wenn sie etwas weiß, kann sie mir auch eine Nachricht schicken. Und … ganz herzliches Beileid." Es hört sich doppelt falsch an. Wenn man mit jemandem trauert, stellt man keine Fragen. Und: Trauert Danielas Mutter?

„Sein Vater ... er hatte große finanzielle Probleme. Er hat sehr ungeschickt investiert. Ich glaube, das war mit ein Grund, warum Daniel überlegt hat, ihn nicht mehr als engsten und einzigen Betreuer zu wollen."

„Was wissen Sie?"

„Nur ... dass es so gewesen sein kann."

CSO Kaiser versucht tatsächlich, alle von uns persönlich mit Informationen zu versorgen. Er hat einige Assistentinnen, aber die arbeiten bloß zu. Warum tut er das? Weil er sich mitverantwortlich für den Tod des Tennisstars fühlt? Weil er einfach der ultimative Kontrollfreak ist?

Ob ich schon mit Frau Sagerer telefoniert hätte, will er von mir wissen. Ob und wie er sonst noch helfen könne ... Ich sehe ihn an. „Stimmt es, dass sich Daniel von seinem Übervater verabschieden wollte?"

Er senkt den Blick.

„Sie stecken dahinter, ist es das?"

„Nein ... so war es nicht. Wir haben Daniel ein sehr gutes Angebot gemacht. Nachdem klar war, dass er über keinerlei Mittel verfügt. Momentan. Sein Vater hat alles in den Sand gesetzt. War ohnehin schon zu lesen. Zumindest einiges davon. Wir haben die Aufgabe, ein derartiges Talent nicht einfach seinem Schicksal zu überlassen."

„Aber sein Vater hat ihn dorthin gebracht, wo er jetzt ist."

„Sportlich ja. Wirtschaftlich auch. Leider. Er hätte ... er wäre sein bester Freund geblieben. Und sein Coach. Im engeren Sinn."

„Es war ihm zu wenig."

„Es ... gab einen Streit. Gestern, vor der Trauung. Es kommt ohnehin heraus. Sein Vater hatte offenbar schon etwas getrunken.

Er hat zuerst mit ihm gestritten und dann ist er zu Daniela und hat ihr vorgeworfen, dass sie hinter allem steckt. Er war … krankhaft eifersüchtig auf jeden, der seinem Sohn zu nahe gekommen ist."

„Ich nehme an, die Polizei weiß davon."

„Ja. Natürlich. Sie halten sich noch zurück … mit Ermittlungsergebnissen."

Ich nicke langsam. „Daniels Freund – der aus früheren Tagen. Haben Sie eine Telefonnummer von ihm?"

„Wie kommen Sie jetzt auf den?"

„Er könnte mehr über das Verhältnis der beiden wissen, meinen Sie nicht?"

„Vielleicht." Kaiser scheint zu überlegen. Von der Terrasse her nähern sich zwei meiner Kollegen. Er wirft auch ihnen einen überaus freundlichen, kooperativen Blick zu. „Sie … müssen mich entschuldigen. Es … Hätte ich nicht daran gearbeitet, Daniel mehr Sicherheit zu geben …"

„Was ist mit seinem Freund? Warum ist er nicht gekommen?"

„Wahrscheinlich, weil Daniels Vater auch auf ihn extrem eifersüchtig war."

„Der alte Freund?", widerholt mein Kollege vom *Blatt* und verzieht das Gesicht. Was weiß er, das ich nicht weiß?

„Kann es sein, dass Daniel Balaj eigentlich schwul war und Sie mit dieser Traumhochzeit dafür sorgen wollten, dass niemand davon erfährt? Kranke Tante, das ist doch total absurd. Soviel wir wissen, hat der Freund keine Tante. Zumindest keine kranke. Und soviel wir wissen, waren Sie es, der ihn ausgeladen hat."

Kaiser blitzt meinen Kollegen wütend an. „Ich habe ihn ausgeladen, um Auseinandersetzungen zu vermeiden. Streit. Niemand braucht das an so einem Freudentag. Und: Daniel war nicht schwul. Fragen Sie Daniela. Fragen Sie … was weiß ich, es hat sicher noch andere gegeben, früher!"

Mein *Blatt*-Kollege sieht Kaiser süffisant an. „Streit? Davon hat es offenbar mehr gegeben. Zum Beispiel zwischen Daniel und Ihnen. Vor der Hochzeit. Ging es da nicht genau um diesen ausgeladenen … Freund?"

„Unsinn. Sie sind schlecht informiert. Es gab … ein kleines Geplänkel. Aber nicht mit mir. Sondern zwischen Daniel und seinem Vater."

Breaking News. Andi Balaj, Vater und Coach von Daniel Balaj, wurde in Untersuchungshaft genommen. Es gäbe zahlreiche Hinweise auf eine Verwicklung in den „Mord bei der Traumhochzeit". Natürlich gelte die Unschuldsvermutung. Man beschreibt das allzu enge Verhältnis der beiden, den wirtschaftlichen Misserfolg des „gebürtigen Kosovo-Albaners", seine Eifersucht. Die Hinweise darauf, dass Daniel seine sportliche und finanzielle Zukunft in die Hände des neuen Sportkonsortiums legen wollte. Daniela wird mit einer Stellungnahme zitiert: „Ich trauere um meinen Mann, einen großartigen Menschen und Sportler, ich danke allen, die sich dafür einsetzen, dass die fürchterlichen Ereignisse aufgeklärt werden. Ich und unser schönes Land haben das nicht verdient."

Wenn sie das selbst formuliert hat, dann fresse ich einen Besen. Sie macht brav mit beim großen Spiel ums gute Image. Und der ach so transparente Herr Kaiser konnte mir nicht rechtzeitig sagen, dass man Daniels Vater verhaften wird. Oder zu dem Zeitpunkt bereits verhaftet hatte. Ich knurre so, dass sich unser Kater Vui erschrocken unters Sofa zurückzieht. Warum bin ich so sauer? Weil nicht ich diesen Fall gelöst habe? Weil er derart banal ist? Weil Kaiser letztlich gewonnen hat? Er lässt die Puppen tanzen, ein kleiner Imageschaden, aber viel Aufmerksamkeit. „Mord bei Traumhochzeit". So gesehen hat der Mord mehr gebracht als die Hochzeit. Mehr Medienöffentlichkeit. Plus, sozusagen, einen rasch und effizient gefassten Verdächtigen. Warum …

Mir wird heiß. Und wenn alles ganz anders war? Die Hochzeit tatsächlich die ultimative Inszenierung? Wenn CSO Kaiser jeden Grund hatte, abzulenken, damit es nicht zu einer CSI Kaiser kommt? Wer sagt denn, dass sich Daniel wirklich von seinem Vater als engstem Betreuer trennen wollte? Kaiser. Vielleicht war es ganz anders. Er wollte, dass Daniel zum Sportkonsortium wechselt. Vielleicht war die Hochzeit nichts anderes als ein Goodie, sie sollte der Beweis sein, was alles möglich ist, wenn er mit dem Konsortium zusammenarbeitet. Als Daniel tot unter dem Baum lag, im Weinberg, tief unter uns die glitzernden Lichter der Wachau, die Donau … Ich erinnere mich, was ich als Erstes gedacht habe: Jetzt ist einer der Hauptdarsteller tot.

Da war nichts echt. Bis auf den Mord. Und es hatte wohl einen ganz anderen Grund, warum Kaiser verhindert hat, dass der einzige echte Freund Daniels bei der Hochzeit dabei ist. Weil er zu viel weiß. Weil er ihn nicht hätte unter Kontrolle halten können. Aber dann wollte Daniel doch nicht mehr länger mitspielen. Was immer das Fass zum Überlaufen gebracht hat. Nicht nur Daniels Vater, auch Kaiser war eine Zeit lang weg vom Ehrentisch. Es passt. Es passt alles zusammen. Wäre Daniel ausgestiegen, es wäre Kaisers ultimativer Misserfolg gewesen. Traumhochzeit versaut. Seine Spielchen aufgedeckt. Man hätte ihn gefeuert und über Österreich bestenfalls gelacht. Die Sportler, die, gedrängt vom neuen Sportkonsortium, einer Hochzeit zustimmen, damit Aufmerksamkeit, Werbeeinnahmen, Image stimmen. Ich muss mit seinem Freund reden. Seinem echten. Schwul hin oder her. Das ist nun wirklich nicht wichtig.

Daniela. Sie muss mir die Nummer geben. – Und wenn sie die tatsächlich nicht hat? Weil es stimmt, dass sie Daniel zwar gemocht, aber gar nicht besonders gut gekannt hat? Ich wähle die Nummer ihrer Mutter.

„Ich glaube, dass alles ganz anders war", sage ich, als sie drangeht.

„Ich auch", sagt sie.

„Ich brauche die Nummer von diesem Freund."

„Ich will nicht, dass wir Mitschuld tragen."

Ich stutze. „Sie wissen, dass Kaiser dahintersteckt?"

„Ja."

„Sie müssen mit der Polizei reden. Und wir brauchen einen Beweis. Können Sie sich daran erinnern, wann Kaiser den Tisch verlassen hat? Hat Daniel etwas erzählt über den Streit?"

Stille. „Wovon … reden Sie?"

„Er war es doch, der Daniel …"

„Er hat die Hochzeit inszeniert. Und Daniela hat sich wirklich verliebt. Oder so etwas Ähnliches. Sonst hätte ich nie …"

„Aber Daniel wollte aussteigen."

„Aussteigen? Sie haben geheiratet."

„Kaiser hat dafür gesorgt, dass Daniels Vater verdächtigt wird."

„Ja. Es tut mir leid. Dass wir da quasi mitgeholfen haben. Aber ich glaube nicht …"

Ich hole tief Luft: „Sie können keinen Mörder decken!"

„Der Mörder? Nein. Das ist er nicht. Nicht direkt."

Ich schüttle den Kopf, als könnte es meine Gehirnzellen in sinnvolle Bewegung bringen. „Was ist mit dem Freund?"

„Daniela schickt seine Nummer gerade durch. Sie hat vor kurzem mit ihm geredet. Es wird wohl ohnehin alles rauskommen, aber wir wollen nicht mitschuldig …"

„Die waren also doch ein Paar?"

„Freunde, sie waren Freunde. Und er hat zugelassen, dass sein einziger Freund ausgeladen wird. Das war dann wohl zu viel."

„Zu viel? Es war sein Freund, der … "

„Daniel hat sich umgebracht. Er war … erschöpft. Offenbar seit langem. So eine ATP-Tour ist eine Riesenanstrengung.

Allein schon die Reisen. Er kam mit seinem Vater nicht mehr zurecht. Dann die finanziellen Sorgen. Sein Team, ein Team statt Freunde. Ein Coach statt einem Vater. Dieses Sportkonsortium, dieser Kaiser … Daniel hat Daniela am Vormittag gebeten, dass sie die Hochzeit absagen. Deswegen ist sie davongelaufen. Sie hat sich geweigert. Sie hat gehofft, er wird sich noch in sie verlieben. Es ging nicht ums Geld und all den Unsinn, den ihr Kaiser und seine Leute eingeredet haben. Jetzt fühlt sie sich schuld an Daniels Tod. Schuld ist dieser Sportmanager, auch wenn er ihn nicht ermordet hat. Schuld ist sein Vater, aber Daniela will nicht, dass er dafür ins Gefängnis geht. Es war Mirko, mit dem Daniel telefoniert hat, bevor er den Tisch verlassen hat. Sein Jugendfreund. Mirko war sauer, weil Daniel nichts dagegen unternommen hat, dass er ausgeladen wurde. ‚Kein Wunder, dass einer wie du keine Freunde hat‘, hat er gesagt. Das … war es dann wohl.“

Ich schlucke. „Selbstmord … Das hätte nicht gepasst zu Kaisers Strategie. ‚Mord bei Traumhochzeit‘, das klingt wie aus einem Fernsehkrimi. Selbstmord …“

„Ist einfach nur traurig. Kein Erfolg. Für niemanden“, sagt Danielas Mutter langsam.

Ich nicke. Erst dann wird mir klar, dass sie mich nicht sehen kann. Sie scheint noch dran zu sein. „Aber besser, als weiter zu lügen.“

„Wir hätten früher damit aufhören sollen. Österreich ist nämlich wirklich schön. Und unsere Tochter ist nicht nur die beste Skifahrerin, sondern auch ein ganz lieber Mensch. Mit einem großen Herz.“

Sicher. Ja. Und Wahrheit ist etwas anderes als bloß das Gegenteil von Lüge. Wenn es sie überhaupt gibt. „Grüßen Sie Daniela von mir.“

ES GEHT NOCH

Wenn du in der Früh aufwachst und es tut dir nichts weh und du denkst: Bin ich jetzt tot? Dann weißt du, dass du alt bist.

Genau so war es an diesem Novemberdienstag. Draußen Sonnenschein, als ob es Mai wäre, und ich erinnere mich noch, nach dem ersten Schock kam die Erleichterung: von mir aus alt, aber nicht tot, und danach die Erkenntnis, dass ich damit leben muss. Am Leben liegt mir noch immer eine Menge.

Es war auch keiner von uns Heimbewohnern, der diesen strahlenden Novembertag nicht mehr erlebt hat.

Ich habe wie immer im Saal gefrühstückt, allein an meinem Tisch. Ich hasse es, in der Früh sprechen zu müssen. Das war schon immer so. Wenn es möglich gewesen ist, bin ich frühen Dreharbeiten aus dem Weg gegangen. Das Essen ist gar nicht so übel, egal, was der griesgrämige Dr. Hubmann sagt. Auch an den anderen Tischen wird in der Früh wenig gesprochen. Ich habe da so eine Theorie: Die meisten von uns haben ihr Kontingent an Wörtern schon verbraucht. Klar gibt es Ausnahmen wie Frau Gerngross, sie hat auch an diesem Tag irgendetwas erzählt, von Hannes und der heiligen Betty und dass er will, dass sie ihr Geld auf die Bank tut, und wenn sie will, dann schreibt er mit, aber die Heilige und sie finden das nicht so gut, und von ihrem Onkel, der sein Vermögen einem Gnadenhof vermacht hat, obwohl der Sänger, der diese Gnadenhöfe betreibt, schon dreimal verheiratet war. Sie macht nie einen Punkt und keiner hört ihr zu. Dabei ist sie laut. Danach habe ich mich zur Gymnastikgruppe aufgemacht. Ich bin beweglich, immer noch. Sechsundneunzig und noch immer wie junges Mädchen, hat Dana erst vorgestern gesagt. Sie ist eine

Schleimscheißerin, aber es nützt nichts, dass ich ihr das sage, sie versteht nur, was sie verstehen will. Jedenfalls bin ich noch recht gut beieinander, wie man so schön sagt. Und wenn das verdammte Knie ausgeheilt ist, ziehe ich wieder zurück in meine Wohnung. So viel ist klar.

Sie wollen uns hier agil halten. Wofür, habe ich vor einiger Zeit die Heimleiterin gefragt, fürs Sterben? Sie war peinlich berührt. Sie will auch nicht Heimleiterin genannt werden, und schon deswegen nenne ich sie so. Residenzdirektorin. Wie lächerlich. Genauso wie das, was im Prospekt steht: *Je mehr Jahre der Mensch mit sich bringt, desto eigener wird er. Auf dem Weg in ein zweites oder drittes Zuhause steigen die Ansprüche und sind viel konkreter als in jungen Jahren. Für diese Lebenszeit bieten wir Ihnen ein absolutes Top-Niveau an Lebensstandard.* Ich hab mich für dieses Heim entschieden, weil ein Zimmer frei war. Und weil mir der Satz mit dem „eigen" gefallen hat. Irgendwas scheinen sie von uns doch zu begreifen. Jedenfalls gaukelt man uns vor, in einer Art von Hotel zu sein. So kann man mehr Geld aus uns rausschlagen. Heim klingt doch ohnehin nett, man könnte stattdessen Anstalt sagen und manchmal tue ich das auch. Jedenfalls habe ich hier nicht viel zu tun, also mache ich brav bei fast allem mit. So vergeht der Tag wenigstens etwas schneller. Wer behauptet, dass mit fortschreitendem Alter die Zeit immer mehr zu rasen scheint, der lebt nicht bei uns.

Ich war auf der Treppe zum Untergeschoss, als mir Anne und Dr. Hubmann entgegengekommen sind. Aufgeregt keuchend. Ich habe sie mit hochgezogener Augenbraue angesehen. Ein Blick, den ich mir antrainiert habe, als ich vor geraumer Zeit die englische Königin gespielt habe. Sogar mein Enkel Martin würde den Blick als cool durchgehen lassen. Der alte Hubmann freilich war ganz weiß vor Aufregung und Anne, die zwar um mehr als zehn Jahre jünger ist als ich, aber manchmal reichlich verwirrt, hat glühend rote Wangen gehabt.

„Da ist ein Toter", hat sie gejapst und ich habe mir Sorgen gemacht, dass auch die beiden gleich über den Jordan gehen könnten.

„Weidmar-Klein?", habe ich mit Queen-Blick zwei, starr geradeaus, die blassen Augen Richtung Unendlichkeit, gefragt. Weidmar-Klein geht es seit einigen Tagen nicht gut, ewig schade, er kann wirklich amüsante Geschichten aus seinem Leben als Hotelpage in der Zwischenkriegszeit erzählen. Später ist er bis zum Direktor aufgestiegen. Nur seine Tochter erkennt er manchmal nicht mehr. Aber ich bin mir nicht sicher, ob ich sie an seiner Stelle erkennen wollte.

Die beiden schütteln den Kopf. „Hannes", krächzt Dr. Hubmann.

„Der Zivi?"

„Liegt in der Apotheke und ist tot."

„Und sonst? Ist da sonst niemand?"

„Die Tür war offen, ich wollte etwas von diesen Vitamindingern", erklärt Anne.

„Da war niemand. Bis auf …", ergänzt Dr. Hubmann und flattert mit den Armen.

„Habt ihr es schon jemandem gesagt?"

Die beiden schütteln schon wieder gleichzeitig den Kopf. So als ob sie beim Fernsehballett von vorvorgestern wären. Ich atme durch. Bei mir war die Neugier schon oft stärker als die Vernunft, ein gutes Gefühl, wie eine lang vermisste Meeresbrise.

Zu dritt starren wir auf Hannes, unseren Zivildiener. Er liegt auf dem weiß gekachelten Boden, als wäre er eingeschlafen. Nur die Augen sind offen und gerade das fühlt sich für solche, die dem Tod statistisch schon näher sind als der Durchschnitt, nicht so erfreulich an. Gedankenfetzen flattern durch mein Hirn, ich kann sie nicht einfangen und denke mir, jetzt weiß ich endlich, wie es Anne geht. Oder werde ich etwa selbst senil? Der erste

Fetzen, den ich fange, ist: schon wieder wen überlebt. Der zweite: ja keine Spuren verwischen. Aber dann beuge ich mich vorsichtig über den Toten. Er trägt Jeans und ein schwarzes Sweatshirt und er sieht so jung aus. Ich habe ihn gemocht. Er war lustig, lange nicht so betulich wie zum Beispiel Schwester Irene. „Waren wir heute schon am Klo, Frau Prager?" Meine Güte, wie ich das hasse. Wenn es das Letzte ist, über das ich bestimme: Meine Verdauung gehört mir. Und es ist Schwester Irene, die aussieht, als wäre sie eine ganze Woche nicht am Klo gewesen.

Ich greife Hannes vorsichtig an den Hals, vielleicht schlägt sein Herz ja noch und wir alte Idioten denken zu viel an den Tod, aber der Hals ist kalt. Völlig unsinnig, nach seinem Puls zu tasten. Ich tue es trotzdem. Die Hoffnung stirbt zuletzt, heißt es. Der da ist früher dahingegangen.

„Man muss die Direktion verständigen", murmelt Dr. Hubmann. Er hat eine ganze Menge von seiner üblichen Wichtigtuerei eingebüßt.

Ich sehe mich im Raum um: Einige Laden stehen offen, so, als hätte jemand etwas gesucht. Hinter dem Pult, nicht weit von der linken Hand von Hannes, liegt eine Spritze. Ich kenne mich nicht aus mit Drogen, aber ich habe in unzähligen Kriminalfilmen mitgespielt, also schiebe ich den linken Ärmel seines Sweatshirts hoch. Einstiche. Gleich mehrere.

Schritte. Stimmen.

Ein Versteck. Ich brauche ein … aber wie verstecke ich die beiden neben mir? Anne spielt starres Kaninchen, oder sind das Hühner, die sich in Panik plötzlich nicht mehr bewegen und sich fangen lassen? Dr. Hubmann stemmt die Arme in die Seiten. Im wirklichen Leben war er Anwalt.

„Was …", fängt Zehetner an, als er uns sieht. Er ist unter anderem für die Apotheke zuständig. Er bricht ab, starrt Hannes an, dann uns. Als hätten wir ihn umgebracht.

„Dort drüben liegt eine Spritze", sage ich.

Beim Mittagessen reden alle, die noch bis zwei zählen können – man will hier jeden fördern, aber niemanden überfordern –, von nichts anderem. Hannes war also ein Junkie und hat sich den goldenen Schuss gesetzt. Das ist auch die inoffizielle Meinung der Direktion. Ein Polizeibeamter befragt Anne und Dr. Hubmann und mich. Bei Anne haben sie Pech, offenbar hat sie der Schock etwas mehr als üblich verwirrt, sie schwafelt von einem großen Geburtstagsfest, für das sie noch Torten backen müsse, mit Orangenscheiben obenauf, wegen der Vitamine. Dr. Hubmann ist unwirscher denn je, er bellt bloß, dass er niemand gesehen habe, und basta. Und wer ihm etwas unterstelle, den würde er verklagen. Ich mime die späte Unschuld vom Land und hauche: „Ist er wirklich an einer Überdosis gestorben?" Offenbar verfängt mein Charme bei diesem Typ nicht. Er sieht überhaupt nicht aus, wie man sich einen Polizeibeamten vorstellt. Er ist klein und übergewichtig und trägt eine blaue Strickjacke mit engen Bündchen. Unmöglich.

„Die Ermittlungen sind noch im Gange", antwortet er. So eine öde Textzeile würde jeder gute Schauspieler verweigern. Ich werde unsicher. Träume ich das Ganze nur? Spiele ich in einem Film? Die letzte Rolle? Quatsch. Nächste Woche habe ich einen Gastauftritt im Werbefernsehen. Inzwischen ist das besser bezahlt als vieles in der Branche. Und wenn jemand wirklich glaubt, dass viel Zucker und einige Mineralstoffe den Alterungsprozess aufhalten können, dann ist er selbst schuld.

Man müsste mit allen aus dem Heim reden, überlege ich. Aber es gibt mehr als fünfzig Insassen und nicht alle sind, freundlich ausgedrückt, in Top-Verfassung. Weidmar-Klein scheint es allerdings wieder besser zu gehen. Er tappt uns mit seinem Rollator entgegen. „So ein Unglück", ruft er mir zu, „so ein netter Kerl."

Ich nicke.

Weidmar-Klein stoppt und setzt sich auf dieses Ding, mit dem ich nie näher zu tun haben möchte. „Wissen Sie, zuerst habe ich ihn nicht leiden können. ‚Na, du alter Scheißer‘, hat er gesagt, bevor er mir … nun ja, einen gewissen Toilettendienst erwiesen hat. Aber er hat es nie böse oder demütigend gesagt, und bald habe ich mir gedacht, ist ja wahr, ich bin ein alter Scheißer, besser, der Tatsache ins Auge zu sehen und darüber zu lachen. Wenn ich da an Frau Elvira denke und ihr ‚Haben wir uns vielleicht schon wieder vollgegackt?‘ Da möchtest du das tun, was sie ohnehin alle von dir erwarten. Sterben."

„Vielleicht braucht Frau Elvira auch Windeln", sage ich trocken. Weidmar-Klein und ich sind uns meistens einig. Auch wenn er vier Jahre jünger ist als ich. Irgendwann beginnen gewisse Altersunterschiede nicht mehr so wichtig zu sein. Wenn ich mir vorstelle: mit siebzehn einen dreizehnjährigen Freund? Unmöglich. Ich hatte damals einen, der schon Mitte zwanzig war. Es war Krieg und er war der Sohn irgendwelcher Leute, die beim Regime gut angeschrieben waren. Er werde mir den Weg zur Bühne ebnen, hat er versprochen. Vielleicht hätte ich mich doch besser an einen Dreizehnjährigen gehalten. Aber was bringt es, im Nachhinein klüger zu sein? Besser leben als mit dem optimalen Durchblick sterben.

Am nächsten Tag hält die Frau Residenzdirektorin beim Frühstück eine Rede. Sie sieht wie meist erschreckend blass aus, aber vielleicht hält sie das auch für vornehm. Elitäres Getue liegt ihr nun einmal. Fairerweise muss man sagen, dass sie es nicht so einfach hat mit uns alten Deppen und dem Personal und den Eigentümern unserer Anstalt, die schon seit längerem überlegen, an einen „Gesamtanbieter in Einrichtungen für das Gesundheitswesen" zu verkaufen. Den Satz habe ich auswendig gelernt. Ein mieser internationaler Konzern, der Alte, Kranke und Erholungsbedürftige in maximalen Gewinn pro Stück umrechnet. Andererseits. So ist jeder von uns noch zu etwas gut. Jedenfalls hat die bleiche Residenzdirektorin jetzt auch noch einen toten Zivi am Hals.

Wir hätten ein Recht darauf, informiert zu werden, sagt sie. Wenn sie betont langsam und laut spricht, regt mich das immer noch auf. Was bin ich, eine Idiotin? Andererseits weiß ich inzwischen, dass es welche gibt, die ihr nur so folgen können. Andere nicht einmal dann. „Wovon spricht sie?", murmelt Anne.

„Von Hannes. Du hast ihn gefunden."

„Wirklich?"

Du liebe Güte. Die Todesursache sei klar, redet unsere Heimleiterin weiter, man habe eine Überdosis an Betäubungsmitteln im Blut festgestellt. Beim Wort Üüüüüberdosis wird ihr Mund ganz spitz, so als ob sie sich überwinden müsse, so etwas überhaupt auszusprechen. Auch im Zimmer von Hannes habe man diverse Betäubungsmittel gefunden, es liege der Verdacht nahe, dass er sie im Laufe der Zeit aus der Apotheke oder, schlimmer noch, direkt von „unseren lieben Residenzbewohnerinnen und -bewohnern" entwendet habe.

Ich sehe Weidmar-Klein an. Er schüttelt den Kopf. Das ist zu einfach. Und mir fällt ein, was ich dem Polizeibeamten zu sagen vergessen habe.

„Er hat einige Einstiche gehabt, aber alle waren frisch. Ich habe keine alten gesehen", melde ich mit bester Bühnenstimme. Von tief unten muss man Luft holen, sprechen, nicht rufen, voll muss die Stimme aus ihrem Sitz kommen, nicht gepresst oder gar gequakt.

Die Residenzdirektorin fummelt an ihrer Perlenkette herum, lächelt eine Spur zu milde. „Wir müssen uns mit der Tatsache abfinden: Unser Zivildiener war offenbar drogensüchtig. Oder er hat sich gleich zu Beginn einen tödlichen Cocktail gespritzt."

„Und sich dafür ein paar Mal gestochen? Hannes war Rettungssanitäter. Er wollte Medizin studieren."

„Das bedeutet keinerlei Misstrauen gegenüber Zivildienern schlechthin, aber dieser ..." Ich sollte ihr ein Stimmtraining anbieten, sie quietscht schon fast, so hoch ist das „aber dieser".

„Ich ... ich wünsche Ihnen allen noch einen guten Tag", fährt sie in gemäßigterer Tonlage fort, „den ... den Umständen entsprechend."

Die nächste halbe Stunde kümmert sich unsere Residenzdirektorin in intensiven Vier-Augen-Gesprächen um die besonders aufgewühlten Heiminsassen. Immer wieder tätschelt ihre Hand Unterarme, manchmal sogar Wangen, sie beugt sich vor, sie flüstert, sie versucht sich in verhalten lächelnder Zuversicht. Ich nehme mir noch einen Kaffee und setze mich zu Weidmar-Klein. „Wie geht es Ihnen?", frage ich.

„Er war kein Drogensüchtiger", lautet die Antwort. „Wie soll es einem mit dreiundneunzig schon gehen? Mein Kreislauf ist wieder stabil, sagt der Arzt."

„Sie sind zweiundneunzig, machen Sie sich nicht dauernd älter."

„Ich bin im dreiundneunzigsten Jahr. Wenn ich sterbe, wird auf meinem Partezettel ‚im dreiundneunzigsten' stehen."

Frau Gerngross steuert uns an. Schon im Näherkommen hat sie einen ihrer Sprechdurchfälle. „Gleich habe ich mir gedacht, dass mit dem etwas nicht stimmt", schnattert sie drauflos, „allein diese langen Haare und dieser Unernst gegenüber der älteren Generation, Zivildiener, ich sage Ihnen das, die sind alle nichts Gutes, mein Gatte, Gott hab' ihn selig, war beim Militär und der hat immer gesagt, jemand, der unsere Heimat nicht verteidigen will, gehört sofort ausgewiesen – oder hat er erschossen gesagt? Egal, jedenfalls hat mich auch Frau Betty vor ihm gewarnt, ich solle bloß nicht auf ihn hören, meine Ersparnisse sind im Zimmer sehr gut aufgehoben und ... den würde ich nie auf was aufpassen lassen, und Buchhalter ist er auch keiner."

Ich sehe Weidmar-Klein an, er nickt. Ich stütze mich auf seinen Rollator, stehe auf, ärgere mich über mein bockiges rechtes Knie, helfe ihm auf die Beine. Zum Glück ist er ein zierliches Männchen. Wir verziehen uns. Man muss nachdenken.

„He, Frau Prager", ruft es, als wir bei der Tür sind. Fräulein Marie ist blind. Sie erkennt uns an einer Mischung aus Geruch und Gang, behauptet sie. Wenn sie nicht gerade depressiv ist, kann man sich gut mit ihr unterhalten. Sie hat Sinn für Humor. Und davon kann man hier nie genug haben.

„Glauben Sie wirklich, dass unser Hannes ermordet worden ist?", will sie wissen.

Eine halbe Stunde später sitzen wir zu viert in der Besucherecke im ersten Stock. Von hier aus hat man alle im Blick, die näher kommen. Abgesehen von Fräulein Marie. Aber die riecht und hört sie. Ich habe meinen Malkurs geschwänzt und Weidmar-Klein hat auf seinen Arzttermin vergessen. Es gibt Wichtigeres. Wir glauben nicht an einfache Lösungen. Weil erstens lehrt uns die Erfahrung, dass gerade angeblich Einfaches kompliziert ist. Und zweitens haben wir das Gefühl, Hannes noch etwas schuldig zu sein. Ich kenne eine recht brauchbare Journalistin. Mira Valensky. An sich sollte sie an meiner Biografie arbeiten. *Zu Tode gefürchtet ist auch gestorben.* Ein guter Titel, finde ich. Aber sie verbringt mehr Zeit damit, obskure Machenschaften aufzudecken. Als ob das wirklich Böse besiegt werden könnte. Ich sollte sie anrufen, weil eines weiß ich: Einfache Lösungen sind ihr suspekt. Hannes war kein Junkie. Es passt nicht. Und längere Haare hatte mein Enkelsohn auch, sogar, als er schon Professor an der Columbia University war.

„Man muss sich sein Zimmer ansehen", schlägt Fräulein Marie vor.

„Ausgerechnet Sie", erwidert Dr. Hubmann wenig charmant. Auch er glaubt der offiziellen Version nicht. Vielleicht bloß, weil er an gar nichts glaubt, aber wir können jede Unterstützung brauchen. Er ist noch recht fit, abgeschoben vom eigenen Sohn, der seine Villa und seine Anwaltskanzlei wollte.

„Man könnte den Schlüssel klauen", überlege ich.

„Meine Liebe, das brauchen wir nicht", erwidert Weidmar-Klein. „Wozu habe ich über fünfzig Jahre im Hotel gearbeitet? Ich kann Türen öffnen. Wenn ich Ihnen erzähle, wie wir diese betrunkene Tänzerin im Jahr 1935 …"

„Da waren Sie acht", werfe ich ein.

„Ich weiß nicht, warum Sie es immer so mit Zahlen haben. Warum sind Sie nicht Buchhalterin geworden?"

„Weil ich keine spielen wollte." Buchhalterin … da fällt mir etwas ein. „Frau Gerngross hat davon gelabert, dass Hannes kein Buchhalter war."

„Neuigkeit. Er war auch kein Löwenbändiger."

„Briefträger", steuert Dr. Hubmann bei.

Fräulein Marie seufzt. „Also, Herr Weidmar-Klein. Wie war das mit dem Türenöffnen?"

„Ich brauche bloß eine schmale stabile Karte. Zum Glück gibt es jetzt diese Sozialversicherungskarten. Keine Ahnung, was die da alles darauf speichern können, aber zum Türenöffnen funktionieren sie."

„Ich rieche mehr, als Sie alle zusammen sehen", sagt Fräulein Marie, „ich will dabei sein."

„Unsinnige Idee", knurrt Dr. Hubmann, „aber die Polizei ist eine faule Bande. Da könnte ich Geschichten erzählen, von Prozessen …"

„Aus der Kaiserzeit?", ätze ich.

„Sie meinen, als Sie Theater gespielt haben? Aber das tun Sie ja noch immer, gewissermaßen."

Ich strafe Dr. Hubmann mit einem nahezu tödlichen Blick.

Wir haben geklärt, dass das Zimmer von Hannes nicht versiegelt ist. Offenbar kümmern sich die Behörden nicht besonders um einen Zivildiener, der an einer Überdosis gestorben ist. Hannes hat im obersten Stockwerk gewohnt. Sein Zimmer in der Nacht zu durchsuchen entspräche zwar den gängigen Fernsehdrehbüchern, ist aber unsinnig. Dann ist es leise im Haus und die Nachtassistenz, von uns Blockwart genannt, hört jedes Geräusch, sieht jeden Lichtschein. Ich weiß schon, dass sich einige beruhigt fühlen, wenn jemand auch in der Nacht unterwegs ist. Aber wenn du lautlos verröchelst, hilft dir das gar nicht. Ich will nicht kontrolliert werden, wenn ich in der Nacht ins Zimmer meines Lovers husche. Na gut. Momentan gibt es keinen passenden. Aber es könnte ja einer kommen. Auch George Clooney wird älter.

Wir werden uns gegen Ende der Abendessenszeit hinaufbegeben. Gemessen, wie es sich für unser Alter gebührt. Da sind die meisten in Bewegung, da fällt nichts auf.

Ich fürchte, mein Blutdruck ist schon jetzt um einiges zu hoch, obwohl ich meine Mittel nehme. In so einer Umgebung wird ja alles kontrolliert. Oder zumindest versuchen sie es. In unserem Interesse, natürlich. Auch wenn der frühe Tod durch Ignoranz bei mir kein Thema mehr ist. Ab und zu rauscht es eben ein wenig im Kopf, aber das wäre auch bei Jüngeren so, die das Zimmer eines Toten durchsuchen wollen.

Zuvor, am Nachmittag, müssen wir freilich noch den Angriff der heiligen Betty über uns ergehen lassen. Sie kommt von irgendeiner Kirche, vermute ich, vielleicht ist sie aber auch in eigener Mission unterwegs. Sie sieht es als ihre Pflicht an, uns zu besuchen und aufzurichten. Vielleicht ist das ganz nett für solche, die alleinstehen und nicht besonders wählerisch sind. Es gibt bei uns gar nicht so wenige, auf die beides zutrifft. Aber schon Bettys säuselnder Tonfall macht mir Gänsehaut.

Leider kommt der Ton meiner Tochter dem ihren manchmal ziemlich nahe. Ich denke an die Nacht, in der ich nach einem fröhlichen Abend mit Weidmar-Klein gestürzt und auf der Krankenstation gelandet bin. So ein weinerlicher Singsang, der mich an schallgedämpfte Klageweiber erinnert, es sei nicht erlaubt, Alkohol in die Residenz zu schmuggeln, jetzt werde ich ja hoffentlich begreifen, warum, und so weiter und so weiter. Dabei bin ich deutlich mehr am Leben als sie. Wer sagt, dass man seine Kinder lieben muss, wenn sie älter werden? Meinen Enkel, den liebe ich.

Fräulein Marie wird von der heiligen Betty besonders gerne heimgesucht. Als Blinde kann sie nicht so leicht davonrennen und außerdem: Sie hat tatsächlich keinen einzigen Verwandten. Trotzdem hat Dr. Hubmann festgestellt, dass die heilige Betty, „nennen Sie mich einfach Frau Betty", säuselt sie, am längsten bei denen von uns bleibt, die etwas zu vererben haben. Ob sie tatsächlich schon einmal etwas geerbt hat, weiß ich nicht, jedenfalls gibt es auch unter den Alten gutgläubige Idioten. Dr. Hubmann hat sie erst ausgelassen, nachdem er ihr klipp und klar gesagt hat, dass sich sein Sohn bereits das ganze Vermögen unter den Nagel gerissen hat. Und bei mir gibt es nicht wirklich was zu erben. Finde eine österreichische Schauspielerin, die gerne lebt und reich geworden ist.

Erstaunlicherweise klopft die heilige Betty an diesem Nachmittag trotzdem an meine Tür. Ich habe mich zurückgezogen, um endlich meinen Håkan-Nesser-Krimi fertig zu lesen. Trotzdem, so spannend er ist, ich muss eingenickt sein.

Ich versuche sie abzuwimmeln. Es gehe mir gut, ich würde regelmäßig besucht, ich bräuchte nichts außer meiner Ruhe.

„Und wie haben Sie die schreckliche Entdeckung verkraftet?", säuselt sie unbeeindruckt weiter.

„In meinem Alter nimmt einen der Tod nicht mehr so mit", sage ich so trocken wie möglich.

„Sie glauben nicht, dass der arme Hannes den Drogentod gestorben ist, habe ich gehört?"

Ich überlege: Könnte sie eine potenzielle Verbündete sein? Selbst wenn: Sie geht mir auf die Nerven, ich will mit ihr nichts zu tun haben.

„Was weiß man schon."

„Ich fürchte …", sie macht eine Kunstpause, „er war doch drogensüchtig. Ich wollte nicht, dass er Schwierigkeiten bekommt, aber ich habe gesehen, wie er aus der Apotheke Beruhigungsmittel mitgehen lassen hat."

„Das wird doch überwacht."

„Nicht, wenn man ein bisschen mehr nimmt, als die lieben Schützlinge brauchen."

Da war etwas, das Frau Gerngross über die heilige Betty und über Hannes gesagt hat. Aber wer hört ihr schon zu? Ich muss diese Landplage schnell loswerden, ich muss mich auf die Zimmerdurchsuchung vorbereiten. Ich habe einen Fotoapparat. Ich weiß nicht, wie wir die Sache anlegen, und sie kommt mir auch etwas kindisch vor, so wie eine Szene aus den Mädchenbüchern, die meine Tochter gerne gelesen hat, vor sechzig Jahren oder so. *Hanni und Nanni* für Alte. Anderseits: Wann gibt es hier schon einmal etwas zu erleben? Und: Wovor sollte sich eine von uns noch fürchten?

Es läuft wie am Schnürchen. Gegen Ende des Abendessens – Dr. Hubmann nennt den Grenadiermarsch „Abfall der vergangenen Woche", aber er hätte ja auch etwas anderes wählen können, ich hab wie meistens den Fisch genommen, schließlich habe ich noch etwas vor – stehen wir der Reihe nach auf. Fräulein Marie schafft es allein in den Gang, sie wartet beim Getränkeautomaten. Ohne zu reden greife ich nach ihrem Arm und wir sind im Lift. Fünfter Stock. Ich sehe mich um. Hier sind nur Büroräume, Bereitschaftszimmer und einige Zimmer für das Personal, das im Haus wohnt. Alles wie ausgestorben. Weidmar-Klein sollte bereits in der Toilette warten, Dr. Hubmann wird die Treppe nehmen und in einigen Minuten bei uns sein. Ich klopfe leise ans Herrenklo. Windel oder nicht, der ehemalige Hoteldirektor schießt geradezu mit seinem Rollator aus der Tür. Er tappt so schnell vorwärts, dass wir ihm kaum folgen können. Ich höre den Lift. Fräulein Marie und ich stellen uns ans Fenster, wenn uns jemand fragt, was wir hier zu suchen haben, dann machen wir auf verwirrt. Es ist Dr. Hubmann. Der wollte doch zu Fuß kommen. Im dritten Stock habe er entschieden, dass es klüger sei, den Aufzug zu nehmen. Damit ihn sonst niemand benutzen kann. Sicher doch. Ausnahmsweise verkneife ich mir eine spöttische Bemerkung. Weidmar-Klein zückt seine E-Card und bevor ich noch zuschauen kann, ist die Tür offen. Er muss mir das beibringen, man weiß ja nie. Wir schlüpfen ins Zimmer. Es ist halb so groß wie meines, also winzig. Ein Bücherregal, ein zweitüriger Kasten, darauf Lautsprecher, der gleiche kleine Holztisch mit zwei Sesseln wie bei mir, Standard. Anders als die meisten hab ich nicht vor, meine private Einrichtung ins Heim zu schleppen. Ich bleibe nicht lange. Laptop auf dem Tisch, schmales Bett, Bettdecke mit lila Giraffen. Es ist diese blöde Decke, die meine Augen feucht werden lässt. Ich kann nichts dagegen tun. Man wird sentimental im Alter, das ist offenbar ähnlich unvermeidlich wie andere Abnützungserscheinungen. Aber man muss es nicht zugeben.

Fräulein Marie stellen wir in der Mitte des Raums ab, damit sie nirgends anrennt. Ich blinzle und mustere angestrengt das Bücherregal. Viele medizinische Fachbücher, *Anna Karenina*, *Es muss nicht immer Kaviar sein*, *Haus ohne Hüter*, *Willkommen in Wellville*, einiges von Agatha Christie, wirkt, als wären die Romane schon vor ihm da gewesen, auch das Textbuch zu *Pension Schöller* ist darunter. Vielleicht wollte er sich vorbereiten, bevor er hier seinen Dienst angetreten hat.

Man könnte das Stück aktualisieren, in einem Altersheim spielen lassen und …

„Kennen Sie sich mit dem Laptop aus?", fragt Weidmar-Klein und starrt auf das Ding auf dem Tisch, als würde es jeden Moment explodieren.

„Ganz gut", antworte ich.

„Es könnten Informationen darauf sein. Verschlüsselt."

„Dann hätte ihn die Polizei mitgenommen."

„Aber wenn die Informationen gut verschlüsselt sind …"

Ich kann gerade mal so ins Internet und über Skype mit meinem Enkel kommunizieren, zu mehr reicht es nicht. „Fran. Der Sohn der Freundin meiner Biografin Mira Valensky. Er hat eine Computerfirma."

„Klingt kompliziert. Wir nehmen das Ding jedenfalls mit", sagt Weidmar-Klein. „Sie haben keine Ahnung, was aus Hotelzimmern alles gestohlen …"

„Psst!", zischt Fräulein Marie und lauscht.

„Was?", flüstere ich.

„Nichts. Ich höre nichts. Aber ich kann auch nichts hören, wenn ihr so laut redet."

„Wir flüstern", brummt Weidmar-Klein. „Der Doktor wird sich wohl auskennen mit so einem Ding."

„Ich hatte zwei Sekretärinnen", erwidert Dr. Hubmann etwas von oben herab.

Da sehen wir wieder einmal, wie weit die Technikkompetenz von Männern reicht. Ich drücke eine Kurzwahltaste am Telefon.

„Mira, ich brauche Fran. Sofort. Wir haben da einen Laptop …"

„Warum flüsterst du? Worauf hast du dich wieder eingelassen?"

„Eingelassen … wie das klingt. Wir müssen etwas nachsehen. Könnte verschlüsselt sein."

„Wann machen wir weiter mit der Biografie?"

„Ich arbeite gerade daran."

Kurzes Schweigen in der Leitung. „Ohne mich?"

„Was willst du schreiben, wenn ich nichts erlebe?"

„Was tust du?"

„Etwas, was du schon oft genug getan hast. Wir durchsuchen ein Zimmer. Und auf dem Computer könnten wichtige Hinweise sein."

„Nehmt ihn mit. Das würde auch Fran sagen. Soll ich kommen?"

„Ich brauch kein Kindermädchen."

„Du willst nur nicht, dass die Biografie fertig wird. Weil du Angst hast, dass du dann ..."

„Ausgelebt hast? Dass du dich da nicht täuschst."

Dr. Hubmann stößt mich an und hält den Zeigefinger vor seine Lippen.

„Ich melde mich später", murmle ich und stecke das Telefon in die Jackentasche. Da drin ist noch eine Tasche. Eine faltbare. So ein Bio-Öko-Teil, damit man keine Plastiksäcke braucht, wenn man spontan etwas kauft. Der Laptop geht rein. Es lebe der Umweltschutz.

Wir schnüffeln zugegebenermaßen ziemlich ziellos herum, stellen fest, dass Hannes nicht besonders viele Sachen hatte, die paar Hosen und Hemden und Jacken hängen durcheinander, aber vielleicht hat sich die Spurensicherung nicht bemüht, alles wieder in Ordnung zu bringen. Die gefundenen Beruhigungsmittel sind natürlich als Beweismittel bei der Polizei. Wo hat man sie gefunden? Im Badezimmer? Wobei. Das Wort ist eine Übertreibung, ich würde den Nebenraum eher Duschklo nennen. Ein Abstellraum ist ein Tanzsaal dagegen.

„Wo waren die Drogen?", frage ich.

„Wahrscheinlich im Klo, oder im Spülkasten, das machen Dealer so", antwortet Dr. Hubmann.

„Ja, und der Polizei ist das noch nie aufgefallen", höhne ich.

„Warum? Sie haben sie ja gefunden."

„Seid doch endlich ruhig", flüstert Fräulein Marie, „ich muss mich konzentrieren. Da ist ein Geruch, den ich kenne."

„Der von Hannes", murmelt Weidmar-Klein.

„Eben nicht."

„Dann der von der Spurensicherung."

„Nein, es ist einer, den ich kenne."

Wir bleiben stehen und halten den Mund. Fräulein Marie hat die Nase wie ein Spürhund in die Luft gereckt. Sie sieht ziemlich seltsam aus. Dann dreht sie sich langsam um sich selbst. „Ich weiß nicht", klagt sie, „ich komme nicht darauf."

Als ich jung war, gab es ein Spiel, bei dem wir blind Gerüche erkennen mussten. Das war ganz schön schwierig, sogar Zimt und Pfeffer habe ich verwechselt. Eine Skihütte, wir haben es auf einer Skihütte gespielt, damals habe ich meinen Mann kennengelernt. Er hat wunderbar gerochen. Nach Leder und Rotwein und ein klein wenig nach etwas Süßlichem und ein bisschen mehr nach etwas Herbem. Ich weiß nicht, ob ich den Geruch noch erkennen würde, nicht einmal die exakte Erinnerung ist geblieben, nur das Gefühl, wie es war, ihn zu riechen.

Fräulein Marie schnüffelt und schüttelt den Kopf und schnüffelt und ich versuche nachzudenken. Im Zimmer von Hannes wurden verschiedene Betäubungsmittel gefunden, die offenbar aus der Heimapotheke stammen. Was wissen wir schon über ihn? Außer, dass er gut mit uns alten Krachern konnte, sogar mit so griesgrämigen wie Dr. Hubmann. Die Sache mit dem Medizinstudium, er hat die Aufnahmsprüfung nicht geschafft, das hat er einmal erzählt. Aber macht man sich deswegen mit Drogen nieder? Dass ich ihn nie nach seiner Familie gefragt habe. Er hat sich für uns interessiert – aber wir uns auch für ihn? Aus Wien war er wohl nicht, eher aus Salzburg, oder vielleicht aus Oberösterreich. Diese regionalen

Färbungen oder gar Mundarten, die gibt's bei den Jungen kaum mehr. Zu viel deutsches Einheitsfernsehen. Wobei: Fernseher hatte er gar keinen. Aber das geht auch über den Computer.

„Die heilige Betty, das ist der Geruch, der stammt von der heiligen Betty!"

Alle, die schauen können, sehen einander an.

„Sind Sie sicher?", frage ich.

Fräulein Marie hat das Gesicht, wie meistens, gesenkt. Sie nickt. „Natürlich. Sonst würde ich es nicht sagen."

„Und was hätte die bei Hannes gesucht?", bellt Dr. Hubmann.

„Von ihm hätte sie nun wirklich nichts erben können", ergänzt Weidmar-Klein.

Da war etwas, das Frau Gerngross gesagt hat. Man sollte ihr hin und wieder doch zuhören, meine Güte, wird das Gehirn langsam, wenn man zu lange keinen Text zu lernen hat. Brei statt Gehirnzellen, ich muss mich konzentrieren. Sie hat etwas über Hannes und die heilige Betty gesagt. Man muss sie fragen, aber sie merkt sich selten, was sie daherredet. Wie ging das? Hannes wollte, dass sie ihr Geld auf die Bank gibt oder so. Die heilige Betty hat sie vor Hannes gewarnt. Ging es da nur um das blödsinnige Geld oder auch um etwas anderes? Er würde es aufschreiben, er sei kein Buchhalter. Was jetzt? Aber seit wann glaube ich, dass Frau Gerngross Sinnvolles erzählt?

Ich sollte längst schlafen, stattdessen wandere ich in meinem Zimmer auf und ab. Das hilft beim Denken, und wenn nicht, dann werde ich davon hoffentlich müde. Es wäre viel besser, gleich weiterzumachen. Es ist halb zwei in der Nacht. Ich war nie eine, die früh zu Bett gegangen ist. Theater, Premieren, Premierenfeiern. Und jetzt dieses Zimmer, das sie Residenzapartment nennen. Ich muss hier raus. Mein Knie ist gut. Gut genug. Warum sollte ich nicht allein leben können? Ich kann ja auch noch arbeiten. Ich bin fürs Werbefernsehen gebucht. Und man hat mir erst vor kurzem eine Filmrolle angeboten. Schon wieder eine alte Frau. Ich will keine alten Frauen spielen. Und wenn, dann eine lustige, keine tragische. Aber was sonst … Ich sollte mich konzentrieren. Mit uns hat Hannes nicht übers Geld geredet. Ich habe fast immer ein, zwei Tausender im Zimmer und Dr. Hubmann hat von einer „kleinen, aber doch bemerkenswerten Summe an einem gut geschützten Platz" gesprochen. Als ob er nicht Klartext reden könnte, weil auch wir ihn sonst beklauen würden. Warum hat die heilige Betty vor Hannes gewarnt?

Ich habe den dummen Laptop gestartet, aber ich bin aus dem, was ich gesehen habe, nicht schlau geworden. Und ich wollte nicht zu viel herumprobieren. Warum hat die Polizei den Computer nicht mitgenommen? Weil sie alles weiß? Weil ihr alles egal ist? Dazwischen. Meistens liegt die Wahrheit dazwischen. Was wollte die heilige Betty im Zimmer von Hannes? Und: War er da, als sie im Zimmer war? Fräulein Marie hat gemeint, der Geruch sei nur mehr schwach gewesen, ein Hauch. Deswegen hätte sie auch so lange gebraucht, um dahinterzukommen, von wem er stammt. Trotzdem kann man nicht genau sagen, wann die heilige Betty da war. Sie lüften ununterbrochen. Das gehört zu den Grundprinzipien des Hauses, egal, ob wir uns eine Lungenentzündung holen oder nicht. Erfroren sind schon viele, erstunken noch niemand. Mir ist andauernd kalt, ich habe nicht viel Fett. Zum Glück, an sich. „Bald wird Sie der Wind wie ein Blatt hinauswehen, wenn Sie nicht mehr essen", hat Hannes neulich zu mir gesagt.

Zu ihm hätte ich auch nach Mitternacht gehen können, wenn es wichtig ist. Aber er ist ja tot. Wie absurd. Lauter alte Leute und er ist es, der stirbt. Fran. Der Sohn von Miras Freundin Vesna. Ich rufe ihn an. Jetzt. Mira hat mir seine Nummer geschickt. Mit den blöden Smartphone-Anwendungen komme ich nicht gut zurecht, ich weiß, dass man so einen gesendeten Kontakt irgendwie weiterverwenden und speichern kann, aber es ist einfacher, die Nummer abzuschreiben und sie dann ins Telefon zu tippen. Für meine wichtigen Nummern habe ich nach wie vor ein Notizbuch. Das ist sicherer. Und wenn keiner einbricht, kann auch keiner mitschauen. Wie beim Laptop. Der gläserne Mensch, ich habe erst vor kurzem eine Doku darüber gesehen. Fran geht nicht dran. Es läutet. Und läutet. Dass der schon schläft. In seinem Alter habe ich selten vor dem Morgengrauen geschlafen. Oder störe ich ihn womöglich beim Sex? Ich will nicht nachrechnen, wie lange das bei mir her ist. Natürlich muss er nicht abheben, bloß weil eine alte Schachtel …

„Ja?"

„Habe ich dich gestört?"

„Wer ist da?"

„Rosa Prager."

„Wer? … Oh … die Schauspielerin … Ist etwas mit Mira? Oder mit Mam?"

Jetzt klingt er schon deutlich wacher. Ich gönne mir eine Kunstpause, damit er noch wacher wird.

„Was ist???"

Ich erzähle ihm, was ich weiß, was wir vermuten, und dass dieser verdammte Laptop bei mir ist. „Möglicherweise mit verschlüsselten Daten."

Fran seufzt. „Die Spurensicherung war da, richtig? Und die Polizei geht davon aus, dass er sich, wahrscheinlich versehentlich, mit einem Medikamenten-Cocktail aus dem Heim umgebracht hat, richtig?"

„Ja."

„Dann haben sie auf dem Laptop nichts gefunden, oder die entsprechenden Daten ausgelesen. Die sind nicht so dämlich, wie viele glauben."

„Und wenn er besser war als sie?"

„Ein Zivi, der durch die Aufnahmsprüfung fürs Medizinstudium gefallen ist?"

„Na und? Er könnte ein Freak sein."

„Ein Nerd?"

„Ein was?"

„Wie sieht der Laptop aus?"

Was für eine Frage. Wie ein Laptop eben. Ich versuche mich
in einer etwas genaueren Beschreibung und Fran erklärt mir,
dass jemand, der so einen Laptop habe, wohl kaum besonderes
Interesse an den Möglichkeiten der Informatik habe. „Was
hätte er übrigens verschlüsseln sollen?"

„Wenn ich das wüsste, müsste ich nicht danach suchen."

Fran lacht. „Da ist allerdings was dran. Wirklich Wichtiges
oder gar Kriminelles würde ich übrigens nie in den Laptop
schreiben."

„Weil sie alle mitschauen können", assistiere ich ihm.

„So ungefähr."

„Ja, aber deswegen eben verschlüsselt."

„Auch nicht verschlüsselt. Da musst du schon sehr gut …"

Schön langsam verliere ich die Geduld. „Es geht nicht um
seine Fähigkeiten am Computer, da geht es darum, ob er wirklich …"

„Noch mal: Ich würde so etwas in ein Heft schreiben, auf
einen Zettel, meinetwegen in ein Buch, wenn es schon sein
muss, dann eben verschlüsselt, und wenn selbst ich …"

„Na gut. Du willst dir den Laptop nicht ansehen. War ja
bloß eine Frage."

Stille. „Klar sehe ich ihn mir an. Auch wenn ich nicht glaube … Was ist übrigens mit dieser Betty oder so? Könnte sie
sich mit Computern auskennen?"

„Du meinst … sie ist in sein Zimmer und hat ihm die Daten geklaut?"

„So etwas in der Art."

Ein verführerischer Gedanke. Allerdings unwahrscheinlich. „Sie ist so um die fünfzig, kommt, glaube ich, von irgendeiner Pfarre und will uns Trost spenden. Eine Nervensäge."

„Seit wann?"

„Keine Ahnung, jedenfalls länger, als ich da bin. Soll ich versuchen, ihr eine Falle zu stellen?"

„Und die sollte jetzt wie aussehen?"

„Kannst du den Laptop holen?"

„Jetzt?"

„Am besten wäre es. Bevor … bevor jemand bei mir einbricht, um ihn zu stehlen, und mich dafür womöglich niederschlägt."

„Schlechter Versuch, verehrte Frau Prager. Den hätte man sich schon einfacher holen können, wo sogar Sie …"

„Sogar? Okay, ich habe verstanden. Ich werde kein Auge zutun und ihn bewachen. Vor allem … Frau Gerngross hat noch etwas gesagt, Hannes hat angeboten, mitzuschreiben … wo das Geld ist, oder so."

„Passt doch. Suchen Sie nach einem Zettel. Wenn Sie schon glauben, dass dieser Hannes eine Nachricht hinterlassen hat. Ich schaue morgen vorbei. Am Vormittag, okay?"

„Ja. Auch wenn ich heute kein Auge zu…"

„Gute Nacht."

Ich lege mich nur aufs Bett, um besser nachdenken zu können.

„Woher kommt Frau Betty eigentlich?", frage ich unsere Heimleiterin und versuche ganz harmlos dreinzusehen.

„Woher?", fragt sie zurück und nestelt an ihrer ewigen Perlenkette.

Ich lächle sie an, freundlich, aber ein bisschen doof. Ich hoffe, ich habe Anne den Blick gut abgeschaut.

„Sie ist bei einem Freiwilligendienst, wenn Sie verstehen …"

„So etwas wie Freiwillige Feuerwehr."

Ihr Blick wird wachsamer. Und besorgt. „Nun, von einem Dienst, der sich um Menschen kümmert, die sonst niemand mehr haben."

„Sie hat geerbt, nicht wahr? Weil sie ein guter Mensch ist."

„Wie … meinen Sie das?"

„Na ja. Geld und so, von Residenzbewohnern, oder?"

„Unsinn! Woher haben Sie das denn, Frau Prager?"

„Ich weiß nicht … Da war was auf dem Computer von Hannes, glaube ich. Der wird gleich abgeholt. Von einem Fachmann."

„Aber er gehört Ihnen doch nicht."

„Doch, Hannes hat gesagt, ich kann ihn haben."

„Hannes' Sachen werden demnächst von seinem Bruder …"

Ich drücke Tränen aus meinen Augenwinkeln. Das geht einfacher als früher. Ich muss bloß an seine Bettdecke mit den lila Giraffen denken.

Die Heimleiterin legt ihre Hand auf meinen Unterarm. Ich hasse derartige Berührungen. Ein Übergriff. Aber sie lernen das in irgendwelchen idiotischen Seminaren. Nur dass ihnen keiner sagt, dass das nicht alle wollen. Und dass man fragen sollte. Wie bei anderen Annäherungsversuchen auch. „Wo ist der Computer jetzt? Sie geben ihn mir besser, dann brauchen Sie sich keine Sorgen mehr zu machen, liebe Frau Prager. Die Sache scheint Sie doch ziemlich mitgenommen zu haben."

Weiterspielen. Verwirrter Anne-Blick. „Ich weiß nicht …"

„Wir sollten uns einen Termin ausmachen, mit Doktor Fandler."

„Geht es Ihnen nicht gut?", frage ich zurück. „Ich brauch keine Psychologin …"

Die Residenzdirektorin seufzt. „Vielleicht haben Sie recht."

„Er ist in meinem Zimmer in Sicherheit", sage ich und gehe ab.

Für meine nächste Erkundung brauche ich Weidmar-Klein. Weil ich schon zu schwach und verwirrt bin. Wir tappen nebeneinander in die Apotheke.

„Sie benötigt dringend etwas fürs Gemüt", erklärt er Zehetner. „Dieser Todesfall. Er hat sie sehr mitgenommen."

Ich sehe drein, als hätte ich eine Wagenladung Glückspillen nötig. Oder was man sich da immer einwirft.

„Das geht nicht, das wissen Sie doch, das muss verschrieben werden. Ich kann ihnen etwas Johanniskrautöl geben, ausnahmsweise."

„Dabei gibt es hier so viele Dinge, die wirklich wirken", murmle ich. „Oder gibt es die nicht mehr, nachdem Hannes alles gestohlen hat?"

„Das ist doch Unsinn, Frau Prager, aus der Apotheke kann man nichts stehlen, dafür bin doch ich da."

Ich wechsle einen Blick mit Weidmar-Klein. Ja, er ist immer da. Und wo war er, als wir Hannes gefunden haben? Oder … hat er …

„Aber die Polizei sagt was anderes", murmelt Weidmar-Klein.

Zehetners Verunsicherung wäre auch für eine Blinde zu spüren. Oder würde Fräulein Marie sie riechen? Wir hätten sie mitnehmen sollen. „Da ist nichts weggekommen."

„Und was hat man dann bei Hannes im Zimmer gefunden?" Ich bin außer Übung. Ich bin aus meiner Rolle gefallen. Der Satz kam zu scharf und gar nicht verhuscht. Aber ihm scheint das nicht aufgefallen zu sein. Er wiegt den Kopf. „Ich weiß nicht, ich kann mir das nicht erklären, ich habe der Polizei gesagt, dass nichts fehlt, und es sonst abzuzweigen …"

„Sie meinen, nachdem die Mittel die Apotheke verlassen und bevor sie uns verfüttert werden?", setze ich nach.

Stirnrunzeln. „Wir sollten vielleicht wirklich etwas tun für Sie."

„Glaube ich weniger. Was ist?"

Zehetner sieht Weidmar-Klein beinahe hilfesuchend an. Authentisch zu sein wirkt eben doch am besten.

„Na?", ergänzt mein Freund und stützt sich auf seinen Rollator.

„Das … das hätte man gemerkt. Nicht immer und sofort, aber doch …"

„Das heißt, Sie glauben nicht, dass Hannes unsere Drogen geklaut hat?"

„Wie das klingt, als ob wir Ihnen Drogen …"

„Na?", sagt mein Freund wieder. Schön langsam könnte er sich einen anderen Text einfallen lassen.

Zehetner seufzt. „Nein, ich glaube es eigentlich nicht. Außer er hat von außen … oder gerade an diesem Tag das allererste Mal …"

„Und warum hat die Residenzdirektorin dann erzählt, dass er Drogen geklaut hat? Aus ihrer Apotheke?"

„Ich … weiß es nicht."

Ich sehe auf die Uhr. Ich kann im Moment nicht einordnen, was das bedeutet. Es hat schon etwas für sich, wenn das Drehbuch am Tisch liegt und man zur Not nachsehen kann, wie alles ausgeht und wer am Ende der … oder die … Ich muss nach oben. Dringend.

Der dämliche Lift. Er kommt und kommt nicht. Weidmar-Klein braucht ihn. Ich aber nicht. Ich hetze die Treppen hinauf. Tadellos geht das mit dem Knie. Und mir ist auch nicht im Geringsten schwindlig. Ich drücke mich an die Mauer, gleich ums Eck ist mein Zimmer. Und bevor ich noch überlegen kann, was ich als Nächstes tue, sehe ich die Heimleiterin aus meiner Tür kommen. Mit dem Laptop. Sie sieht sich kurz um, richtet sich gerade auf, ganz Dame, trägt ihn unter dem Arm, als ob ihr hier alles gehören würde, und verschwindet den Gang hinunter.

Mein Zimmer kommt mir fremd vor. Obwohl alles so ist, wie es war. Minus Computer. Aber der stand ohnehin erst seit kurzem da. Fran, der Experte. Ich sollte das Naheliegende tun, ihn anrufen.

„Die Direktorin hat ihn", fasse ich zusammen, nachdem ich ihm in groben Zügen alles erzählt habe. „Sie hat ihn geklaut."

Schweigen. Ich warte darauf, dass er mich fragt, ob es mir gut geht.

„Wirklich", füge ich hinzu. Es klingt, als könnte ich es selbst nicht glauben.

„Shit. Dann hätte ich ihn doch gleich in der Nacht holen sollen. Vielleicht will sie ihn bloß dem Bruder weitergeben. Oder aber sie glaubt, dass da was drauf ist, das ihr schadet. Sie haben ja ordentlich Theater gespielt, Frau Prager. Auch egal jetzt. Ich sag Mira, sie soll möglichst rasch kommen. Wenn sie Sie besucht, fällt das nicht auf. Wegen der Biografie. Am besten, Sie sperren inzwischen zu und lassen niemanden rein."

„Und was ist mit Weidmar-Klein?"

„Wem?"

„Wenn der Apotheker redet …"

„Wer?"

Etwas begriffsstutzig sind sie schon, die Jungen heutzutage. Computerfirma hin oder her.

„Das sind die Fakten", sage ich, als wir zu viert in der Besucherecke im ersten Stock sitzen. „Die Heimleiterin hat den Laptop aus meinem Zimmer geklaut. Nachdem ich ihr erzählt habe, dass ihn ein Fachmann auf verschlüsselte Daten durchsehen wird. Im Zimmer von Hannes war der Geruch der heiligen Betty."

„Und es kann nicht der Geruch der Direktorin gewesen sein?", fragt Dr. Hubmann unser Fräulein Marie.

„Aber sicher nicht", antwortet sie empört.

„Zehetner sagt, dass aus der Apotheke nichts weggekommen ist, obwohl die Heimleiterin das behauptet hat. Und er glaubt auch nicht, dass Hannes viel von unseren Rationen abgestaubt haben kann. Sonst wären ein paar noch mehr gaga geworden, als sie es schon sind."

„Sie sind böse", kichert Fräulein Marie.

„Die stecken unter einer Decke, die heilige Betty und die Direktorin", konstatiert Dr. Hubmann.

„Oder wir sind alle in einem Irrenhaus und wissen es bloß nicht", murmelt Weidmar-Klein.

Ich sehe ihn an. Hannes. Er hatte Sinn für Humor. *Pension Schöller.* Das Textbuch. Wenn er tatsächlich etwas aufgeschrieben hat ... Was hat Fran gesagt? Er würde es auf einen Zettel schreiben, oder auch in ein Buch ... ein Textbuch ... „Ich bin gleich wieder da. Herr Weidmar-Klein, Sie kommen bitte mit. Samt E-Card."

JOSEF: Nein. Bei uns zu Haus trinkt nur meine Frau – und das hab ich lang nicht gewußt. Erst bis ich sie eines Tages nüchtern g'sehn hab. (will abgehen)

SOPHIE: (altjüngferlich, hat die ganze Zeit geschrieben. Zu Josef) Ich möchte zahlen. Eine Schokolade.

JOSEF: Gebäck?

SOPHIE: Fünf. Von diesen da.

JOSEF: Sind genau fünfzehn Kreuzer.

Der Text ist eigentlich nicht besonders, aber die Notiz darunter ...

1.11. – Baumböck 2.000–700, Gerngross 15.000–6.000, Altmann 4.000–600, Kowalsky 3.000–2.000, Pieber 8.000–2.900

Die Namen kennen wir, das sind Mitbewohnerinnen und Mitbewohner. Es könnte um Geldbeträge gehen. Bedeutet der Strich ein Minus oder das, was übrig geblieben ist?

Dr. Hubmann schüttelt den Kopf. „Das Erste ist der Betrag und das Zweite das, was davon abgezogen wurde", sagt er im Brustton der Überzeugung.

„Vielleicht haben sie das eine auf der Bank und das andere im Zimmer", überlege ich.

„Oder hatten es im Zimmer", murmelt Weidmar-Klein.

„Hannes hat es nicht gestohlen", sagt Fräulein Marie.

„Die heilige Betty. Oder die Direktorin. Oder beide."

„Oder doch Hannes?", setzt Dr. Hubmann nach. Er hat eine gewisse Schwäche für die Direktorin, hatte er immer schon. Wahrscheinlich steht er auf den Perlenkettenschmäh.

Ich schüttle den Kopf. „Wir sollten uns an das halten, was wir sehen, und weniger an das, was wir glauben."

Die beiden alten Männer sehen mich bewundernd an und Fräulein Marie hebt den Kopf, als würde sie etwas Besonderes riechen. Ich muss mir den Satz merken, unbedingt. Er soll in meine Biografie. Die beiden sehen mich noch immer an. Sie warten auf etwas. Für einen Augenblick bin ich etwas durcheinander. Ja. Das war es. Apropos. „Es gibt etwas, das die Leute auf der Liste gemeinsam haben: Sie sind senil, mehr oder weniger verwirrt, altersdement. Die wissen nicht, wo ihr Geld geblieben ist, und selbst wenn sie behaupten, dass ihnen Geld fehlt, würde das als Anfall von Verwirrung gewertet. Ist ja auch häufig so. Meine frühere Nachbarin, Frau Jenny, hat immer wieder herumgeschrien, ich würde ihr alles stehlen, und natürlich habe ich nie etwas angerührt."

„Wir müssen mit ihnen reden", schlägt Weidmar-Klein vor. „Oder es zumindest versuchen."

Die Gespräche mit den mutmaßlich Bestohlenen sind so mühsam wie vorhergesehen. Herr Baumböck bezichtigt umgehend Weidmar-Klein, ihn bestohlen zu haben, er müsste ein paar tausend Euro dahaben, aber er finde nur mehr fünfhundert.

Frau Gerngross ist sich sicher, dass es Hannes war, der ihr Geld geklaut hat, die gute Frau Betty habe sie noch vor ihm gewarnt. Frau Altmann findet momentan nicht einmal ihren Kasten, sie hält ihn für das Fernsehgerät. Herr Kowalsky ist zum Glück etwas besser drauf, er war Prokurist und schreibt alles auf, nur dass er den Zettel verlegt hat. Ich stelle gemeinsam mit ihm sein ganzes Zimmer auf den Kopf, aber wir finden ihn nicht. Er erinnert sich jedenfalls daran, dass ihn Hannes davor gewarnt hat, zu viel Geld daheim zu haben. Und er meint, aus seiner Brieftasche fehlen mindestens tausend Euro. Frau Pieber bekommt einen Weinkrampf und wir nichts aus ihr heraus.

„Was wir tun müssen, ist eigentlich ganz einfach", sage ich, als wir nach dem Mittagessen in einer sonnigen Ecke vor dem Heim lehnen. Fast wie eine Gang. Oder Undercover-Cops. Man sollte eine rauchen. Muss ja kein Joint sein. Aber woher kriegen …

„Was?", fragt Fräulein Marie, „was müssen wir tun? Und einfach?"

„Eine Falle stellen", ich sage es lässig und halte mein Gesicht in die Sonne. Novembersonne, aber warm, zumindest heute. „Wir müssen sie in die Falle locken. Mit Geld. Jemand von uns hat Geld bekommen. Und es ist da. Für kurze Zeit."

„Und was, wenn eines der senilen Weiber der heiligen Betty von unseren Nachforschungen erzählt?", wirft Dr. Hubmann ein. Er hasst es, wenn jemand anderer die Führung übernimmt.

„Es könnte auch die Heimleiterin sein. Sie hat gelogen. Und den Laptop geklaut", entgegne ich.

„Das ist doch Quatsch. Ganz abgesehen davon: Wie stellen Sie sich das im Detail vor? Der Lockvogel zwitschert in seinem Zimmer und die anderen verstecken sich irgendwo? Unsere angeblichen Apartments sind keine englischen Herrenhäuser."

„Sie müssen ja nicht mittun, wenn Sie Angst haben."

„Angst?", Dr. Hubmann brüllt derart, dass der Fahrradbote, der gerade in den Hof einbiegt, ins Schleudern kommt.

„Uns mit Drogen umzubringen und dann so zu tun, als wären wir Junkies gewesen, wäre jedenfalls ziemlich unglaubwürdig", gebe ich zurück. „Also: Wer ist dabei?"

„Ich könnte den spielen, der Geld bekommen hat", schlägt Weidmar-Klein vor. „Ich bin der Älteste und ich gelte als etwas senil."

Ich protestiere, er lächelt mich charmant an, um die Augen hat er ganz reizende Falten. „Liebe Rosa, wenn ich bisweilen nicht einmal meine Tochter erkenne? – Das Problem ist nur: Ich habe kein Geld."

„Das Geld wäre kein Problem", meint Dr. Hubmann.

„Wir machen es", sagt Fräulein Marie. „Ich werde auf dem Gang zum Zimmer sitzen und Wache halten. Wer immer kommt. Ich höre sie viel früher, als ihr sie sehen könnt. Und ich sitze ja dauernd in irgendwelchen Gängen herum, damit das Leben zumindest an mir vorbeigeht."

Ich war noch nie im Zimmer von Weidmar-Klein, man achtet hier auf Privatsphäre und das finde ich gut so. Ich sehe mich interessiert um. Eine Menge Fotos, aber keines von einer Frau, nicht einmal von seiner Tochter, die meisten sind von Hotels und exotischen Gegenden. Es riecht ein wenig nach altem Mann, aber auch sehr nett nach seinem Rasierwasser. Wir haben unsere Köder ausgelegt. Alle wissen, dass Weidmar-Klein von einem verstorbenen Cousin 20.000 Euro geerbt hat. Sie sind in seinem Zimmer, demnächst will er sie zur Bank bringen. Er hat am Nachmittag im *Café Residenz* für alle Anwesenden eine Runde Sekt spendiert. Ich habe schon lange keinen getrunken, mir ist angenehm luftig im Kopf, ich sollte das viel öfter machen. Die Residenzdirektorin schwirrt aufgeregt herum und hat Weidmar-Klein zugeflüstert, dass sie es für keine gute Idee halte, so viel Geld im Haus zu haben. Wenn es ihm recht sei, gebe sie das Geld in den Safe. Die heilige Betty ist seit mehr als einer Stunde im Haus. Allerdings ist sie sehr rasch zum „armen Herrn Hlavac, der ja leider nicht mehr viel mitbekommt, aber umso mehr braucht er mich", in die Pflegestation verschwunden.

Ich verstecke mich im Kleiderschrank. Dr. Hubmann, von dem wir jetzt wissen, dass er klaustrophobisch ist, lauert im Klo. Auch nicht viel besser für ihn. Und Fräulein Marie sitzt, wie ausgemacht, am Gang. Wenn sich jemand dem Zimmer von Weidmar-Klein nähert, wird sie husten. Drei Mal für die heilige Betty, zwei Mal für die Heimleiterin. Husten fällt bei uns nicht besonders auf.

Ich hoffe, Weidmar-Klein hält durch, mir kommt vor, sein Kreislauf ist momentan nicht besonders stabil. Ein paar Mal hat er sich rasch am Tisch oder einer Wand anhalten müssen, aber er streitet jede Schwäche ab, er habe sich schon lange nicht so wohlgefühlt wie heute, und wenn er sich daran erinnere, wie sie 1954 im Hilton Bagdad den Trickbetrüger überlistet haben …

Es hustet. Drei Mal.

Ich ziehe die Kastentür hinter mir zu. Bin ich es, die eine Kreislaufkrise kriegt? Das Blut rauscht im Kopf. Oder macht das der Sekt?

Das süßliche Gerede im gesäuselten Klageweiberton ist unerträglich.

„Wie geht es Ihnen denn heute, mein Lieber?"

„Gar nicht so gut", krächzt Weidmar-Klein.

Für einen Moment erschrecke ich, seine Stimme, was hat er? Aber wir haben ja ausgemacht, dass er auf alt, schwach und krank macht. Nun gut, alt ist er wirklich.

„Nein, so was, kann ich irgendwie helfen? Vielleicht wollen Sie mit mir zu unserem Herrgott beten? Oder zur Jungfrau

Maria? Oder wollen wir lieber einen kleinen Sekt trinken? Ich habe gehört, dass es etwas zu feiern gibt?"

Nimm ja keinen Sekt von ihr, der könnte vergiftet sein. Fast springe ich schon aus dem Kasten, aber ich halte mich zurück.

„Ja", sagt unser Komplize mit schwacher Stimme, „mein Cousin hat mir 20.000 Euro vermacht, aber in meinem Alter ... Jetzt habe ich das Geld da liegen und muss mir überlegen, was ich damit anfange."

„So viel Geld? Da müssen Sie gaaaanz vorsichtig sein."

„Geld? Welches Geld? Ach so."

„Nicht, dass wir es dann nicht mehr wiederfinden. Wo haben wir das Geld denn?"

Jetzt ist ihr Tonfall nicht mehr Klageweibergesäusel, sondern um einige Töne höher und spitzer.

Weidmar-Klein übertreibt. Jetzt tut er, als würde er das Geld nicht finden. Wir haben es in einen kleinen Koffer gepackt, natürlich nicht die ganzen 20.000 Euro, sondern viel Zeitungspapier mit etwas Geld obenauf. Was, wenn sie ihn einfach niederschlägt? Aber da kennt sie womöglich bessere Wege. Ich zucke zusammen. Weidmar-Klein macht sich am Kasten zu schaffen, er ist wirklich senil, er hat vergessen, dass nicht der Koffer im Kasten ist, sondern ich. Ich kralle meine Finger in den Mittelsteg der Tür, zum Glück habe ich mehr Kraft.

„Der klemmt wohl", meint er. Ich bekomme vor Aufregung kaum mehr Luft, endlich, jetzt hat er den Koffer unter dem Bett gefunden.

„Soooo viel schööönes Geld", sagt die heilige Betty mit einer Stimme, die noch um eine Oktave gestiegen ist. Bald singt sie das hohe C. „Da wollen wir doch einen kleinen Schluck darauf trinken, nicht wahr?"

„Ich glaub', ich muss auf die Toilette", murmelt Weidmar-Klein.

Wenn er jetzt auch vergessen hat, dass Dr. Hubmann im Klo lauert …

„Soll ich Ihnen helfen?"

„Nicht nötig."

Ich höre, wie er zur Vorzimmertür tappelt, sie öffnet, dann die Klotür. Aber kein Ausruf der Verwunderung, kein Schrei, entweder ist Dr. Hubmann abgehauen oder die beiden drücken sich im Klo zusammen.

Jetzt bin ich dran. Die Kamera einschalten. Ich öffne die Kastentür einen Spaltbreit. Frau Betty lauscht. Ich öffne die Kastentür weiter, wir haben sie mit Salatöl geschmiert, sie greift zum Geld, steckt ein Bündel in die Tasche, ich fotografiere ohne Blitz, es muss gelingen, ich fotografiere seit Jahrzehnten, nur diese neumodische Digitalkamera hab ich kaum jemals verwendet. Sie sieht mich immer noch nicht. Jetzt ein empörter Aufschrei, sie hat zu tief in den Koffer gegriffen und ist auf das Zeitungspapier gestoßen, ich fotografiere weiter, aber ich muss nicht aufgepasst haben, ich bekomme das Übergewicht und falle förmlich aus dem Kasten.

„Was haben wir denn da?", säuselt sie mit einem Unterton, spitz wie Eisnadeln.

„Das wars", keuche ich tapfer, „die Polizei ist schon unterwegs."

„Ach was?" Sie schnappt mich, hält mich fest, dass die heilige Betty solche Kraft hat, ich versuche mich zu wehren, sie beutelt mich, mein Arm schmerzt, ich keuche, sie zieht eine Spritze heraus, nein, will ich schreien, aber ich höre keinen Ton, nur mein Keuchen, ich versuche, nach ihr zu treten, sie wirft mich zu Boden, meine Hüfte, Feuer in meiner Hüfte, ich reiße den Mund auf, sie kniet auf mir, ihre wässrigen blauen Augen kommen immer näher, aber das ist nicht Rotkäppchen und der Wolf, sie hält mir den Mund zu, eine feuchte Hand wie eine Qualle, ich werde ersticken, sie hat eine Spritze, sie hebt die Spritze, ich sehe nur mehr diese Spritze, und dann fällt die Spritze, nicht in meinen Arm, sie fällt zu Boden und die heilige Betty sackt auf mir zusammen, wie eine mechanische Puppe, der die Batterie ausgegangen ist.

Dr. Hubmann und Weidmar-Klein stehen da, Dr. Hubmann hat einen Golfschläger in der Hand, wo hat er den her?

Und draußen hat Fräulein Marie offenbar einen Keuchhustenanfall, sie hustet und hört gar nicht mehr auf damit. Ich versuche unter der heiligen Betty hervorzukriechen, das ist gar nicht so einfach, meine Hüfte brennt immer noch.

Ist sie tot? Ganz still ist es plötzlich im Raum. Nur draußen hustet es immer noch.

„Sie atmet", sagt Dr. Hubmann.

Ich werfe mich mit aller Kraft auf die Seite, komme frei, kauere neben ihr. Blut tropft aus einem Cut auf der Stirn. Ich sehe ihre Augenlider flattern.

Sie öffnet die Augen. „Ich werde Sie anzeigen, wegen Mordversuch. Und wegen Mord an dem Zivildiener", krächzt sie in Richtung Dr. Hubmann.

„Uns auch?", frage ich, richte mich an der Wand auf und reibe mir die Hüfte. „Ich habe Fotos. Und wir sind vier. Vier Zeugen."

Die heilige Betty lacht schrill. „Zeugen? Schöne Zeugen. Eine Blinde und drei Verwirrte. Wem wird man glauben? Ha?" Da ist gar kein Säuseln mehr in ihrer Stimme.

Ich hole Luft. „Sie haben Hannes mit einer Überdosis ermordet. Er ist Ihnen auf die Schliche gekommen. Er hat eine Liste mit den Namen und den fehlenden Geldbeträgen. Die Sie gestohlen haben."

„Sie lügen!"

„War es nicht so?"

„Und wenn? Man wird euch debilen Idioten kein Wort glauben, wofür braucht ihr denn euer ganzes Geld? Ihr kratzt doch sowieso gleich ab!"

„Näher mein Gott zu dir", spöttelt Dr. Hubmann jetzt schon wieder mit fester Stimme.

Die Tür wird aufgerissen, Dr. Hubmann geht mitsamt Golfschläger zu Boden.

Die Heimleiterin. „Um Gottes willen", ruft sie und beugt sich über die heilige Betty.

„Sie haben Frau Betty niedergeschlagen", stammelt die Heimleiterin.

Dr. Hubmann rappelt sich auf. In der Hand hält er die Spritze.

„Nein!", schreit die Heimleiterin.

„Sie haben mich niedergeschlagen", jammert die heilige Betty, „diese debilen ... ich meine, diese verwirrten Menschen haben gedacht, ich will Herrn Weidmar-Klein Geld wegnehmen", sie lacht scheppernd, „ausgerechnet ich! – Man muss sie ruhigstellen. In ihrem eigenen Interesse. Sie hätten mich umbringen können."

„Ich ..." Die Heimleiterin sieht verwirrt von ihr zu uns zu ihr. Fräulein Marie tappt bei der Tür herein.

„Sie wissen, was geschieht, wenn Sie die Leute nicht im Griff haben. Mord und Totschlag in der Residenz. Die werden das Haus verkaufen, so schnell können Sie gar nicht schauen", ätzt Betty. „Sie hängen mit drin, schon vergessen?"

Die Heimleiterin schüttelt langsam den Kopf, die Perlenkette schwingt auf ihrer hellblauen Bluse hin und her. „Nein, ich ..."

Fräulein Marie gibt mir Zeichen. Eine Blinde, die Zeichen gibt. Oder hat sie einen spastischen Anfall? Ich hinke zum geöffneten Kasten. Das Aufnahmegerät. Konzentration. Der Knopf zum Zurückspielen. Jetzt bloß keinen Fehler machen. Startknopf drücken.

„... wofür braucht ihr denn euer ganzes Geld? Ihr kratzt doch sowieso gleich ab!" knarrt es aus dem Rekorder.

„Ich wollte nie …“, ächzt die Direktorin. Dr. Hubmann ist sich nicht zu blöd, sie zu stützen. Oder hält er sie fest?

„Sie haben den Laptop geklaut“, sage ich.

„Ich … wir können keine Aufregung brauchen, keine schlechte Presse. Eine ehrenamtliche Mitarbeiterin, die Geld … Ich hätte alles aufklären wollen, natürlich, aber ohne Öffentlichkeit. Ich will nicht, dass man das Haus verkauft, es ist mein Leben … und irgendwie doch auch Ihres, das von Ihnen allen, zumindest jetzt …“

Wir waren zu sehr auf die Heimleiterin konzentriert. Betty springt auf, stößt Fräulein Marie zur Seite, so etwas kann man nicht riechen, schon ist sie in der halb geöffneten Tür, die Direktorin und Dr. Hubmann krallen sich aneinander, ich will ihr nach. Ein Schrei. Und am Gang Mira Valensky, samt ihrer Freundin, dieser bosnischen Nahkämpferin. Und Betty lang-gestreckt auf dem Flur, direkt unter dem Bild des heiligen Antonius von Padua. Allerdings. Die Vorarbeit haben wir geleistet, jemand mit Cut zu fällen sollte für zwei Frauen im besten Alter kein Problem sein.

„Das können wir gleich in meine Biografie schreiben“, sage ich zu Mira. „Wenn du schon da bist.“

WIR HOLEN ES UNS ZURÜCK

Alessandro

Guten Morgen an alle. Ich möchte euch informieren, dass die diensthabenden Wachen heute ein Individuum am Steuer eines Lieferwagens gestellt haben. Sie haben mit ihm gesprochen und ihn dann zum Ortsausgang begleitet. Der Mann ist Runden durch den Ort gefahren und hat (von der Straße aus) die Gebäude beobachtet. Seine Entschuldigung war, dass er nach Metall gesucht habe, das er legal mitnehmen kann. Der Wachdienst kennt das Modell und die Nummer des Wagens.

Francesca

Ciao, ich habe zwei sehr finster aussehende Personen bemerkt, die zur Via Gemelli unterwegs waren. Etwas später habe ich sie in der Via Orione gesehen. Mit einem hellgrauen Punto. Vorsicht, das stinkt zum Himmel!

Dal Ponte

Wer jetzt in Torre ist, sollte die Augen offen halten, die Leute von Vigilsarda sind schon informiert.

Irena B.

Ciao Alessandro, hast du die Autonummer aufschreiben können?

Alessandro

Man hat mich benachrichtigt. Ich bin in Cagliari und habe sofort die Wachen verständigt.

Ich lege mein Smartphone weg und seufze. Also was jetzt? Zuerst erzählt er, was da für verdächtige Typen unterwegs sind, und dann stellt sich heraus, dass er gar nicht da ist? Dass er es nur vom Hörensagen weiß? Mara hat mir geschrieben, dass ich in den Chat schauen soll. Weil mein Haus in der Via Orione ist. Ob alles in Ordnung sei. Alles bestens, habe ich geantwortet.

Ich sitze auf der Terrasse und sehe zu den wundersam grünen Bergen hinüber, bewachsen mit wildem Mirto, Olivensträuchern, Wacholder und Kakteen. Kein Haus, keine Straße, keine Stromleitung. Seit immer sind sie so gewesen. Seit immer. Was für ein Wort in unserer Zeit. Wahrscheinlich mag ich sie deswegen so sehr. Fast lieber noch als das Meer, das beinahe unter mir an den Strand wellt. Es atmet, hat mein Vater gesagt. Menschen sind endlich. Mein Vater ist tot. Carlo, mein früherer Mann, dem ich dieses Haus verdanke, auch. Eine andere Geschichte.

Zwischen dem Hügel, auf dem die Villa Liberazione steht, und den grünen Bergen liegt Torre delle Stelle. Hunderte Häuser, in der Ebene bis zum Meer und die Hänge hinauf, gebaut von Menschen, denen es in Cagliari zu heiß war. Die mehr wollten. Platz und Luft und natürlich Meer. Wochenend- und Ferienhäuser der oberen Mittelschicht. Die ersten wurden vor einem halben Jahrhundert in die Landschaft gestellt. Der Wachtturm war schon da, einer in der Kette der mittelalterlichen Türme, die in Sichtweite zueinander an der Küste stehen und vor Feinden warnten, die übers Meer kamen. Man hat Sarazenen und Piraten abgewehrt und wurde doch immer wieder erobert. Spanier, italienische Stadtstaaten haben geherrscht, aber auch ihre Kultur hinterlassen. Ich sehe nach unten, auf die glitzernde Bucht von Cann'e Sisa. Tausend Jahre vor Christus gab es hier eine Siedlung, noch vor der geheimnisumwitterten Nuraghenkultur. Die wenigsten, die hier ihre Häuser haben, wissen davon.

Ein Ort mit Geheimnissen, im Frühjahr übersät mit Blumen, voll von Gerüchen. Carlo hat die Villa als Rückzugsort gekauft. Er war Geschäftsmann, aber einer mit Träumen, die übers Geld hinausgereicht haben. Torre delle Stelle liegt näher zu Afrika als zu Rom, das hat ihm gefallen. Ich bin Römerin. Carlo war Wiener. An diesem Außenposten Europas sind wir einander besonders nah gewesen. Auch wenn sich unsere Leben und Lieben auseinanderentwickelt haben.

WhatsApp ist inzwischen überall. So ein idiotischer Chat. Allerdings. Auch ich bin bei dieser Organisation. *Risposta del Popolo – Antwort des Volkes.* Ich habe es als solidarischen Akt mit denen, die sich engagieren, gesehen. Namen hatte die Bewegung zuerst noch keinen. Das Ziel aber war klar: etwas gegen die vielen Einbrüche zu unternehmen. In den letzten Jahrzehnten ist die Gemeinschaft der Ärzte, Ingenieure, Lehrerinnen und Gewerbetreibenden auseinandergebrochen. Ohne dramatische Ereignisse, ganz einfach durch den Lauf der Zeit. Ich überlege seit langem, mich damit auch wissenschaftlich zu beschäftigen. Ich lehre an der Sapienza in Rom Sozialgeschichte. Aber wenn ich da bin, schaue ich am liebsten in die Berge. Und lese. Und schwimme in der Früh, wenn noch niemand am Strand ist. Meine Frau lacht über mich und nennt mich Teilzeit-Einsiedlerin. Aber Gianna muss auch keinen Upperclass-Studierenden beibringen, dass Sozialgeschichte nicht bloß historische Lebensformen beschreibt, sondern unmittelbar mit uns und unserer Zeit zu tun hat. Migration und Ausbeutung, Formen der Frauenunterdrückung. Der Umgang mit Ressourcen. Alles hat seine Geschichte. Das finden die meisten nicht so cool.

Wo endet der gesellschaftliche Zusammenhalt? Das war der Titel einer Doktorarbeit, die mir vor kurzem angeboten wurde. Es gibt auch solche Studentinnen. Ich habe sie ersucht, das Thema einzugrenzen. Ich hätte sie einladen können, hierherzukommen und zu recherchieren. Aber dazu war ich zu egoistisch. Mein Rückzugsort. Der Zugang passt wohl zum Wandel von Torre delle Stelle. Vereinzelung. Die Gründer der Feriensiedlung sind gestorben oder sehr alt, einige der Männer kann man noch an den Wochenenden in der Bar sitzen sehen. Außerhalb der Hochsaison. Sardinien gehört zu den Gegenden, in denen die Menschen überdurchschnittlich lange leben.

Die ihnen nachfolgende Generation hat hier mehr oder weniger glückliche Sommer verlebt, mit Mama und Meer, so wie das hier lange war, und teilweise immer noch ist. Es gibt nicht genug gute Jobs für Frauen. Inzwischen sind auch die meisten Kinder der zweiten Generation aus dem Haus. Das Interesse an den Wochenendvillen hat genervtem Besitz Platz gemacht. Man fährt lieber in die Alpen, oder in die Karibik. Auch Thailand steht hoch im Kurs. Warum jedes Wochenende vierzig Kilometer von daheim entfernt putzen und kochen und immer dieselben Berge, dasselbe Meer sehen? Die Kids kommen ohnehin nicht mehr mit. Das Internet ist hier verdammt langsam. Und das Mobilfunknetz, wenn es denn funktioniert, schwach.

Viele der schönen Häuser mit ihren Steinmauern, Bougainvilleahecken, Palmen und Olivenbäumen stehen die meiste Zeit über leer. Man hat sich Vermietungsplattformen angeschlossen und versucht, Geld aus dem Haus des Vaters, der Großmutter zu machen. Manchmal geht es gut, manchmal hat man nichts wie Ärger. Andere haben verkauft. Eine der größten Villen gehört gerüchtehalber russischen Oligarchen. Ich habe als Wissenschaftlerin gelernt, mich nicht auf Mutmaßungen zu verlassen. Aber die Frau, die mit den Zwillingen regelmäßig zu Fuß zum Strand geht, ist tatsächlich Russin. Wenn auch eher die Nanny der beiden blonden Mädchen. Groß, schlank, ungeschminkt, schlicht gekleidet, um die fünfzig. Typ ewige Gouvernante. Die Besitzer sieht man nicht. Hinter der hohen Steinmauer hört man die Pumpe eines Swimmingpools. Ab und zu bellt ein Hund. Tief und drohend. Wenn die nicht reich sind, dann weiß ich nichts. Mara hat erzählt, dass diese Oligarchen schon mehrere Häuser gekauft haben. Sie ist nett und neugierig und hört viel mehr als ich.

Vor kurzem habe ich auf einem meiner Spaziergänge beobachtet, wie die Nanny von unseren Gemeindearbeitern gestellt worden ist. Offenbar hat sie etwas Falsches in den Biomüll getan. Auf Mülltrennung wird hier großer Wert gelegt. Sie hat die beiden wohl nicht verstanden. Oder wollte sie nicht verstehen. In Moskau schert sich niemand um die Umwelt. Schon gar nicht die Reichen. Tapfer haben sich die Arbeiter geweigert, ihre Abfälle abzutransportieren. Alles kann man eben nicht kaufen, hab ich mir gedacht. Wenngleich: Was sie danach mit ihrem Müll getan hat, weiß ich nicht. Vielleicht hat sie ihn in der Nacht einfach an einem Wegrand abgestellt. So wie das immer wieder passiert. Auch dagegen kämpft die neue Gemeinschaft *Risposta del Popolo*. Meine Frau Gianna kürzt sie spöttisch mit RIP ab. Riposi in Pace, R.i.P., Ruhe in Frieden, Torre.

Laura
   Wenn jemand irgendetwas sieht, macht es sofort bekannt!

Ulisse
   Gebt die Nummerntafel durch, wenn ihr sie kennt! Man muss sie an die Polizei weiterleiten!

Angelo Pauri
   Wir brauchen jemanden, der jetzt vor Ort ist!

Francesca
   Ich bin da!

Sott'Olio
   Ich auch!

Alessandro

Der Wachdienst ist heute permanent auf Patrouille. Aber trotzdem besser, ihr seht euch persönlich um.

Mauro e Mara

Die sind in Deckung bei einem Haus von irgendjemandem. Der einen netten Kamin angeheizt hat, bei einem Glas Wein und Hintergrundmusik ... oder so. Wäre nicht das erste Mal.

Salvio

Ich bin leider in Cagliari, sonst würde ich ihnen Beine machen.

Laura

Das ist ein Scherz. Die sind auf Tour. Ich hab sie gesehen.

Salvio

Und die Gangster?

Francesca

Ein Wagen der Zivilstreife ist gerade beim Ortseingang. Langsam wacht auch die Polizei auf. Ohne Druck geht gar nichts. Ich hoffe, sie finden die Typen rechtzeitig.

Ich runzle die Stirn. Wen jetzt? Ich dachte, dass er vom Wachdienst zum Ortsausgang gebracht worden ist. Festnehmen dürfen sie niemanden. Zum Glück. Ich lese noch einmal genau. Ach. Bei den beiden „finster aussehenden Personen" handelt es sich um andere Verdächtige. Tatsache ist, dass es vor allem im Sommer, wenn viele Touristen im Ort sind, Einbrüche gegeben hat. Tagsüber. Es ist leicht, in die Häuser zu kommen, die Fensterscheiben sind aus dünnem Glas. Und oft genug lassen die Leute Fenster oder Türen offen. Banden sollen es sein. Das wird schon stimmen. Wäre es nicht so böse, ich fände es amüsant, wie viele in unserer WhatsApp-Gruppe vor allem vor „finsteren“, „dunklen“ Typen warnen. Manchmal werden sie auch ganz direkt „Zigeuner“ genannt. Für uns aus Rom sind viele Sarden ziemlich dunkel. Ob sie ihresgleichen immer erkennen? Und was, wenn ein Südspanier ein Haus gekauft hat? Oder gar ein Iraner, ein Ägypter, einer aus den USA, der nicht von der Ostküste stammt? Woran erkennt man friedliche und woran feindliche Fremde? Und sind auch hier die Dunklen jedenfalls fremder?

Jedenfalls sind die Einbrüche seit der Beschäftigung dieses privaten Wachdienstes deutlich zurückgegangen. Wir zahlen zwanzig Euro im Monat an Vigilsarda. Polizeistreifen sind selten, und die Leute der Polizia Locale aus Maracalagonis, zu dem unser Dorf eigentlich gehört, wirken so, als würden sie eher auf ihre baldige Pensionierung denn auf Verbrecher warten. Ich finde sie sympathisch.

Vor einigen Wochen wurde das Foto eines tatsächlich sehr dunklen jungen Mannes vor einem Lieferwagen durch die WhatsApp-Gruppe gejagt. Kann sein, seine Farbe hatte auch damit zu tun, dass die Handykamera nicht allzu gut war. Er hat sich an einem *cancello*, einem Gartentor, zu schaffen gemacht. Der Wachdienst und einige Aktivisten der Gruppe haben ihn, begleitet von aufgeregten Postings, gestellt. Lieferwagen wären besonders verdächtig, da könnten „diese Subjekte“ vielerlei unbeobachtet einladen. Der Mann hatte länger zu tun, um klarzumachen, dass er ein Handwerker aus Assemini ist. Der Hausbesitzer hatte vergessen, ihm auch den Schlüssel zum Gartentor zu geben.

Hauptsache, Vorsicht.

Jedenfalls bleiben wir wachsam.

Gratulation der schnellen und mutigen Reaktion unserer Aktivisten.

Leider ist der Hausbesitzer nicht Mitglied. Er profitiert wie viele von unserer Organisation!

Die Reaktionen waren so, dass ich überlegt habe, den Verein zu verlassen. Wie bitte hat der Mann davon profitiert, dass sie seinen Handwerker von der Arbeit abgehalten haben? Aber ich war dann doch zu träge. Ich will nicht abseitsstehen. Und um achtlos zurückgelassenen Müll und Ähnliches kümmern sich die Engagierten ja auch. Ich war bei einem der Meetings. Durchweg sympathische Leute. Menschen mit Gemeinschaftsgeist. Man hat Ideen ausgetauscht, Termine für Strandsäuberung und Kirchenrenovierung vereinbart. Alle arbeiten ehrenamtlich. Und man redet wieder miteinander. *Mein Vater lässt deinem Vater schöne Grüße bestellen. – Leider. Mein Vater ist vor dreizehn Jahren gestorben. – Oh, wie fürchterlich, das richte ich meinem Vater lieber nicht aus. Sie haben einander gut gekannt in den Achtzigerjahren.* Und: *Was, ihr seid in der Via Pesci neben den drei Palmen? Kann es sein, dass eure Tante dieses Haus gleich unter der Residence gehabt hat? Wo am Sonntag immer so viele Kinder waren? – Das war unsere Großtante. Meine Eltern sind in die Schweiz, aber wir werden in der Pension zurückkommen. Ihre ehemalige Villa gehört jetzt Deutschen, hab ich gehört. – Es sind Engländer, die aber auch ursprünglich aus Sardinien stammen.*

Mir wurde attestiert, sehr sardisch auszusehen. Es war ein Kompliment. Wer glaubt, dass Italienerinnen für sie Landsleute sind, der irrt. Die Menschen auf der Insel sind da eigen. Sehr gastfreundlich, grundsätzlich. Selbstbewusst, bedacht darauf, anders zu sein. Mit eigener Geschichte, besonderer Küche. Einer Küche, die ich übrigens liebe und für die ich viel verzeihe. Auch wenn es natürlich auch am Stadtstrand von Cagliari einen McDonald's gibt. Und dann ist da noch die wunderbare sardische Sprache, die sich wiederum in mehrere, sehr unterschiedliche Dialekte gliedert. Spanisch mischt sich mit mittelalterlichem Italienisch und Latein. Ich kenne einen äußerst liebenswürdigen und gebildeten Dichter, er ist übrigens nicht bei RIP, der behauptet, dass sich in Sardinien das Urlatein entwickelt habe, die Sprache, aus der unser Italienisch überhaupt erst entstanden sei. Ettore war früher als Agrarwissenschaftler im Staatsdienst, für seine Poesie in sardischer Sprache hat er Preise gewonnen. Er ist längst in Pension, hat zwei sehr alte Hunde und eine zierliche, noch immer attraktive Frau, die Kunsthistorikerin ist. Sardisch ist dabei, als gesprochene Sprache auszusterben. Das trifft auf Campidanese ebenso zu wie auf Logudorese. Die Jungen reden das, was sie aus dem Fernsehen und Internet kennen.

Ich sollte Ettore und Maria besuchen. Früher, so haben sie mir erzählt, waren alle Häuser offen. Man kam ohne Vorankündigung, hat ein Glas Wein getrunken, Orangen gegen Zwiebeln getauscht, oder einfach die Einsamkeit gegen die Gemeinsamkeit.

Ich weiß nicht, ob sie von Torre delle Stelle oder von ihrer Jugendzeit gesprochen haben. In Rom, hat Ettore gemeint, sei das natürlich immer anders gewesen. Ich habe gelächelt und mich daran erinnert, wie meine Mutter und ihre Freundinnen am Abend im Hof des Wohnhauses gesessen sind und getratscht haben. Waren unsere Wohnungstüren üblicherweise abgeschlossen? Ich weiß es nicht mehr. Jetzt und hier sind selbst die meisten Gartentüren versperrt. Und viele Hausbesitzer haben Alarmanlagen. Ab und zu geht eine los. Es nervt.

Was passiert mit einer Gemeinschaft, wenn sie nicht mehr homogen ist? Ursprünglich gewachsen durch einen gemeinsamen Traum von Aufstieg und kühler Meeresluft an Augustabenden, während in Cagliari alle, die es sich nicht leisten können, bei vierzig Grad backen? Gelingt eine neue Gemeinschaft derer, die sich das Dorf zurückholen wollen? Von wem?

Von der Zeit? Von dem oder den Fremden? Von der Ignoranz der örtlichen Polizei und Verwaltung? Und: Wen umfasst diese Gemeinschaft dann? Auch mich, Lella Giampiero, die Frau aus Rom, die recht sardisch aussieht? Auch die russische Nanny, vorausgesetzt, sie sortiert den Müll ordentlich? Auch Ettore, der nicht beigetreten ist und der mit seinen beiden großen alten Hunden eher aussieht wie ein Hirte als wie ein Agrarwissenschaftler oder gar wie ein Dichter?

Ich gehe ins Haus und schließe die Terrassentür. Im April kann es hier wunderbar warm sein, am Abend aber wird es kühl. Die Berge, die in den späten Nachmittagsstunden besonders plastisch sind, werden eindimensional, wandeln sich zu Scherenschnitten vor Himmelhintergrund. Vom Dach aus könnte ich den Sonnenuntergang sehen. Die Bucht von Cagliari, metallisch graues glattes Meer, wenn die Sonne versunken ist. Tausende Lichtpunkte säumen die Stadt, die ich mehr liebe als mein Rom, rote und orange Wolkenstreifen, die langsam Farbe verlieren. Hunderte Male fotografiert, am liebsten mit der einen großen Palme, die ich mit auf dem Bild habe, wenn ich über das Gelände des Flachdachs zwischen die Fotovoltaik-Paneele klettere. Aber ich bleibe drin. Pane Frattau könnte ich mir machen. Sardisches Bauernessen, einfach und gut. Lesen wollte ich. Trotzdem sehe ich auf mein Mobiltelefon. Was bin ich besser als die? Bin ich Teil der Gemeinschaft? Ob ich will oder nicht?

Francesca
Eigenartige Geräusche, eine Straße unter mir. Leider erreiche ich die Vigilsarda nicht. Die Zentrale sagt, unsere Wachleute sind auf Tour. Wir brauchen endlich ein besseres Mobiltelefonsignal! Es ist eine Sicherheitsfrage!

Girotto
Bis du allein? Ist es bei dir?

Francesca

Nein. Es ist weiter unten, wahrscheinlich in der Via Pesci. So als ob jemand gegen ein Tor treten würde.

Sott'Olio

Nur Ruhe, das ist wohl zu viel Rumor für Einbrecher.

Baba

??? Umore??? Was sollten die mit Humor zu tun haben??

Sott'Olio

Rumor, Lärm, genau lesen. Tief durchatmen. Relax.

Laura

Ich würde ersuchen, unseren Chat nicht für unnötige Ratschläge zu verwenden. Es geht hier ausschließlich um Sicherheitshinweise. Die Wachen sind unterwegs.

Baba

Ich schließe mich dem an. An alle, die vor Ort sind: Haltet die Augen offen und meldet, was ihr seht. Und gebt der Vigilsarda Bescheid, wenn sie vorbeikommt. Ich erreiche sie auch nicht.

Sig.a Gallo

Ich bin da. Aber ich gehe sicher nicht raus. Das Auto der Vigilsarda ist vor einer halben Stunde bei uns vorbeigefahren.

Holger

Ich bin da.

Zara P.

Ciao Holger, du bist in Torre??? Wann bist du aus Frankfurt gekommen???

Francesca
Ihr klärt das in einem anderen Chat.

Sott'Olio
Natürlich, strenge Lady.

Renaldo T.
Ich bin da. Nähe Via Pesci. Höre nichts.

Alessandro
Ich bin da.

Francesca
Aber wo sind die Wachleute? Immerhin zahlen wir sie.

Ich gehe zurück auf die Terrasse und lausche. Wer weiß, was diese Francesca gehört hat. Wer weiß, wer Laura überhaupt ist. Friedliche Abendstimmung. Straßenlaternen. Soweit man es von hier ausmachen kann, brennt nur in wenigen Häusern Licht. Ich fürchte mich nicht vor Einbrechern. Mehr als fünfzehn Jahre komme ich hierher, im Sommer, wenn alle da sind, im Winter, um die Einsamkeit zu genießen, noch nie ist etwas passiert. Und wenn? Sie brechen ein, wenn niemand daheim ist, und klauen den Fernseher. Meinen können sie haben. Warum haben die Menschen vor dem Angst, das sie am wenigsten bedroht?

Da war jetzt doch ein Geräusch. Ein seltsames Geräusch. Ich strecke mich, um über die Lentisco-Büsche zu sehen. Absurd. Im Finsteren und beflügelt von diesem alarmistischen Chat, wird jeder Laut zu einem besonderen. Es war eine der vielen halbwilden Katzen, sie ist auf ein Blechdach gesprungen. Oder jemand nach einem Abendspaziergang, dem der Schlüsselbund auf einen Stein gefallen ist. Fauchen. Schnauben. Wildschweine, die aus dem Wasserschutzgebiet, das direkt neben der Villa Liberazione beginnt, herübergewechselt sind. Weil ein Idiot seinen Biomüll nicht ordnungsgemäß entsorgt hat. Kommt nicht nur bei Russen vor. Kämpfende Wildschweine. So etwas wie dumpfe Schläge. Sehen kann ich nichts, zu viele Büsche, Bäume, Hecken dazwischen. Die Nummer des Wachdienstes. Ich habe sie gespeichert. Damals. Aber unter welchem Namen? Vigilsarda? Fehlanzeige. Ich ärgere mich darüber, dass meine Finger zittern. Ich hab zu viel Fantasie. Absurd, mich von dieser Stimmung anstecken zu lassen. Ich sollte einfach selbst nachsehen. Zwei Kurven die Staubstraße nach unten, dann in die Via Pesci. Wildschweine können aggressiv sein, wenn sie Junge haben. Sie werden wohl nicht mit ihren Jungen im Dorf unterwegs sein. Kommt Kinder, wir machen ein Picknick in der Via Pesci.

Ich öffne den Vigilsarda-Chat. Offenbar hat niemand außer mir diese Kampfgeräusche wahrgenommen. Soll ich schreiben? Melden? Mitspielen? Lella, gib es zu, momentan stehst du nicht drüber. Ettore fragen? Aber er und Maria gehen früh schlafen. Und was sollten sie tun? Mara. Meine Güte, sie macht schon Drama, wenn einer schief schaut. Mira und Vesna. Die sollten da sein, meine Freundinnen aus Österreich. Vesna hat neben ihrer Reinigungsfirma so etwas wie ein verdecktes Detektivbüro. Und die Journalistin Mira Valensky hat gemeinsam mit ihr mehr als eine dubiose Geschichte geklärt. Wären sie nicht gewesen, die Öffentlichkeit würde bis heute glauben, dass Carlo Selbstmord begangen hat. Das fassbare Böse. Auch das gibt es. Ich lausche. Jetzt ist es still. Ein Auto. Da kommt ein Auto. Ich sollte Vesna anrufen. Was würde sie tun? Ich weiß, was sie tun würde. Was sie längst getan hätte. Sie wäre die Straße hinuntergelaufen, würde längst wissen, was wirklich los ist. Aber ich bin Wissenschaftlerin. Wenn ich wissen will, dann suche ich in Büchern. Oder rede mit Menschen. Tagsüber, in hellen Räumen.

Das Auto stoppt. Genau dort, wo die Geräusche hergekommen sind. Ich hole tief Luft. Es gibt eine einzige Möglichkeit, diese absurde Stimmung zu durchbrechen. Nachsehen. Erkenntnis.

Zum Glück hat jedes Smartphone eine Taschenlampenfunktion. Ich bin hier so gut wie jeden Tag unterwegs. Aber ohne Licht sind die vielen Unebenheiten, Steine, ausgefahrenen Rillen bedrohlich. Nicht umknicken. Das hätte gerade noch gefehlt. Mein Atem geht schwer. Im Finstern ist bergab anstrengender als bergan. Keiner da in den Nachbarhäusern. Das eine wird im Sommer vermietet. Das nächste wurde vor kurzem aufwendig renoviert. Angeblich hat es eine Operndiva gekauft. Ich sollte mich mehr um die Nachbarn kümmern. Luisa und Giuliano, die das Haus über meinem haben, die kenne ich. Er ein freundlicher Orthopäde, sie Professorin für sardische Geschichte an der Uni. Nahezu eine Kollegin. Allerdings mag sie Torre nicht besonders. Sie ist lieber in der Stadt. Am liebsten aber in vergangenen Jahrhunderten. Sie kann bis unendlich über Eleonora d'Arborea reden. Die ist so etwas wie die Nationalheilige, wenn auch profan. Richterin im 14. Jahrhundert. Sie hat große Teile Sardiniens geeinigt und der Insel ein Rechtssystem gegeben, das lange gegolten hat. Eine kluge Frau, die ihre Macht zum Guten genutzt hat. Ich sollte Luisa treffen und eine gemeinsame …

Da vorne. Im Licht der Autoscheinwerfer sehe ich zwei Männer. Sie reden miteinander. Ich drücke mich an eine Steinmauer. Warum gehe ich nicht einfach hin und … Das Auto. Es ist das Auto des Wachdienstes. Ich atme durch. Die sind da. Alles in Ordnung. – Alles in Ordnung? Einer rennt davon. Der andere aber nicht hinter ihm drein. Er verschwindet. Er wird das Haus kontrollieren. Den Garten. Von dort sind die Geräusche gekommen. – Aber warum ohne Taschenlampe? Signalton. Polizei. Nein. Rettung. Sie kommt näher. Der Mann wird ihr entgegengelaufen sein. Für Menschen, die sich hier nicht auskennen, ist es schwierig, gewisse Adressen zu finden.

Besser, wenn ich ungesehen verschwinde. Wie könnte ich erklären, warum ich da bin? Aber wenn sie Hilfe brauchen … Jetzt sehe ich den Rettungswagen. Misch dich nicht ein, Lella. Ein Hausbewohner der ersten Generation ist gestürzt, jetzt kommt die Rettung. – Ohne dass Licht brennt im Haus? Das Licht ist ausgefallen, deswegen ist der Alte gestürzt. Deswegen konnte der Mann, der in den Garten gegangen ist, auch keines aufdrehen. Lella, was sagst du, wenn dir jemand solche Thesen präsentiert? Es ist allzu bequem, die Schlüsse so zu ziehen, dass man zum gewünschten Ergebnis kommt.

Der Rettungswagen fährt die Serpentinen hoch, nähert sich vom anderen Ende der Straße, stoppt. Autotüren, Stimmen, die zu verstehen sind.

„Wo ist sie?"

„Dort hinten. Sie müssen sie niedergeschlagen haben und sie ist dann auf die Steine … Sie hat geatmet, ich habe sie sofort … Wir haben sie überrascht, die Täter …"

Ich sehe mich um. Wo bleibt die Polizei? Ich will nicht zurück, die schlecht beleuchtete Straße entlang. Ich bin ganz allein, oben auf diesem Hügel. Sie haben sie niedergeschlagen. War es das, was ich gehört habe? Mehr ein Kampf wie zwischen Wildschweinen. – Hättest du dich nicht gewehrt?

Ich fahre herum. Jemand rennt auf mich zu. Ich halte die Arme vor den Kopf. Ich … Er starrt mich für eine Sekunde an, dann ist er an mir vorbei. Bleibt beim Rettungswagen stehen. Im Scheinwerferlicht sehe ich es deutlich: Er trägt die Uniformbluse der Vigilsarda. Woher ist er gekommen? Hat er den Täter verfolgt? Lella. Das sind zwei von der Wache, die auch du zahlst. Und Rettungsleute. Benimm dich endlich wieder wie ein rational denkendes Wesen. Geh hin und erzähl ihnen, was du gehört hast. Auch wenn es nicht viel ist. Das erklärt deine Anwesenheit. Frag, ob du helfen kannst. Mach ihnen klar, dass du nicht sensationslüstern, sondern besorgt bist. Auch wenn du jetzt wirklich etwas zu posten hättest.

Ich gehe mit raschen Schritten auf die beiden Autos zu, höre aufs Neue eine Sirene.

„Wir sind beide auf der Runde gewesen. Wir haben zwei Männer gesehen", sagt der eine Wächter, als die Rettungsleute mit einer Bahre aus dem Garten kommen. Die Bahre rattert auf ihren hohen schmalen Rädern über die Staubstraße. Geschoben, gestoßen, angehoben.

„Erzählen Sie das der Polizei", keucht der eine Sanitäter. Er hält eine Infusionsflasche hoch.

„Die haben sie einfach niedergeschlagen, wir haben sie überrascht …"

„Das haben Sie schon gesagt. Wir kümmern uns um die Frau. Gibt's Angehörige?"

„Wir waren beide da. Auf unserer Runde."

„Stehen Sie unter Schock?"

„Nein, auch wenn das … Wir sind auf unserer Runde hier vorbeigekommen, weil jemand was gehört hat. Da haben sich zwei herumgetrieben, das haben mehrere Leute gemeldet. Wir haben sie überrascht, als sie auf die Frau eingeschlagen haben, und sie sind davongelaufen. Wir haben keine Befugnis, sie festzunehmen."

„Darüber reden Sie mit der Polizei."

Bahre in den Rettungswagen, Doppeltür zu, Folgetonhorn an. Duett mit der sich nähernden Polizeisirene. Spätestens jetzt wissen alle, die da sind, dass diesmal wirklich etwas passiert ist.

Als ich in der Villa Liberazione bei einem Glas Vermentino sitze, bin ich über zwei Dinge verblüfft. Wie kann bloß eine Stunde vergangen sein, seit ich das Haus verlassen habe? Und: Wie sehr kann die subjektive Wahrnehmung trügen?

Ich habe der Polizei alles, was ich beobachtet habe, zu Protokoll gegeben. Allerdings waren die Beamten nicht besonders interessiert. Sie haben mich offensichtlich für eine Wichtigtuerin aus der Nachbarschaft gehalten. Ich habe mehrfach betont, dass ich weder besonders ängstlich noch sensationslüstern bin, aber das hat es nur schlimmer gemacht. Den beiden vom Wachdienst haben sie besser zugehört. Auch wenn der Commissario etwas wenig Freundliches über derartige private Organisationen gemurmelt hat.

Ich war mir über die Abfolge der Ereignisse sicher: zuerst undefinierbare Geräusche, dann so etwas wie ein Kampf, dann Stille. Wenig später das Auto des Wachdienstes. Dann bin ich hinunter. Das hat fünf bis sieben Minuten gedauert. Im Scheinwerferlicht zwei Männer, die miteinander geredet haben, dann einer, der rasch davon ist. Dann kommt die Rettung. Und einige Minuten später rennt der zweite vom Wachdienst an mir vorbei.

Die Schilderung der Wachleute war anders. Sie sehen auf ihrer Runde zwei Männer, die in einen Garten eindringen. Sie halten an, hören einen Kampf, überraschen die Einbrecher, können sie nicht stellen, weil sie sich um die Verletzte kümmern müssen. Sie rufen Rettung und Polizei.

Wer das Opfer ist, weiß ich inzwischen auch. Eine Russin, Olga Golovin. Sie lebt in der großen Villa, in der mit Swimmingpool und Hund. Weiter vorne in der Straße, mit weitem Blick über die Bucht von Cagliari. Und ihr gehört auch das Haus, vor dem sie niedergeschlagen wurde. Mit einer Eisenstange. Es könnte die Frau sein, die den Müll nicht ordentlich sortiert hat. Ich hab sie vor einigen Tagen gesehen. Ohne Zwillinge, allerdings. Ob sie tatsächlich die Hauseigentümerin ist, wird man noch sehen.

Die Aufregung in der Chat-Gruppe ist enorm. Man hat dazu aufgerufen, alles gut zuzusperren, die Smartphones bereitzuhalten und Verdächtiges sofort zu melden. Ein paar Versuche, eine Art Bürgerwehr zusammenzustellen und den Ort zu durchkämmen, verliefen zum Glück im Sand. Einige wollen wissen, dass die Russin sofort tot war. Andere, dass sie auf dem Weg ins Krankenhaus gestorben ist. Dritte wollen einen Hubschrauber gesehen haben, der sie ausgeflogen hat. Die meisten beglückwünschen die Wachleute, ohne ihr rasches Einschreiten hätte noch viel mehr passieren können. Was jetzt? Massenmord?

Ich schenke mir ein zweites Glas Wein ein. Ich habe tatsächlich nachgesehen, ob alle Türen versperrt sind. Mache ich sonst nie.

Der Ablauf der Ereignisse. Sicher ist: zuerst Rumoren, Streit, Kampf, was immer. Ist die Russin gekommen, weil sie etwas gehört hat? Hat sie die beiden gestellt und dann mit ihnen gekämpft? Etwas viel James Bond. Jedenfalls ist sie groß, schlank und sportlich. Schon um die fünfzig, aber mit einer Nahkampfausbildung … Olga Golovin. Oder ist Olga Golovin der Name ihrer Arbeitgeberin? Der Mutter der Zwillinge? Wenn die etwas gehört hat, hätte sie wohl ihr Kindermädchen geschickt, um nachzusehen. Falls keine Leibwächter da sind. Die Frau hat noch gelebt, als man sie in den Rettungswagen geschoben hat. Welchen Sinn hätten Infusionen sonst? Wäre ich schneller gewesen … Ich hätte nichts verhindern können. Ich habe auf der Terrasse gelauscht. Das Auto ist erst gekommen, als es schon ruhig war. Und als ich in die Via Pesci bin, habe ich zwei Männer miteinander reden gehört. Aber nichts verstanden.

Vielleicht war es so: Die Russin geht zum Haus, um nachzusehen, ob alles in Ordnung ist. Die Einbrecher geraten in Panik, es gibt einen Kampf, sie schlagen sie nieder. Dann kommt das Auto des Wachdienstes. Die beiden Einbrecher rennen davon. Ich sehe das nicht, weil ich auf das Auto konzentriert bin. Ich gehe in die Via Pesci und höre die beiden vom Wachdienst miteinander reden. Dann rennt der eine weg, um der Rettung den richtigen Weg zu weisen. Aber warum nimmt er einen anderen Weg zurück? Den deutlich längeren an mir vorbei? Der eine der beiden Männer, die miteinander geredet haben, war deutlich größer als der andere. Die beiden Wachleute aber waren gleich groß. Licht, Schatten, Perspektive. Und, gib es zu, Aufregung. Für alles gibt es eine logische Erklärung.

Dal Ponte
Die zuständige Polizeidienststelle – Nummer folgt – ersucht alle, die etwas gesehen oder gehört haben, um Hinweise!

Ciara Delomeni
Hat man die Mörder?

Dal Ponte
Das Opfer lebt. Zum Glück wenigstens das, aber sie ist schwer verletzt. Wie schwer, haben sie nicht gesagt. Man hat die Täter nicht.

Lucca L.
Ich war im Ort, aber ich habe nichts bemerkt. Bis die Sirenen kamen.

Sott'Olio
Wir sollen melden, was wir gesehen haben, und nicht, was wir nicht gesehen haben.

Alessandro
Leider war ich in Cagliari. Wie ich schon geschrieben habe.

Sott'Olio
Gilt auch für dich, Alessandro. Gibt's auch jemanden, der etwas gesehen hat?

Luciano H.
*Wir haben einen Punto gesehen, der viel zu schnell die Straße
zum Ortsausgang heraufkam und dann in Richtung Cagliari da-
vongerast ist. Zirka halb zehn. Er könnte grau gewesen sein.*

Laura
*Wir müssen beim nächsten Treffen beraten, wie wir die Zufahr-
ten kontrollieren können! Wir müssen den Wachdienst erweitern!*

Sott'Olio
Das kostet. Und was tun wir im Sommer?

Garibaldo
*Nicht schlecht, wenn weniger Touristen an den Strand kom-
men und alles zumüllen!*

Dott. Tattri
*Die Strände sind frei zugänglich in ganz Sardinien. An diesem
Gesetz lässt sich nichts ändern.*

Ich habe meine Aussage gemacht. Ich bin froh, dass die Frau
lebt. – Die Zwillinge! Ich habe etwas Wesentliches vergessen.
Was, wenn die Zwillinge allein im Haus … Sie könnte bloß
rasch die Straße hinunter sein, um nachzusehen, und dann …
Soll ich schreiben, ob jemand weiß, was mit den Zwillingen …
Aber ich kann mir vorstellen, was dann folgt. Zusätzliche Aufregung, Gerüchte. Immerhin würden sie organisieren, dass sich
jemand um die Kinder kümmert. In gewissem Sinn funktioniert diese neue Gemeinschaft, da bin ich mir ziemlich sicher.
Trotzdem. Ich greife in meine Jackentasche und hole die Visitenkarte des Commissario heraus.
    Er geht nicht dran. Müsste er nicht im Dienst sein, wenn
es einen neuen Fall gibt? Die Täter sind flüchtig. Warum muss

er? Nur weil ich es möchte? Die Nummer unserer Wachleute. Das können nun wirklich sie übernehmen. Wenn sie schon Verbrecher laufen lassen. Stopp, Lella. Hätten sie lieber Einbrecher jagen als sich um die Russin kümmern sollen? Ich weiß es wieder, ich habe die Nummer einfach unter „Torre" gespeichert. Und hier wird sofort abgehoben. Ich brauche nicht lange, um ihnen zu erklären, wer ich bin.

„Wir waren beide am Tatort, Frau Giampiero."

„Waren Sie es, der der Rettung entgegengelaufen ist?"

„Nein, wir waren beide dort."

„Ich habe gesehen, dass jemand weggelaufen ist. Und er ist dann, als die Rettung schon da war, an mir vorbei."

„Ach so. Das meinen Sie. Natürlich, das war mein Kollege. Er war hier und ist dann weg wegen der Rettung und dann ist er wiedergekommen. Im Haus von Frau Golovin ist alles in Ordnung."

„Sie passt üblicherweise auf die Zwillinge auf."

„Da waren keine Zwillinge."

„Und ... wenn man sie entführt hat?" Mir wird heiß. Was, wenn es um etwas ganz anderes geht? Russische Mafia. „Waren Sie im Haus?"

„Wir waren am Tatort, beide."

Wahrscheinlich war der Wachmann zu begriffsstutzig, um den Aufnahmetest bei der Polizei zu schaffen. „War jemand im Haus, in dem Frau Golovin wohnt? Hat man nachgesehen, ob dort sonst noch jemand ist oder war? Ihre Arbeitgeber? Die Zwillinge?"

Stille in der Leitung. „Ich ... Wahrscheinlich ist es besser, wenn Sie schlafen gehen. Es wird heute Nacht nichts mehr passieren. Seien Sie ganz unbesorgt. Wir fahren die ganze Nacht durch und drehen unsere Runden. Vielleicht sollten Sie noch ein kleines Gläschen Cannonau nehmen ... oder Mirto ... Sie können ganz beruhigt sein, es ist jetzt alles in Ordnung."

Früher konnte man einen Telefonhörer auf die Gabel knallen. Leider ist auch diese Kulturtechnik unwiderruflich verloren gegangen.

Olga Golovin spricht erstaunlich gut Italienisch. Mit jener besonderen Färbung, die wir aus Filmen kennen. Sie trägt einen dicken weißen Verband um den Kopf und liegt in einem Vierbettzimmer der Universitätsklinik von Cagliari. Inzwischen haben sich einige meiner Vermutungen als äußerst banale Vorurteile erwiesen. Beide Häuser gehören ihr. Sie hat in Moskau, Prag und Rom studiert. Literaturwissenschaften und Wirtschaft. Die Zwillinge sind ihre Enkel, solange sie nicht in die Schule gehen, verbringen sie vor allem die Sommermonate bei ihr. Olga Golovin hatte ein Verlagshaus, offenbar gemeinsam mit ihrem Vater und ihrem geschiedenen Mann. Vor einigen Jahren hat sie sich „ins Privatleben zurückgezogen". Was das genau bedeutet, habe ich nicht gefragt. Man will nicht zu neugierig sein. Im Vierbettzimmer liegt sie, weil es kein freies Einzelzimmer auf der Station gibt. Es macht ihr nichts aus. Annalisa vom Nachbarbett sorgt für permanente Unterhaltung. „Vier Meter! Beim Hausstreichen! Einfach abgestürzt, weil die Leiter so alt war! Und die nichtsnutzigen Männer sich um nichts … Fünf habe ich! Fünf!" Wenn man ihr nicht zuhört, macht das auch nicht viel. Sie redet, bis sie wieder einschläft. Ich habe den Verdacht, die Ärzte haben sie so stark wie nur irgendwie verantwortbar sediert.

Ich kann mir vorstellen, dass ich mit Olga auch in Torre delle Stelle in Kontakt bleiben werde. Wir scheinen uns über ähnliche Dinge zu amüsieren. Und die Sache mit dem Müll konnte sie auch aufklären. „Die zwei Typen haben einfach nicht akzeptiert, dass ich sie verstehe. Ich meine, eine Russin, die Italienisch spricht? Ist doch gegen alles, was sie kennen. Ich habe versucht, ihnen klarzumachen, dass das, was sie für Plastik halten, idiotische Gläser aus Zucker sind. Meine Tochter hat sie mitgebracht. Für irgendeines dieser neuen Mixgetränke, die ich so hasse. Alkohol und Zucker, wie eklig!" Und schon wieder eine Gemeinsamkeit.

Über den Tathergang wollte ich mit ihr lieber nicht reden. Hauptsache, sie trägt keine bleibenden Schäden davon. Die Wachleute werden weiter ihre Runden drehen, die ganz große Aufregung im Chat flaut schon wieder ab und der Commissario und sein Team werden weiter von Wachleuten und Wochenendhausbesitzern genervt sein. Nicht ganz unverständlich. Aber sie selbst ist es, die davon anfängt.

„Die subjektive Wahrnehmung ist wahrscheinlich trügerisch, wenn man eins über den Kopf bekommen hat", beginnt sie.

Ich sehe Olga verblüfft an. Subjektive Wahrnehmung. Genau das, worüber ich mir auch Gedanken gemacht habe.

„Ich habe dummerweise im Chat mitgelesen", sagt sie leise und setzt sich etwas auf. Annalisa hat zum Glück eine ihrer Schlafphasen und die anderen beiden sind still und erholen sich von ihr. „Ich wollte nachsehen, ob die Gartentür beim neuen Haus versperrt ist. Ich kümmere mich sonst nicht um so etwas. Aber meine Tochter hat dort einige Bilder gelagert. Dabei ist das Haus noch gar nicht renoviert. Und ich weiß auch nicht, ob sie es wirklich benutzen wird. Die Gartentür war tatsächlich unversperrt. Ich hatte mein Telefon vergessen und bin im Halbdunkel in den Garten. Dummerweise bin ich über eine Schubkarre mit Holz gestolpert. Ich habe versucht, die Holzscheite wieder einzuladen und unter das Vordach zu stellen. Dann wollte ich noch die Eingangstür kontrollieren. Ich weiß nicht, woran ich gedacht habe. Da war plötzlich ein Mann, hinter mir. Er hat etwas gesagt ... was, weiß ich nicht mehr. So etwas wie stopp, und keine Bewegung, aber da bin ich mir nicht sicher. Ich bin herumgefahren, ich lasse mich nicht einfach niederschlagen. Ich habe eine Nahkampfausbildung ..."

„Also doch", sage ich zufrieden. Nicht alle meine Hypothesen waren falsch.

„Nur ist das lange her, er war mir körperlich überlegen, er war auch ein Stück größer als ich, irgendwie bekam ich ihn trotzdem auf den Boden und dann war da die Stange. So eine alte Metallstange, es gibt mehrere davon, wahrscheinlich haben sie daran die Wäscheleine befestigt, jetzt liegen sie neben dem Steinweg. Er hat sie genommen, zuerst konnte ich noch abwehren, er hat mich am Arm getroffen, ich bin zur Seite, und dann war der Schlag auf den Kopf und ich hatte das Gefühl, ich bin mittendurch, als ob es ein Schwert wäre, das vom Schädel her durch meinen ganzen Körper ..."

„Und dann erst kam das Auto der Vigilsarda, nicht wahr?", helfe ich ihr weiter.

„Das Auto? Das war das Seltsame. Zuerst war nichts. Ich weiß nicht, ob ich ohne Bewusstsein war, es war alles still und der Mann ist über mir gestanden und hat etwas gemurmelt, Flüche oder so, Beschwörungen, ich konnte mich nicht rühren, aber ich weiß noch, er hat gemurmelt und mir an den Hals gegriffen, ich dachte, er bringt mich um, trotzdem, ich war wie gelähmt. Das Meer hat man gehört, das weiß ich noch, ich habe mir gedacht, dass die Wellen heute Abend sehr sacht sind, aber er hat mich gleich wieder losgelassen und dann habe ich das Auto gehört und er ist verschwunden. Als der andere gekommen ist, der von der Wache, habe ich schon röcheln können. ‚Die lebt', hat er gesagt und ich könnte schwören, dass der, der mich niedergeschlagen hat, über seine Schulter gesehen hat. Dann ist er weg, sind sie weg, und ich habe sie auf der Straße reden gehört, aber nichts verstanden. Danach wieder Stille, ganz war ich nicht bei mir, als Nächstes erinnere ich mich an die Rettungssirene."

„Sie waren zu zweit, die von der Wache", sage ich langsam. „Das haben sie ein paar Mal gesagt."

„Dann hat wohl der Zweite von der Wache über die Schulter geschaut", murmelt Olga. „Aber gestört ... gestört haben sie den, der mich niedergeschlagen hat, nicht. Und ich bin schon gelegen, allein auf dem Steinweg, als ich das Auto gehört habe, da bin ich mir sehr sicher. Die wollen als Helden dastehen. Dabei sind sie zu spät gekommen. Man hat mir schon zu verstehen gegeben, dass ich ihnen eine Belohnung zahlen sollte."

„Das haben sie wirklich gesagt?"

„Einer aus der Chat-Gruppe. Und viele haben Unterstützungs-Emojis gepostet. Hast du es nicht gesehen?"

Ich schüttle den Kopf. „Solltest du auch nicht."

„Sie haben geschrieben, dass sich die reiche Russin hoffentlich wenigstens erkenntlich zeigt, wo man ihr wohl das Leben gerettet hat."

„Und?"

„Ich werde zahlen. Ich bin ja nicht blöd. Ich will in Frieden leben. Deswegen bin ich gekommen, um in Frieden zu leben."

„Und wenn ... irgendjemand ganz anderer hinter dem Überfall steckt?"

„Jemand ganz anderer? Die vom Wachdienst waren es wohl nicht."

„Nein ... Gestern ist mir die Idee gekommen, jemand könnte die Zwillinge entführt haben. Aber dann hat der Commissario zum Glück zurückgerufen und klargemacht, dass niemand im Haus war. Er hat übrigens noch etwas von ‚zu vielen alleinstehenden Damen' gemurmelt, aber ich habe es überhört."

Olga lächelt und verzieht im nächsten Moment ihr Gesicht. Sie hat offenbar mehr Schmerzen, als sie eingestehen möchte. „Passt zu ihm. Ein Wunder, dass er nicht ‚ältere Damen' gesagt hat, oder ‚Miss Marple', aber die kennt er wohl kaum, er ist zu jung dafür. Ich habe die Agatha-Christie-Filme auf Italienisch gesehen."

„Gibt es sie überhaupt auf Russisch?"

„Weiß ich nicht, aber ihre Romane schon. Ich hab viele davon gelesen, ich mag sie."

„Ich mag sie auch."

„Entführung ... Du hast etwas von Entführung ... Mein Kopf ... Ich brauche noch länger ... aber ich glaube, ich weiß, was du meinst. Russenmafia. Das funktioniert anders, liebe Lella. Ganz anders. Da macht ihr euch keine Vorstellungen."

„Immerhin haben wir die Mafia mehr oder weniger erfunden."

Sie sieht mich an und lacht. „Auch wieder wahr. Aber ich bin zum Glück völlig unwichtig für die."

Gianna findet, ich sollte früher als geplant nach Rom zurückkehren. Nicht, weil die „dunklen Gestalten", vor denen im Chat immer noch gewarnt wird, eine Gefahr darstellten, sondern damit ich auf andere Gedanken käme. Ich solle mich nicht „wieder in etwas hineinsteigern". Wenn ich das schon höre. Tatsächlich hatte ich kurz überlegt abzureisen. Aber ich will Olga noch einmal besuchen und sehen, ob sie dableibt und etwas braucht. Und wenn man mir unterstellt, dass ich mich in etwas hineinsteigere, dann fühle ich mich herausgefordert.

Wozu habe ich denken gelernt? Ich analysiere das, was ich habe. Den Chat der Vigilsarda-Gruppe. Wenn man den üblichen Schwachsinn abzieht, bleibt allerdings nicht viel übrig. Am interessantesten sind die wechselseitigen Dankesbekundungen des RIP-Teams und der beiden Wachleute. Zuerst haben die Obermacher in Torre die „mutige Aktion" der Vigilsarda-Leute wortreich gelobt. Viele haben sich angeschlossen, immer wieder wurde eine Belohnung gefordert. Die eine oder andere Meldung ist nicht ganz frei von antirussischen Vorurteilen. Dann haben die beiden Wachleute mit einem im Chat abgedruckten Brief geantwortet. Gleich dreimal betonen sie, dass sie gemeinsam unterwegs waren, sie sind gemeinsam gekommen, sie haben die Verbrecher gehört und zueinander gesagt, jetzt müsse man etwas tun, auch gemeinsam hätten sie es nicht geschafft, die Täter an der Flucht zu hindern.

Wenn sich Olga richtig erinnert, sind die Wachleute erst gekommen, als schon alles vorbei war. Zuerst der Täter, bloß einer, der sich über sie gebeugt hat, und dann der in dem Hemd der Vigilsarda. Und der zweite hinter ihm. Natürlich kann man einiges durcheinanderbringen, wenn man gerade eine Metallstange über den Kopf bekommen hat. Trotzdem. Es deckt sich mit dem, was ich wahrgenommen habe. Jedenfalls eher als mit der Aussage der Wachleute. Aber: Warum sollten sie lügen? Um gelobt zu werden? Um von der reichen Russin Geld zu bekommen? Sie werden nicht besonders verdienen. Um klarzumachen, dass der Wachdienst gut arbeitet und immer zur Stelle ist? Ja, ja und ja. Und trotzdem: Warum betonen sie das „gemeinsam" so? Weil einer gar nicht da war? Oder: Weil einer der Täter war und der andere …

Ich sehe hinüber zu den Bergen und beobachte sieben große Vögel, die in exakter Formation Richtung Osten fliegen. *Fenicotteri*, diese wunderbaren rosa Flamingos aus den Salzseen bei Cagliari? Sie sind zu weit weg, als dass ich mir sicher sein könnte. Nur das Muster ihrer Formation ist klar, es bleibt, bis sie hinter dem letzten Hügel verschwinden. Das Muster … Warum betonen die zwei, dass sie gemeinsam unterwegs waren? Und zwar schon, seit sie mit dem Rettungssanitäter gesprochen haben?

Ich sollte meinen Vogel im Hirn freilassen. So hat es meine Oma genannt. „Lass deinen Vogel frei." Denken sollte ich, ohne mich einschränken zu lassen. Danke, Oma. Du hast mein Leben mehr geprägt, als du ahnen konntest. Also. Die beiden sind tatsächlich unterwegs. Man erreicht sie nicht, weil das Mobilfunksignal wieder einmal sehr schwach ist. Sie haben im Chat gelesen, dass es seltsame Geräusche in der Via Pesci geben soll. Ein halboffenes Gartentor. Einer bleibt sitzen. Der andere geht in die Richtung, sieht eine dunkle Gestalt. Olga hat ein dickes schwarzes Kapuzenshirt getragen, der Abend war kühl. Man kann sie von hinten ohne Weiteres für einen Mann halten. Der Wachmann glaubt, einen Einbrecher vor sich zu haben. Er ruft tatsächlich so etwas wie das, was Olga gehört hat. Stopp, keinen Widerstand. Die dunkle Gestalt dreht sich um und beginnt mit ihm zu kämpfen. Am Ende zieht ihr der Wachmann eins mit der Metallstange über. Dann erst sieht er, dass es sich um eine Frau handelt. Notwehr, das glaubt ihm keiner. Er prüft, ob sie lebt. Er geht und holt seinen Kollegen. Sie beratschlagen, dann bleibt sein Kollege da und alarmiert Rettung und Polizei, er selbst läuft weg. – Warum eigentlich? Damit Olga ihn nicht erkennen kann? Er kommt dann wieder. Nein. Viel einfacher. Er läuft weg, um tatsächlich der Rettung den Weg zu zeigen. Die beiden dunklen Typen, vor denen im Chat gewarnt wurde, gibt es gar nicht. Oder sie sind längst über alle Berge. Handwerker, Enkel der Gründergeneration von Torre delle Stelle, Touristen, tatsächlich Einbrecher. Wir werden es nicht erfahren.

Aber wie beweist man so etwas?

Ich ackere mich noch einmal durch den Chat.

Alessandro
Der Wachdienst ist heute permanent auf Patrouille. Aber trotzdem besser, ihr seht euch persönlich um.

Mauro e Mara
Die sind in Deckung bei einem Haus von irgendjemandem. Der einen netten Kamin angeheizt hat, bei einem Glas Wein und Hintergrundmusik … oder so. Wäre nicht das erste Mal.

Salvio
Ich bin leider in Cagliari, sonst würde ich ihnen Beine machen.

Laura
Das ist ein Scherz. Die sind auf Tour. Ich hab sie gesehen.

Wer nicht alles in Cagliari war und trotzdem fleißig gepostet hat. Aber darum geht es jetzt nicht. *Die sind in Deckung bei einem Haus von irgendjemandem. Der einen netten Kamin angeheizt hat, bei einem Glas Wein und Hintergrundmusik ... oder so.* Hat eigentlich nicht wie ein Scherz geklungen. Nur bringt das nichts für meine These. Allerdings. Beim Forschen geht es nicht darum, recht zu haben. Sondern Erkenntnis zu gewinnen. Ein Grundsatz, mit dem ich meinen Studierenden immer wieder komme. Er gilt für die Geisteswissenschaften ebenso wie für die Naturwissenschaften. Vielleicht lässt sich damit sogar belegen, dass es doch keinen grundsätzlichen Unterschied zwischen diesen Disziplinen gibt. Der Reihe nach. Mara anrufen, auch wenn ich weiß, dass es immer Mauro ist, der postet.

„Bitte! Das ist doch offensichtlich! Der eine Wachmann, er hat so einen deutschen Namen, obwohl er aus der Gegend von Ostuni stammt, Leo, er hat etwas mit Laura. Der verschwindet in ihrem Haus und kommt oft eine Stunde später oder so wieder heraus. Was er da wohl für Kontrollen macht, äh?" Mara lacht. Sie hat lange dunkle Haare und ist die Schönheit in Torre delle Stelle. Sie ist Hautärztin, ein Beruf, der mir weder zu ihrem Temperament noch zu ihrem Äußeren zu passen scheint. Aber was weiß ich schon von sardischen Hautärztinnen.

„War er an diesem Abend auch da?"

„Klar war er das, deswegen hat Mauro ja auch so etwas gepostet. Nicht ganz deutlich, man will ihnen ja nichts Böses."

„Und das Auto ist vor dem Haus gestanden?"

„So dumm sind sie nicht. Der andere hat ihn abgeliefert und ist weitergefahren. An sich müssen sie zu zweit unterwegs sein, habe ich gehört. Aber wer nimmt es schon so genau?"

„Wann ist er weg?"

„He, glaubst du, ich schau dauernd aus dem Fenster? Keine Ahnung … leider. Frag Laura."

„Weil die mir das sagen wird."

Wir verabreden uns für morgen auf einen Kaffee in der Bar.

Ich kenne Laura nicht. Sie hat Grund, ihren Freund, Geliebten, was immer, zu schützen. Er ist einer der beiden Helden. Gemeinsam haben sie die bösen Einbrecher gestellt und vertrieben. Bevor noch Schlimmeres … Aber dieser Leo war vielleicht gar nicht da. Mit wem hat der Wachmann in der Via Pesci dann geredet?

Unmöglich, sagt Olga, sie könne die Männer nicht beschreiben. Wie Leo aussieht, weiß ich von Mara. Größe und Figur passen zu dem Typ, der an mir vorbeigestürmt ist. Er kam angerannt, weil ihn sein Kollege alarmiert hat: „Leo, es ist etwas passiert, komm sofort her!" Aber noch einmal: Wer war dann der, mit dem er vorher gesprochen hat? Olga hat zwei Männer gesehen. Auch ich habe zwei gesehen. Die beiden Einbrecher? Die sich beraten und dann Rettung und Polizei verständigen? Der eine ist geblieben, der andere davongerannt. Einer war deutlich größer als der andere. Die beiden Wachmänner sind zirka gleich groß. Das hätte mich gleich irritieren müssen. Der große Mann. Olga hat gesagt, ihr Angreifer war ein Stück größer als sie. Sie überragt mich um gut einen Kopf. Sie muss gegen eins achtzig sein. Oder zumindest eins fünfundsiebzig.

Die Wachleute decken jemanden. Aber wen? Und warum? Damit niemand erfährt, dass sich Leo zwischendurch ein Schäferstündchen gönnt? – He, Einbrecher, ich tu einfach so, als hätte ich dich nicht gesehen, sonst merkt noch jemand, dass mein Kumpel häufig bei Laura ist. Also lauf jetzt schnell davon. Unsinn. Das passt nicht.

Ich runzle die Stirn, und hätte mich Gianna nicht in diesem Moment angerufen, ich hätte mir eingestanden, dass ich jetzt doch dabei bin, mich in etwas hineinzusteigern.

„Ist dir schon aufgefallen, dass sie an diesem Tag von verschiedenen dubiosen Gestalten geschwatzt haben?", sagt sie anstelle einer Begrüßung.

„Und wer steigert sich jetzt …"

„Schätzchen, ich will, dass du wiederkommst, statt auf Dauer in die Sterne zu stieren."

„Ja, es ist mir aufgefallen."

„Zuerst war da dieses ‚Individuum', das die Wachleute zum Ortsausgang gebracht haben. Und dann waren da angeblich ‚zwei sehr finster aussehende Personen' unterwegs."

„Du meinst, das ‚Individuum' ist wiedergekommen?"

„Ich meine, dass die Postings kreuz und quer gehen."

„Das Beste ist, der eine, der vom ‚Individuum' geschrieben hat, war gar nicht da. Sondern in Cagliari."

„Alessandro. Aber später ist er gekommen."

„Unsinn. Er war in Cagliari. Er hat sogar noch gepostet, wie leid ihm das tut."

„Dazwischen war er offenbar da. Als mehrere gepostet haben, dass sie vor Ort sind."

„Er hat bloß so getan, als wäre er in Torre, als er das von dem ‚Individuum' gepostet hat."

„Schau nach."

Ich scrolle im Chat und lese:

Renaldo T.
Ich bin da. Nähe Via Pesci. Höre nichts.

Alessandro
Ich bin da.

Francesca
Aber wo sind die Wachleute? Immerhin zahlen wir sie.

„Wir müssen herausfinden, wie er aussieht."
„Wir? Lella, meine Süße, du bist dort."
„Der Mann, der Olga angegriffen hat. Er war groß. Größer als die von der Vigilsarda. Größer als Olga. Wenn er nicht da war und dann da war und dann wieder schreibt, dass er nicht da war, dann war er vielleicht da und ist durch die Via Pesci und hat Olga …"
„So solltest du das dem Commissario nicht sagen."

Textanalyse. Wörtlich. Teleologisch, also nach Sinn und Zweck. Was für einen Sinn haben Postings? Oder scheitert die Wissenschaft an dieser Frage? Die Flasche Vermentino ist leer. Ich hab sie sozusagen mit Gianna getrunken und trotzdem bin ich es, die beschwipst ist. Und die Postings gehen weiter. Achtundsiebzig sind es heute bereits. Früher hat sich dieser Alessandro häufig gemeldet. Seit dem Abend, an dem Olga niedergeschlagen wurde, kein einziges Mal mehr.
„Alessandro?", Mara gähnt. „Weißt du, dass es halb zwölf ist? Ich hab morgen Ordination."
„Kennst du ihn?"
„Ja, klar. Ein eher unauffälliger Typ. Einer von denen, die gerne bellen, aber nicht beißen. Er wäre gerne mehr. Interessanter. Beliebter. Ein Vereinsmeier. Nützlich, aber leicht gekränkt. Du kennst diesen Typ."
Ich seufze. „Also nicht groß."
„Nicht groß? Warum?"
„Unauffällig."

„Lella. Der ist groß und unauffällig. Faltet sich in einer Ecke zusammen und ward nicht mehr gesehen."

„Wie groß?"

„Ziemlich. Eins fünfundachtzig mindestens. Er ist irgendein Beamter. Um die vierzig."

„Hast du ein Foto?"

„Spinnst du?"

Dal Ponte

Auch morgen ist ein wunderschöner Sonnentag! Ein Grund mehr, uns alle, Mitglieder oder nicht, zu treffen, unsere beiden tapferen Wachmänner zu belobigen und über neue Maßnahmen für unsere Sicherheit zu reden. Es gibt viele Vorschläge. Machen wir Torre delle Stelle sicher und sauber. Holen wir es uns zurück! Auf eine neue Gemeinschaft. Treffpunkt um zehn in der Bar. Wir erwarten euch!

Laura

Ich bin dabei!

Sott'Olio

Gegen die Schurken und unseren Müll!

Dott. Tattri

Das ist nicht so witzig, wie Sie glauben.

Francesca

Ich finde es wichtig, unsere neue Gemeinschaft nicht lächerlich zu machen. Natürlich muss keiner mit dabei sein. Auch wenn alle profitieren. Auch darüber sollten wir reden. Ich komme!

Mein Telefonat mit Olga dauert nur kurz, ihr Posting ploppt wenige Minuten später auf.

Olga
Ich möchte mich auf diesem Weg noch einmal für die große Anteilnahme und die Gemeinschaft bedanken. Ich werde mich bei den beiden tapferen Männern der Vigilsarda auch noch ihren Taten entsprechend erkenntlich zeigen. Leider kann ich am morgigen Treffen nicht teilnehmen, ich werde direkt von der Klinik nach Moskau zurückkehren.

Laura
Ich hoffe, es geht Ihnen gut, Olga! Bei uns ist jeder willkommen, der mit dabei sein will!

Holger
So schade, dass ich in Frankfurt bin, aber ich komme wieder. Auch von hier alles Gute nach Torre delle Stelle! Und seid wachsam!

Mauro e Mara
Wir sind dabei, bis morgen!

Alessandro
Bis morgen! Ich bin dabei!

Es ist einer dieser lichtdurchfluteten Tage, wie es sie nur auf Sardinien zu geben scheint. Die Sonne spielt mit dem Meer, das Meer spielt mit der Sonne. Vorbote des Sommers. Nach den großen Aufregungen sind viele zu dem Treffen gekommen. Ich beobachte sie gemeinsam mit Olga von der Hügelstraße aus.

„Keine Ahnung, ob das der Typ war", murmelt sie und setzt das Fernglas ab. „Er ist groß. Ja. Aber viel mehr habe ich auch nicht gesehen."

Ich lächle und tätschle ihr den Arm. „Nicht Rache, Erkenntnis."

Olga nickt. „Die große Schwester der Gerechtigkeit."

Als wir zur Bar kommen, ist die Sitzung bereits in vollem Gang. Sie haben auf der gefliesten Terrasse weiße Plastiksessel aufgestellt. Ein paar der Oberaktivisten stehen vor den gut gefüllten Reihen. Mara deutet viel zu auffällig auf den braunhaarigen Mann im grauen Pullover, der an der Steinmauer lehnt. Langsam rücken wir weiter vor, so, dass uns möglichst viele sehen können. Zwei interessierte Frauen, die etwas zu spät dran sind und noch einen Platz suchen.

„… und deswegen werden wir verschiedene Untergruppen bilden, die sich je nach Interesse um die Themen Sicherheit, Müllbeseitigung, Freizeitprogramm kümmern", sagt eine schlanke Frau in Jeans.

„Danke, Laura", antwortet ein rundlicher Mann. „Also, um es einfacher zu machen, haben wir einige Vorschläge, wer in den Gruppen mitarbeiten könnte. Wir bitten Leute, die sich auch bisher schon engagiert haben. Zuerst zum Kernthema Sicherheit. Alessandro …" Er nickt dem Mann an der Mauer auffordernd zu.

„Olga! Olga Golovin! Sie ist doch gekommen!", ruft Laura und deutet in unsere Richtung.

Für einen Moment starrt uns der Mann an. Olga nimmt meine Hand. So fest, dass ich beinahe aufschreie. Typisch Russin eben. „Ich bedaure", murmelt er und löst sich von der Mauer. Er dreht sich um, versucht den Kopf zwischen die Schultern zu ziehen, geht langsam Richtung Parkplatz davon. Es ist, als wäre er gar nicht da gewesen.

Also, überlegt habe ich mir die Sache schon lange. Aber sie durchzuziehen ist etwas anderes. Immerhin bin ich eine gelernte Wohnungskatze. Als mich Mira mit aufs Land genommen hat, bin ich unruhig geworden. Ich weiß, dass ich nicht ausreißen soll. Ich kann mich dunkel erinnern, was passiert ist, als ich das letzte Mal ins Stiegenhaus entkommen bin. Da hat mich einer bei der Eingangstür rausgelassen, viele Autoreifen auf der Straße, viele Beine am Gehsteig und ich weiß nicht, wie es passiert ist, jedenfalls Quietschen und Schreien und Schwärze, ganz nah beim großen Nichts, und dann das viel zu helle Licht. Und ich auf einem kalten, hohen Tisch, mit einem Schädel so groß wie ein Luftballon, und alles hat sich gedreht.

Aber hier ist vieles anders, ich habe es beobachtet. In den Hof fährt nur ab und zu eines von den motorisierten Ungetümen, das sie Traktor nennen, ab und zu ein Auto, aber vorsichtig, weil es gibt ja auch diesen Köter Reblaus. Der allerdings ist jung und dumm und kein Problem für mich. Jedenfalls riecht es verführerisch von draußen herein, direkt vor meinem Fensterplatz steht ein großer Baum mit gelben Früchten und mich packen seltsame Sehnsüchte, die nicht nur mit Fressen zu tun haben.

Dann geht es wie von selbst. Miras Gedanken sind wohl wieder einmal beim Mord an dem Winzer. Sie will nicht, dass seine Witwe den Winzerhof verliert, auf alle Fälle gehe ich ihr nach ins Vorzimmer, bleibe in der offenen Tür sitzen. Mira, Eva und Vesna stehen im Hof, sie reden miteinander. Ob Vesna mir schwarze Oliven mitgebracht hat? Oliven sind meine Leidenschaft, ich werde nahezu wahnsinnig, wenn ich bloß welche rieche, und Vesna hat allen Grund, nett zu mir zu sein. Immerhin bearbeitet sie unsere Böden mit dieser brüllenden Bestie, die Staub frisst. Wer das braucht, frage ich mich. – Jetzt steht die Wohnung unter Wasser, ein Super-GAU für eine vernünftige Katze wie mich, die weiß, dass Wasser gefährlicher ist als alle anderen Elemente zusammen. Es hat von der Decke geregnet, weil irgendwelche Geldverdiener den Dachboden ausbauen wollen. Und so sind wir aufs Land.

Mira, Vesna und Eva nehmen mich gar nicht wahr. Reblaus scheint auch anderswo zu sein. Nicht, dass ich besondere Angst vor ihm hätte, wie man Hunde in die Flucht jagt, weiß ich aus unserem Stiegenhaus. Macht verdammten Spaß, wenn so einer dann mit eingezogenem Schwanz abzieht. Aber andererseits: Der Mund des Köters ist voller spitzer Zähne, der kann vielleicht mehr als unsere Stadthündchen, also besser Vorsicht.

Ich schlage mit dem Schwanz hin und her, das hilft beim Nachdenken. Jetzt sieht mich Mira doch und schreit „Gismo!" und kommt näher, versucht mich zu locken. Ich bin im Allgemeinen eine freundliche Katze, aber wenn mir jemand die Hand entgegenstreckt, als wär' da etwas drin, und mich für so bescheuert hält, dass ich nicht checke, dass da gar nichts ist, dann werde ich ungehalten. Mira sollte mich doch bitte besser kennen. Also schlage ich noch einmal mit dem Schwanz, spanne meine Beine an, spüre die Luft, die mir um die Nase weht, und bin mit einem Satz mitten im Hof. Spöttisch starre ich meine Mitbewohnerin an. Sie rudert mit den Armen, wozu die Aufregung bitte? Du bleibst ja auch nicht den ganzen Tag über im Zimmer und ich kann besser klettern und sehen und … Verdammter Mist, nur dass ich nicht aufgepasst habe, wo Reblaus ist. Er bellt. Jetzt, wo ich mit ihm auf gleicher Höhe bin, stelle ich fest, dass er dreimal so groß ist wie ich, vielleicht auch fünfmal, also nichts riskieren, Ohren anlegen, und irgendwo rauf. Das geht wie im Traum, erst als ich auf dem Baum sitze, wird mir klar, dass ich noch nie auf einen geklettert bin, aber es gibt ja auch andere Klettergeräte. Jedenfalls springt dieser Köter vor Ärger mit allen vieren in die Luft, bellt, wedelt mit dem Schwanz, vielleicht will er bloß spielen, darauf kann ich verzichten, und Mira und Vesna und Eva starren zu mir herauf. Mira hat sichtlich Angst, ich könnte vom Baum fallen. Ich liebe sie wirklich, aber wofür hält sie mich? Ohne lange nachzudenken springe ich auf die Mauer, von dort auf einen anderen Baum. In diesem Hof ist kein Hund. Der Abstieg ist nicht ganz so einfach wie der Aufstieg, dafür, dass ich so etwas nicht gewohnt bin, geht es trotzdem ganz gut und meine Krallen halten schon was aus. Asphalt wie in der Stadt, niemand zu sehen, nichts zu hören, also hinaus durch das offene Hoftor.

Ich spüre mein Herz pochen, was für ein Abenteuer, das Gras hier ist höher als ich, es duftet und die Sonne scheint und ich bin mindestens so high, wie wenn ich zehn schwarze Oliven zerkaut hätte.

Es müssen Stunden sein, die ich mich treiben lasse, Hügel hinauf und hinunter, immer am Rand des Dorfs entlang. Das muss einer der Weingärten sein, von denen sie immer reden, knorrige Stämme, oben grüne Blätter und Trauben, verbunden mit Drähten wie Telefonkabel, ob die Vögel, die auf ihnen sitzen, einander Nachrichten schicken? Wenn ich blitzschnell an einem der Holzpfosten hochklettere, könnte ich einen fangen und fragen. Aber ich weiß, wie Vögel, oder besser, ihre Federn schmecken. Mira war gar nicht amüsiert, als ich Näheres über die Anatomie einer Taube wissen wollte, die bei uns am Balkon schlecht gelandet war. Dort hinten lockt ein kleiner Wald, es raschelt und riecht nach zu stark gegossenen Zimmerpflanzen. Dann ein Friedhof, warm und ruhig. Ich mache Rast bei einem sonnigen Grabstein, du liebe Güte, diese Sonne ist viel sonniger als die, die durchs Fenster scheint. Strahlung pur, ich merke, wie mein Fell rot und orange zu leuchten beginnt, das ist das exakte Gegenteil von Wasser. Leben.

Ich schlendere weiter, ein kleiner Bach, ich versuche einen Falter zu fangen, aber irgendwie ist er schneller als ich, nicht einmal das kann mich heute ärgern, was für ein Ausflug.

Und dann merke ich, dass ich total die Zeit übersehen habe, die Sonne wird rot und verglüht, noch ist es nicht finster. Ich sollte überlegen, welchen Weg ich gekommen bin, war zuerst der Friedhof und dann die Gasse mit den Büschen oder war es andersrum? Ich habe Riesenhunger. So ein Ausflug, der zehrt. Außerdem wird Mira auf mich warten, vielleicht mit einer vollen Schüssel, kann sein, es gibt bei den Bertholds Huhn. Mir läuft das Wasser im Mund zusammen. Glasklar nachdenken, Gismo, woher bist du gekommen, aber offenbar hat der viele Sauerstoff meinem Hirn nicht gutgetan, jetzt renne ich schon zum dritten Mal an dieser Wegkreuzung vorbei. Im Dorf gehen die Lichter an. Ich klettere auf einen Baum, verdammt, ist bei dem die Rinde glatt. Ob ich das Haus der Bertholds entdecken kann oder Mira oder sonst irgendetwas Bekanntes? Ich muss zugeben, ich bin leicht beunruhigt. Regelmäßige Mahlzeiten sind wichtig für meinen ausgeglichenen Seelenzustand. Blödsinn, Gismo, ein bisschen Hunger hältst du schon aus, denk an die Freiheit, das Abenteuer, an das Gefühl, als du ... – nur dass dieses Gefühl jetzt nicht mehr da ist.

Ich streife vorsichtig zur nächsten Häuserzeile, ein Auto braust vorbei, ich zucke zusammen, drücke mich an eine Mauer. Ich weiß bloß, dass der Hof der Bertholds am Ende einer Straße liegt. Aber ich hab das Gefühl, diese hier ist es nicht. Trotzdem, weiter. Und dann in eine andere Straße. Zwei junge Mädchen stehen bei einer Bushaltestelle und tuscheln. Die Blonde sieht mich und säuselt: „Was bist denn du für eine?" Na, was für eine werde ich sein. Ich bin Gismo. Und ich habe keine Zeit, mich streicheln zu lassen, wenngleich ... so ein paar

Fahrer über das Fell, das könnte mich beruhigen, aber Quatsch, ich bin beruhigt genug, weiter.

Eine Zeit lang habe ich das Gefühl, mich immer weiter von Mira und den Bertholds zu entfernen, dann wieder glaube ich, dass der Hof gleich ums Eck sein muss. Inzwischen scheinen die Straßenlaternen Löcher in die Nacht, das Haus dort drüben ist das letzte in der Straße. Ich schleiche näher, es sieht anders aus als das der Bertholds, es riecht anders, es fühlt sich anders an, aber vielleicht ist da jemand und gibt mir wenigstens einen kleinen Happen zu beißen.

Beim zweiten Anlauf schaffe ich einen Satz auf das Fensterbrett. Ich muss mehr trainieren, meine Muskeln aufbauen, irgendwie war ich ganz schön faul in der letzten Zeit, aber Mira hasst es, wenn ich an den Mänteln an der Vorzimmergarderobe hochklettere oder versuche, auf die Schlafzimmerkästen zu kommen.

Mit Menschen habe ich bisher ganz gute Erfahrungen gemacht. Miras Oskar bringt mir noch häufiger Oliven mit als Vesna, vor allem aber füttert er mich heimlich unter dem Tisch. Mir rinnt das Wasser im Mund zusammen bei dem Gedanken an Parmaschinken und Wildpastete und … Hör sofort auf, daran zu denken, Gismo. Natürlich gibt es auch Leute, die in Babysprache auf mich einreden, so, als ob es ihnen die normale Sprache verschlagen hätte, „süüüüüüüßes Katzi du, Schnurrli-Burli, oder bist du ein Mädi???" – da bilden sich die Menschen weiß Gott was auf ihre Intelligenz ein und wissen nicht einmal, dass es das klassische Schildpattmuster nur bei weiblichen Katzen gibt. Und ich bin, verdammt noch einmal, stolz darauf, eine Katze und kein Kater zu sein. Um die Babysprachler mache ich einen großen Bogen. Mit solchen Deppen will ich nichts zu tun haben, vielleicht ist es ansteckend. Und dann war da der, den Mira einfach so in der Nacht mit in unsere Wohnung gebracht hat, an ihrem mondsüchtigen

Gesichtsausdruck habe ich gesehen, dass sie ihn für einen potenziellen Lover hält, er hat mich von oben angesehen und gefragt: „Beißt das?" Ich wollte ihn nicht enttäuschen. Für Mira war es jedenfalls besser so, ich bin mir ganz sicher. Und dann hat sie zum Glück für uns beide ohnehin ihren Oskar gefunden.

Hinter dem Fenster tut sich etwas. Ich blinzle und konzentriere mich.

Der Mann ist hager und trägt einen blauen Arbeitsanzug, wie ich ihn in den letzten Tagen auch auf dem Hof der Bertholds gesehen habe. Er plant etwas Böses. Das spürt man einfach. Er schleicht herum und scheint etwas zu suchen. Ich drücke meine Nase an der Fensterscheibe platt. Eine Frau kommt ins Zimmer, sie ist fett, wenn Mira die sehen würde, wäre Schluss mit ihrem unnötigen Gejammer über ein paar Kilos zu viel und Speck an den Schenkeln. „Mach keine Sauerei hier drinnen", sagt sie, „du musst ihn draußen totmachen."

Mir klopft das Herz bis zu den Schnurrbartspitzen. Wo ist Mira? Wo ist Vesna? Die kennen sich aus mit Mordfällen. Ich meine, die eine Sache rund um den Wahlkampfmord, die hab ich geklärt, indem ich den Papierkorb ausgeleert und Mira den richtigen Zeitungsausschnitt zugespielt habe. Aber das hier ... und vor allem: Wer soll da totgemacht werden? Ich will fliehen, aber ich bin unserer Familientradition anderes schuldig und so mutig wie Mira bin ich schon lange. Vom besseren Instinkt gar nicht zu reden. Also springe ich vom Fensterbrett und schleiche ums Haus. Das Tor zum Hof steht offen, ich wische hinein, vorsichtig, wer jemanden totmachen will, könnte mich quasi mit erledigen. Die fette Frau öffnet die Tür ins Freie, der dürre blaue Typ sucht jetzt in der Küche herum, ich ducke mich hinter einen Blumentopf mit einer gigantischen überriechenden Pflanze. Was Menschen nur an diesem Zeug finden? „Florian!", säuselt sie lockend, aber da sind Untertöne, die lassen keinen Zweifel zu, dass sie es nicht freundlich meint. Ich hoffe bloß, dass Florian nicht darauf reinfällt. Wer ist Florian?

„Er muss draußen sein", sagt sie zu dem Mann, jetzt stecken beide den Kopf in den Hof. Er hat schwere Arbeitshandschuhe an, und was mir die Nackenhaare aufstellt: Hinter ihm lehnt ein Gewehr.

Menschen können Derartiges bei der Polizei melden, aber was kann ich? Ich muss Florian finden. Aber ich weiß nicht einmal, wer oder was Florian ist.

Die beiden Köpfe verschwinden wieder in der Küche, die Tür bleibt offen, es dauert nicht lange und ich rieche Himmlisches. Es muss eine Mischung aus Hühnerknochen und Schinkenresten sein, ich verstehe etwas von gutem Essen, ich glaube, es ist ein nur kurz geselchter, gekochter Schinken, ich kann seinen Saft schon in meinem Maul spüren, das Ganze muss lauwarm sein, perfekte Genusstemperatur, es zieht mich magisch an und nur ein Rest von Hirn verbietet mir, dorthin zu gehen, wo der Mann mit den großen Handschuhen und dem Gewehr lauert. Man sollte ihnen das Essen klauen, es wäre mehr als angebracht, Mördern ihre Nahrung zu stehlen. Quasi ein Akt im Dienst der Verbrechensbekämpfung. Ich kann nicht anders und schleiche vorsichtig vorwärts.

Da. Ein Geräusch. Ich zucke zusammen, versuche mich unsichtbar zu machen, halte die Luft an, etwas tappt näher, es stinkt. Ich atme erleichtert wieder aus. Ein Kater. Ein alter, hinkender Kater, um genau zu sein. Er hat Witterung aufgenommen wie ich und in dieser Sekunde wird mir klar, wer das ist: Florian. Ich mag Kater nicht besonders, irgendwie hat Mira mir das abgewöhnt, auch wenn gerade heute in der Sonne auf der Wiese bei mir so Ahnungen heraufgedämmert sind, die etwas mit einem eleganten jungen Kater mit glänzendem schwarzem Fell zu tun hatten ... Der da ist jedenfalls hatschert und grau bis braun, sieht aus wie eine angeschimmelte Decke auf Beinen. Aber Mord ist Mord. Ich muss Florian warnen, nur wie? Er kennt mich nicht und wenn er sich aufführt wie der Kater, den ich heute Nachmittag am Friedhof getroffen habe, dann schnappt uns der Mann mit den großen Handschuhen ohne Probleme. Das war vielleicht ein Herumgetue und Anschleichen und Wichtigmachen und Umschleichen. Dass Männer so viele langatmige Rituale brauchen. Ich maunze Florian leise eine Warnung zu. Der Trottel geht weiter, womöglich hört er schlecht.

„Florian!", säuselt die Frau in der Küche, bitte, diese Untertöne muss doch sogar er kapieren, aber er hat bloß die Nase hoch in der Luft und strebt dem Geruch nach. Ich spanne meine Muskeln, um ihm nachzuschleichen, vielleicht kann ich ihn vom Essen ablenken und dann auf den Baum dort drüben abhauen.

Aber zu spät. Schneller, als ich es einem Menschen zugetraut hätte, saust der Mann aus der Tür, wirft sich auf den armen, alten Kater, der kreischt entsetzt auf, versucht sich zu befreien, kratzt, beißt, aber die riesigen Handschuhe halten ihn sicher. Die Frau kommt und steckt den zappelnden Florian in einen Sack, schreien kann er jedenfalls noch, und wie, es geht mir durch Mark und Bein, meine Gedanken rasen, ich kann die beiden nicht allein überwältigen, und es gibt niemanden, den ich hier kenne.

Sie tragen das strampelnde und maunzende Bündel vor den Schuppen.

„Schon schade", sagt die Frau kurzatmig, „aber seit er nicht einmal mehr Mäuse fängt ... und wo er jetzt auch noch ins Haus gemacht hat ... – Willst du ihn wirklich erschießen? Du könntest ihn auch erschlagen in dem Sack."

Der Mann ist inzwischen ins Haus gegangen und kommt mit dem Gewehr wieder. „Sind eh nur Schrotkugeln, die sind nicht so teuer", erwidert er.

Sie haben ihn nicht einmal fressen lassen, diese Menschen, nicht einmal seine Henkersmahlzeit haben sie ihm gegönnt, denke ich und weiß nicht, was das ist, was mir im Mund zusammenfließt. Speichel ist es nicht. Eher was Saures, Bitteres, Trauriges, Salziges. Ich schlucke schwer und werde wütend.

„Ich geh schon ins Haus", sagt die Fette, „es ist kalt, schau, dass du keine Sauerei machst. Und wirf ihn dann mit dem Sack in den Restmüll. Das fällt eh keinem auf."

Die Mörderin wackelt ins Haus. Der Mörder kniet sich vor den zuckenden Sack, Florian schreit nicht mehr, er wimmert bloß noch, der Mörder nimmt das Gewehr, zielt. Das ist meine Chance.

Ich schleiche tief geduckt an ihn heran, jetzt funktioniert jeder Muskel wie er soll, blitzschnell bin ich hinter ihm, springe auf seinen Rücken, schlage die Krallen in seine Schulter, der erste Angriff muss gelingen, sonst bin ich selbst dran, ich merke, wie der blaue Stoff reißt, ratsch, und er schreit auf und lässt die Waffe fallen, ich spüre Haut, die nachgibt, ich bin mächtig und ich habe Todesangst und ich bin wütend. Ich beiße ihn von hinten in den Hals, schmecke Schweiß und Blut und so etwas Ähnliches wie zu altes talgiges Rindfleisch, aber ich lasse nicht locker, er springt auf, schüttelt sich, ich hänge fest, er darf bloß das Gewehr nicht nehmen, er rennt brüllend zum Haus, erst vor der Tür lasse ich los, hetze am Schuppen entlang zum Sack, der Typ verschwindet in der Tür, aber er kann jeden Moment wiederkommen.

„Beiß den Sack auf", keuche ich.

„Wer bist du?", maunzt es zurück.

„Nicht quatschen, beißen!"

„Ich ... hab fast keine Zähne mehr."

Na super. „Und was ist mit Krallen?"

„Geht so."

„Dann reiß ihn auf", fauche ich und habe dabei schon selbst Stoff zwischen den Zähnen, zum Glück ist der Sack morsch, wir haben ihn offen, Florian kriecht heraus.

„Schnell fort", maunze ich ihm zu.

„Wohin?"

„Verdammt, du kennst dich hier aus, fort!"

Schön langsam scheint er es geschnallt zu haben, er hinkt so schnell er kann vor mir her. Ich höre die Tür, drehe mich um, es ist die Frau, die irgendetwas wie „verdammte Bestien" flucht. Wir aber sind schon im Gebüsch hinter dem Haus und ein totaler Idiot scheint dieser Florian nicht zu sein, das Gebüsch zieht sich über hunderte Meter hin, er rennt so gut er kann, ich hinter ihm drein, merke erst jetzt, dass ich mir eine Kralle abgerissen habe, das tut verdammt weh, aber dafür steckt sie jetzt im Rücken des Mörders, der doch keiner sein konnte.

Irgendwann einmal bleibt Florian stehen, dreht sich um und sieht mich an. „Danke", sagt er und im Mondlicht, das durch die Büsche fällt, sehe ich, dass er tatsächlich kaum mehr Zähne hat. So in der Nacht sieht das beinahe verwegen aus.

„Wo kannst du jetzt hin?", frage ich ihn. Wenn ich den zu den Bertholds schleife, werden sie nicht eben glücklich sein.

Florian putzt sich die rechte Vorderpfote. Ich warte. Ein schwarzer Vogel flattert auf. Der Wind bewegt die Zweige, ein Rascheln, als wenn die Bäume sprechen könnten.

„Es gibt da einen Mann, er lebt in einem Haus ziemlich abseits. Der ist sehr okay. Mindestens so alt wie ich. In Menschenjahre umgerechnet. Den gehe ich ab und zu besuchen. Bei dem kann ich bleiben."

„Findest du hin?"

„Was glaubst du denn?", fragt er beleidigt zurück.

Okay, wenn ich hier seit Jahrzehnten unterwegs wäre, ich würde alles blind finden.

„Aber ich muss mich noch bedanken", sagt er und versucht seine Muskeln zu strecken. „Du bist eine attraktive Katze."

Er mustert mich mit einem Blick wie Oskar, wenn er Mira ansieht, bevor sie dann meine Schlafzimmertür vor mir zumachen.

„Oh Mann", erwidere ich, „erstens hat Mira etwas unternommen, damit ich nicht mehr will, und zweitens könntest du mein Großvater sein. Vergiss es."

Er kratzt sich hinter dem Ohr und maunzt: „Hast ja keine Ahnung, was dir da entgeht, Schöne."

Okay, ich kenne nicht viel vom Leben in freier Wildbahn, aber ich bin mir sicher, dass ich in diesem speziellen Fall locker damit leben kann. „Eine andere Bitte hätte ich: Ich will zum Hof der Bertholds zurück."

Er legt den Kopf schief. „Die Weinbauern mit dem schönen Marillenbaum und dem jungen Schäferhund? Warum?"

„So halt." Nur weil ich ihm das Leben gerettet habe, muss ich ihm nicht meine ganze Lebensgeschichte erzählen.

„Dann komm. Der alte Gangl wohnt eh ziemlich nah bei den Bertholds."

Wir erreichen eine schmale gepflasterte Gasse. Rechts und links winzige Häuser mit großen Türen, auf den Dächern fehlt etwas. Der Rauchfang. Durch ein geöffnetes Tor sehe ich einen Holztisch, zwei Holzbänke, Gläser wie die, aus denen Mira und Oskar ihren Wein trinken, dahinter eine Stiege, die hinunter ins Erdinnere geht. Florian hinkt jetzt wieder stärker und mein Bedarf an Abenteuern ist für den Moment eigentlich gestillt. „Wo sind wir hier?", maunze ich ihm trotzdem leise zu. „Noch nie was von Kellergasse gehört?", maunzt er zurück. Ich will gerade etwas erwidern wie ob er wisse, was das Riesenrad sei oder eine Donaubrücke, aber der alte Kater bleibt stehen, sieht mich an und krächzt: „Dass mich die wirklich erschießen wollten …"

Viel schneller als gedacht spüre ich, dass wir dem Hof der Bertholds näher kommen, und dann sehe ich die Fassade, das Tor ist zu, ich bin über das Nachbarhaus ins Freie, aber auch dort ist das Tor zu, ich will Florian nicht anjammern, Lebensretterinnen sind cool.

„Also dann …", sagt er und sieht mich richtig dankbar an.

„Also dann …", sage ich.

Er geht die Straße entlang, ich blicke ihm nach, bis er um die Wegbiegung verschwindet.

Und jetzt? Plötzlich werde ich übermütig, warum nicht noch etwas von der Freiheit kosten? Ich könnte Florian nachschleichen und schauen, ob es seinen alten Freund wirklich gibt.

Ich sehe ihn gerade in einen Feldweg verschwinden, halte ausreichend Abstand, niemand soll sagen, dass ich nicht für die freie Wildbahn geboren bin. So eine laue Sommernacht … ein einsames kleines Haus am Waldrand. Florian steht vor der Tür und maunzt, er hat ein kräftiges Organ, das muss ich zugeben. Vielleicht war er vor Jahren ein richtig stattlicher Kater, kampferprobt, erfahren, draufgängerisch und manchmal trotzdem richtig verschmust. Gismo, wo denkst du hin?

Florian dreht sich um, ich ducke mich.

„Maunz schon mit, ich hab noch kein Abendessen gehabt", sagt er zu mir, „glaubst du, ich habe nicht bemerkt, dass du mir nachgeschlichen bist?"

„Ist mir auch egal", erwidere ich und zeige ihm, dass ich noch lauter brüllen kann als er. Darin hab ich deutlich mehr Erfahrung als beim Nachschleichen auf Feldwegen.

Dann geht das Licht an, die Tür öffnet sich, ich ducke mich, denke an das Gewehr, aber da steht nur ein Mann mit schlohweißen Haaren im braunen Pyjama und gähnt. Viel mehr Zähne als der alte Kater hat er auch nicht im Maul.

„Florian", sagt er, „du hast Hunger, was?"

Es gibt eben doch Menschen, die Katzen ohne viele Worte verstehen.

Er nimmt uns mit hinein und bei ihm gibt es zwar keine köstlich duftenden lauwarmen Hühnerknochen und Schinkenstücke, sondern irgend so ein Dosenfutter, aber dafür wenigstens ohne Gemüse, idiotisch, diese Menschen, die glauben, dass wir Erbschen fressen sollen, nur weil das angeblich für sie gesund ist. Mir schmeckt es großartig, wir schlingen das Zeug aus einem Teller mit weiß gewelltem Rand, der Alte sieht uns wortlos zu. „Raus oder rein?", fragt er, als alles saubergeschleckt ist, und öffnet die Tür. Irgendwie werde ich schon in den Hof kommen, spätestens morgen früh. Als kleines Dankeschön reibe ich meinen Kopf am Knie des Alten, schnurre Florian etwas zu, das er als „auf bald einmal" deuten könnte, dann gehe ich langsam durch die Tür hinaus in die Nacht.

Mira hat schon einige Morde geklärt, Vesna hat ihr dabei geholfen. Ich aber habe einen Mord verhindert, denke ich, als ich den Feldweg entlangspaziere, fast so, als wäre das hier schon immer mein Revier.

Ein Raum, mit schwarzer, eigenartig spiegelnder Folie verkleidet. Kinderpornografie. Ich stoppe das Video. Ich weiß, warum mir Facebook unsympathisch ist. Jedes Schwein kann etwas online stellen, bevor es dann irgendwann gelöscht wird. *Chinesen-Mafia!!! Ist das Karl V. Kammerer???* Wegen dieses Betreffs habe ich das Posting geöffnet. Den Absender kenne ich nicht, aber Kammerer ist ein Klient von mir. Er hat, soweit man sich da bei irgendeinem Menschen sicher sein kann, nichts mit Pädophilie zu tun, dafür viel mit China. Die wollen, dass man das Video öffnet und sich ihre Sauereien ansieht. Vielleicht geht es sogar darum, mich damit zu erpressen. Oskar Kellerfreund, Wirtschaftsanwalt, zieht sich Kinderpornos rein. Selbstgerechtigkeit und Empörung grassieren ohnehin, wer fragt noch nach, wenn man sich stattdessen aufregen kann?

Ich sehe auf die Uhr. Höchste Zeit heimzufahren. Während andere zu wenig oder gar keine Arbeit haben, hab ich zu viel davon. So gesehen bin ich ein Profiteur der Wirtschaftskrise. Wenn auch nicht freiwillig. Ich werde … Mein Mobiltelefon läutet. Für ein, zwei Momente starre ich das Ding misstrauisch an. So als ob es auf anderem Weg versuchen wollte, mir zu schaden. Werden wir alle schön langsam paranoid? Dann erst bemerke ich, dass Mira dran ist.

„Hast du es gesehen?"

„Was?"

„Das Video. Mit Kammerer."

„Mach es nicht auf."

„Das halte ich schon aus."

Ich schweige. Geht es da wirklich um „aushalten"? Manchmal verstehe ich die Frau, mit der ich seit beinahe zwei Jahrzehnten lebe, nicht. Sie ist Journalistin, ja, aber …

„Er ist vor einer halben Stunde gefunden worden. Hingerichtet mit einem Schuss aus nächster Nähe. Ich frage mich, wer dieses Video …"

„Das mit dem schwarz verkleideten Raum?"

„Welches sonst? Ich hab es dir weitergeschickt. Es war auf Facebook, bevor man seine Leiche gefunden hat."

„Ich dachte an … Kinderpornos."

Jetzt schweigt sie.

„Ich sehe es mir an."

„Komm heim!"

Widerwillig suche ich in meinem Facebook-Account nach *Chinesen-Mafia!!! Ist das Karl V. Kammerer???* Ich weigere mich, mehr von den sogenannten sozialen Medien zu verstehen, als ich unbedingt muss.

Da ist das Video. Ich drücke auf Start.

Der schwarze, seltsam spiegelnde Raum. Dann zwei Männer, die eine dritte, größere Gestalt hereinzerren. Sie trägt einen bodenlangen schwarzen Mantel und hat eine Kapuze über dem Kopf. Das Bild wackelt, die Männer werden unscharf, dann wieder schärfer, da filmt jemand heimlich. Vielleicht durch einen Türspalt. Die beiden wirken seltsam unschlüssig. Warten sie auf jemanden? Die Kamera schwenkt auf ihre Gesichter. Beide tragen einen schwarzen Mund-Nasen-Schutz. Die Augen sind frei. Ganz deutlich sieht man für einen Moment, dass es sich um Chinesen handelt. Oder um andere Asiaten. Ich halte die Luft an. Wappne mich für das, was folgen wird. Der Schuss. Stattdessen kippt die Kamera nach unten, absurd überdeutlich sieht man die knallgelben Socken des Opfers, und dann ist das Video zu Ende. Ich hole Luft und sehe es mir noch einmal an. Warum sollte der in der Mitte Karl V.

Kammerer sein? Eine verrückte Verwechslung in unserer an Missverständnissen so reichen Zeit.

„Er hätte nie gelbe Socken getragen", sage ich. Ich lehne an unserer Küchentheke. Mir gegenüber lehnt Mira. Kater Vui sieht mich unergründlich an.

„Er ist tot", erklärt sie, als hätte sie einen Idioten vor sich. „Die Polizei hat ihn gefunden. Auf dem Firmengelände. In einem Kellerraum. Der schwarz verkleidet war. Über dem Kopf eine Kapuze. Es war eine Hinrichtung."

„Die Chinesen?"

„Deutlich zu sehen. Du kannst dir vorstellen, was im Netz abgeht. Vom *System China* und *Menschenopfer* ist die Rede und davon, wie die chinesische Mafia unsere Wirtschaft unterwandert hat."

Ich schüttle den Kopf. Ich will ein paar Stunden Ruhe. Nennt es von mir aus neues Biedermeier, aber ich will einfach daheim sein und etwas essen und keine sozialen Medien und keine Fernsehnachrichten.

„Er war dein Klient."

„Ich hab ihn nicht ermordet. Und ich kenne ihn nicht besonders gut."

„Aber du bist dir sicher, dass er keine gelben Socken getragen hat."

Ich seufze. „Er war ziemlich penibel, was seine Erscheinung angeht. Um nicht zu sagen, eitel. Und auf keinen Fall extravagant. Mira, lass uns was trinken. Ja, sieht so aus, als hätten ihn diese Chinesen ermordet. Ich weiß nicht, warum. Kammerer erzeugt Fotovoltaik-Paneele, er hat einen Teil seiner Produktion aus China zurück in die Slowakei und nach Österreich verlagert."

„Vielleicht Grund genug?"

„Wenn die Chinesen jeden umbringen, der wieder lieber in Europa produziert, hätten sie viel zu tun."

„Ein Exempel."

„Weinviertel DAC? Veltliner? Ist das okay?"

Mira nickt und sieht dabei auf ihr verdammtes Smartphone und wischt herum, als ob es dort wirklich Lösungen gäbe. Ich gehe zum Kühlschrank, nehme eine Flasche, öffne sie, nehme zwei hohe Stilgläser aus dem Schrank, schenke ein und erfreue mich an der Selbstverständlichkeit dieser Bewegungen.

„Die widerliche Sigwald mischt auch schon mit. *Wer nicht für sie arbeitet, wird hingerichtet! Auch hier in Österreich!*, hat sie gepostet. Und dazu wieder ihre Verschwörungstheorien. Die Chinesen wollen die Weltherrschaft, Corona war der Versuch, den Westen zu destabilisieren, wenn wir den Breitbandausbau und 5G nicht stoppen, dann sind wir total in der Hand der Chinesen, sie werden uns Chips einpflanzen und zwangsimpfen, oder auch umgekehrt, jedenfalls: wehret den Anfängen."

Ich schiebe ihr ein Glas hin. Mira sieht mich irritiert an.

„Prost."

„Er war dein Klient!"

Ich trinke. Wunderbar würziger kühler Wein, ich nehme noch einen Schluck.

„Sag was!"

„Sigwald und Kammerer haben einander gekannt. Ich glaube, sie waren sogar eine Zeit lang ein Paar."

Ich sitze am Laptop und sehe die wenigen Mails durch, die ich mit Kammerer gewechselt habe. Sein Unternehmen *Sunstream* hat bis vor kurzem nicht nur das meiste in China produziert, es hatte auch chinesische Anteilseigner. Nicht ganz durchsichtig, mit wem die wiederum verflochten sind. Aber das ist auch bei vielen westlichen Investmentfirmen so. Ich habe die Verträge für seine neuen Produktionsstätten verhandelt. Es ging um langfristige Pachtverträge, staatliche Zuschüsse, Beschäftigungsgarantien, das Übliche eben. Er wollte die neuen Förderprogramme nutzen, durch die wieder mehr Infrastruktur nach Europa verlagert werden soll. Nirgendwo auch nur eine Andeutung, dass er den Chinesen misstraut oder sich gar gefürchtet hätte. Ihm ging es einfach ums Geschäft. Und gewisse Teile wollte er weiter in China zukaufen. Offenbar besitzt er auch Anteile an einem mehrheitlich chinesischen Konsortium, die Firma, die diese Anteile hält, solle ich aus den Verhandlungen rauslassen, hat er gesagt. Ich erinnere mich noch an die Formulierung: „rauslassen". Für mich war klar, von ihr sollte die Öffentlichkeit nichts wissen. Imageproblem bei der grassierenden China-Feindlichkeit. Wo er doch jetzt gefeiert wird, weil er die Produktion zurück nach Europa verlagert hat. Warum sollte die chinesische Mafia ausgerechnet ihn hinrichten? Großartig, jetzt denke auch ich schon: chinesische Mafia. Oskar, wonach sieht es aus? Nach Mafia. Nach Hinrichtung.

„Fran kommt noch", sagt Mira hinter mir.

Ich sehe sie an. „Ich bin müde."

„Sie werden dich befragen. Zumindest das."

„Du meinst, inzwischen ist jeder verdächtig, der Kontakt zu einem hatte, der Kontakt mit Chinesen hatte?"

„Mach dich nicht lustig. Die *Neue Freiheit* hetzt. Die Sigwald hat durchgesetzt, dass alle Firmenverflechtungen mit China oder chinesischen Staatsbürgern offengelegt werden müssen."

„Das Chinesenregister. Es widerspricht der Verfassung. Es gibt schon erste Klagen beim Verfassungsgerichtshof."

„Die Regierung hat es in Auftrag gegeben, das Parlament hat es beschlossen. Und die EU überlegt Ähnliches."

„Du hast recht, das ist gar nicht lustig."

Vui liegt im Korb mit den alten Zeitungen und wirkt, als würde er von der Vergangenheit träumen.

„Vergesst es", sagt Fran. „Man kann nicht einfach so von heute auf morgen herausfinden, wer das Video aufgenommen hat."

Fran hat eine Softwarefirma. Schon als Halbwüchsiger galt er als Computergenie. Er hat nicht wie alle anderen Computer gespielt, er hat eigene Programme entwickelt. Wie immer das geht. Mir wird ein Rätsel bleiben, wie man aus Einsen und Nullen auch nur ein Wort zusammenbauen kann. Wie einfach ist es im Vergleich dazu, Gesetze und Verordnungen zu entwirren.

„Vesna sagt, man kann nachverfolgen, woher Videos kommen", insistiert Mira.

Fran runzelt die Stirn und sieht sie liebevoll spöttisch an. „Mam, die Expertin für alles. Facebook löscht die meisten Metadaten, die Dateieinträge im Hintergrund, Exif und so. Die einzige Chance ist, das Video zu tracken. Wenn es schon irgendwo war, kann man es vielleicht wiederfinden. Weil Facebook rückt sicher nichts raus. Zumindest nicht uns."

„Das Video existiert ja", werfe ich ein.

„Sie haben es inzwischen gelöscht. Aber natürlich haben es genug Leute geladen. Es geht um etwas anderes, um die Spur. Wo es früher war. Sie kann uns dem näher bringen, der es erstellt hat. Wisst ihr, was mein Rat ist?"

Jetzt sehen wir ihn doch beide gespannt an.

„Haltet euch an die Schnittstellen zur Realität. Der Raum, in dem das Video aufgenommen wurde. Irgendwer muss dort gewesen sein und aus irgendeinem Grund gefilmt haben. Vielleicht hat er Spuren hinterlassen. Oder: Wer hat zwei Chinesen auf dem Firmengelände von *Sunstream* gesehen?"

„Das macht die Polizei", erwidere ich. „Und dabei sollten wir es wohl belassen."

Mira sieht mich empört an. „Oskar, die Polizei? Die nehmen inzwischen jeden Chinesen hops, nur wenn er schief schaut."

Fran grinst. „Und die schauen ja meistens schief, oder? Mira, du wirst doch nicht …"

„Die gelben Socken", fällt mir ein.

„Die gelben Socken?"

Mira seufzt. „Oskar behauptet, Kammerer hätte nie im Leben gelbe Socken getragen."

Fran runzelt die Stirn. „Aber es war Kammerer, der erschossen wurde. Das steht wohl außer Zweifel."

Ich glaube es selbst nicht. Aber am nächsten Tag klingle ich bei der Haushälterin von Karl V. Kammerer. Vor einiger Zeit habe ich bei ihm zu Abend gegessen. Nur wir beide. Seine Villa steht am Rand des Firmengeländes. Wenig charmante Gegend im Norden Wiens, das Schönste an ihr ist, dass man in zehn Minuten, nach einer deprimierenden Fahrt entlang von Einkaufscentern, Gebrauchtwagenhalden und hingespuckten Stadtrandsiedlungen, in den Hügeln des Weinviertels landet. Ich kann mich an den Namen seiner „Perle" nicht mehr erinnern, nur daran, dass er sie tatsächlich so bezeichnet hat. Dabei ist er um einige Jahre jünger als ich. Gewesen. Ich war richtiggehend erleichtert, dass seine Haushälterin weder Spitzenhäubchen noch weißes Schürzchen getragen hat. Sie hat ein hervorragendes *Risotto Milanese* serviert und ich habe mich mit ihr sehr nett über die Vorzüge der italienischen Küche unterhalten.

„Fürchterlich", sagt sie. „Dabei hat er zu seinen Chinesen immer ein sehr gutes Verhältnis gehabt."

Inzwischen weiß ich wieder, dass sie Frau Gruber heißt. Beinahe zu gewöhnlich, um es sich zu merken. Sie wirkt nicht, als hätte sie geweint. Aber sie scheint ehrlich betroffen. Eine praktisch orientiere Person um die fünfzig mit einer zumindest kulinarischen Liebe zu Italien.

„Seine Geschäftspartner – sie waren oft hier?"

„Eher selten. Nur wenn er mit jemandem einen besonders guten Kontakt aufbauen wollte. Normalerweise hab ich Snacks in den Besprechungsraum gebracht. Topfentascherl, die mochten die meisten Chinesen besonders gern. Aber auch gefüllte Semmeln und Weckerl, kalte Fleischlaberl, Österreichisches, das war ihm für die Chinesen lieber als Antipasti."

Wir stehen im großzügigen Vorraum der Villa. Marmorboden, hohe Spiegel, ein Garderobenständer aus der Jugendstilzeit. Die Haushälterin war offenbar unsicher, ob sie mich weiterbitten sollte. Was ist in so einer Situation angebracht? Ich habe ihr die Entscheidung abgenommen, ich wolle nur einen Moment bleiben, hab ich gesagt.

„Gab es in letzter Zeit ... Auseinandersetzungen?"

„Wieso fragen Sie mich das? Die Polizei war schon da ..."

„Natürlich. Ich mache mir einfach Gedanken. Ich war nur über einen Teil seiner Geschäfte im Bild. Und in Zeiten wie diesen ... Meine Frau meint, die Polizei könnte auch zu mir kommen und es wäre besser, ich wüsste Bescheid."

„Weil alle verdächtig sind, die mit den Chinesen Geschäfte machen, nicht wahr? Dabei ... sie waren sehr nett. Höflich. Viel höflicher als sein slowakischer Geschäftspartner. Der hat doch glatt zu Herrn Kammerer gesagt, er könnte ihm eine jüngere und attraktivere Haushälterin vermitteln. Es war ihm völlig egal, dass ich es gehört habe."

„Haben Sie ... das Video gesehen?"

„Die Polizei hat es mir vorgespielt. Fürchterlich. Sie haben mich gefragt, ob ich einen der beiden Chinesen auf dem Video kenne. Aber wie kann man Chinesen erkennen, wenn man bloß die Augen und kurze schwarze Haare sieht? Die beiden waren ... sehr durchschnittlich. Unter Kammerers Geschäftspartnern gab es einen, der war hager und groß, den hätte ich auch am Gesicht erkennen können. Und einer war außergewöhnlich rund, aber die üblichen ... ebenso durchschnittlich wie die Männer in dem Video. Und wie wahrscheinlich Millionen von ihnen."

„Waren Sie da, als man Herrn Kammerer gefunden hat?"

Sie nickt. „Ich hab eine eigene kleine Wohnung hier im Haus. Wenn die Klingel geht, dann höre ich sie. Und das Telefon ist am Abend zu mir umgeleitet."

„Sie waren mehr als eine … übliche Haushälterin, nicht wahr?"

Frau Gruber sieht mich empört an. „Aber sicher nicht, wo denken Sie hin! Ganz abgesehen davon, dass sein Frauengeschmack …"

Ich schüttle den Kopf und lächle möglichst verbindlich. An eine Liebesbeziehung hatte ich nicht gedacht.

„Entschuldigung", sagt sie und eilt in die Küche.

Frau Gruber macht sich über die Durchschnittlichkeit von Millionen Chinesen Gedanken, sie selbst steht auf der Skala der durchschnittlichen Haushälterin so weit oben, dass sie schon fast nicht mehr Durchschnitt ist: braune mittellange Haare, wahrscheinlich Dauerwelle, und Mira würde wohl sagen, dass sie zum Friseur sollte. Mittelgroß, nicht dick, aber mit einer Figur, die wie der Rest ein bisschen in die Jahre gekommen ist. Kein Make-up, soweit ich das erkennen kann. Das weitaus Spektakulärste war ihr *Risotto Milanese*. Hat für mich eine gewisse Verführungskraft, aber ich bin mir ziemlich sicher, dass bei Kammerer andere Werte gezählt haben. Männer wie er schmücken sich gerne, gute Autos, hochwertige Kleidung, herkömmlich attraktive Frauen. Frau Gruber steht am Küchenfenster und starrt hinaus. Ich räuspere mich. Sie dreht sich zu mir um und seufzt. „Wahrscheinlich sehe ich schon Gespenster, kein Wunder."

„Herr Kammerer trug gelbe Socken", sage ich etwas unvermittelt.

„Gelbe Socken?"

„In dem Video."

„Das kann nicht sein, er hat keine gelben Socken."

„Sie waren deutlich zu sehen."

„Ich … ich habe offenbar nicht darauf geachtet. Ich habe mich vor dem Moment gefürchtet, in dem sie ihn erschießen. Aber …"

„Das Video war vorher zu Ende."

„Zum Glück. Sie müssen sich getäuscht haben mit den gelben Socken."

„Haben Sie ihn gesehen, nachdem … die Polizei ihn gefunden hat?"

Frau Gruber nickt. „Als sie ihn abtransportiert haben. Da war er schon in diesem Behälter. Sein Gesicht war wie aus Wachs. Ich habe ihn identifiziert, sein Sohn lebt in Australien. Er ist Bildhauer. Es hat gedauert, bis sie Kammerer gefunden haben. Man wusste ja nicht, wo das Video aufgenommen worden ist. Zuerst haben die Polizisten vermutet, er ist in China. Ich hatte Herrn Kammerer am frühen Abend ein Abendessen gerichtet. Er hat sich eingebildet, dass er von zu spätem Essen dick wird. Als die Polizei gekommen ist, war ich längst in meiner Wohnung und der Haupteingang war versperrt. Aber beide Autos waren da. Ich habe gesagt, dann ist er wahrscheinlich noch einmal hinüber ins Büro. Der Eingang zum Gelände ist ja drüben, auf der anderen Seite. Aber man kann auch von hier hinüber zum Verwaltungsgebäude."

„Ich weiß, so bin ich damals mit ihm hergekommen."

„*Risotto Milanese.*" Frau Gruber lächelt. „So etwas merke ich mir. Er hat gemeint, dass Sie es sicher mögen. Er hat ein Gespür für Menschen gehabt. Man hat ihn in einem der Kellerräume gefunden. Die Wand war mit schwarzer Plastikfolie verklebt, wer tut so etwas?"

Ein Piepston. Ich hab ihn schon einmal gehört. Frau Gruber dreht sich wortlos um und sieht wieder aus dem Fenster.

„Ich hab mich doch nicht getäuscht, so eine Sauerei!"

„Was ist?"

„Die Sigwald, diese unangenehme Person. Mit zwei Männern. Der eine hat eine Kamera. Das kommt davon, dass wir keine ordentliche Absperrung haben, sondern nur diese Lichtschranke. Drüben kann sie nicht rein, jetzt probiert sie es so, über den Hof."

„Er war mit ihr liiert ..."

„Ach was, schon lange nicht mehr. Zum Glück. Aber die nimmt jede Publicity, die sie kriegen kann." Sie sieht mich bittend an. „Können Sie rausgehen und ihr klarmachen, dass das Privatgrund ist? Als Anwalt? Das wirkt mehr, als wenn ich es versuche."

Ich stelle mich zu ihr ans Fenster. Eindeutig, Cornelia Sigwald, Frontfrau der *Neuen Freiheit*, und neben ihr ein Fernsehteam.

„Sie werden mich nicht daran hindern, die Öffentlichkeit aufzuklären!" Cornelia Sigwald ist wütend und scheint es zu genießen.

Ich hebe die Arme und lasse sie wieder sinken, sehe die beiden Männer an. Der Kameramann wartet auf ein Zeichen des Redakteurs, der Redakteur grinst ein wenig schief. „Pressefreiheit. Gibt's bei uns, im Gegensatz zu China."

„Das da ist Privatgrund. Unsere demokratische Polizei hat etwas gegen Hausfriedensbruch."

„Hat Sie die Regierung geschickt? Damit alles vertuscht wird?", ätzt Sigwald.

„Und was sollte das sein?"

Sie deutet mit einer theatralischen Geste zum Firmengelände von *Sunstream*. „Hier ist ein österreichischer Geschäftsmann hingerichtet worden, weil er nicht mehr länger mit den Chinesen arbeiten wollte. Und was passiert? Die Presse wird ausgesperrt! – Was machen Sie da eigentlich? Wie war noch mal Ihr Name?"

Ich atme durch. Nicht provozieren lassen. „Ich bin einer der Firmenanwälte."

„Schalten Sie endlich die Kamera ein", befiehlt Sigwald dem Fernsehteam. „Fragen Sie ihn, was er da will. Für wen er sonst arbeitet!"

Der Kameramann setzt die Kamera auf die Schulter. Der junge Redakteur nickt ihm zu, dann sieht er mich an: „Was haben Sie ... mit der Hinrichtung zu tun?"

Für einen Moment bin ich tatsächlich sprachlos. Dann mache ich einen Schritt nach vorne, blockiere den Weg Richtung Firmengelände, ich ziehe mein Mobiltelefon aus der Tasche und wähle bedächtig den Polizeinotruf. Es hat schon seine Vorteile, wenn man über eins neunzig und auch sonst nicht allzu zart ist.

„Vielleicht sollten wir doch lieber von draußen ... der Tatort ...", murmelt der Redakteur.

„Der Tatort ist hinter uns, auf dem Firmengelände. Und ich will nicht, dass da noch mehr manipuliert wird, als es sicher schon der Fall ist!" Cornelia Sigwald sticht mit dem Finger auf die flachen Gebäude aus Beton und Glas.

„Woher kennen Sie ihn eigentlich?", werfe ich ein.

„Kammerer? Was tut das zur Sache?" Gleich spuckt sie Feuer.

„Den Tatort."

„Weil ich mich für die Wahrheit interessiere. Immer."

Ich versuche ein entspanntes Grinsen und zwinkere dem Redakteur zu. „Sie weiß hier Bescheid, weil sie Herrn Kammerer, soviel ich weiß ... ziemlich gut kannte."

„Tatsächlich?"

Sigwald wirft den Kopf zurück, würde sie „Feuer frei!" rufen, ich wäre nicht verwundert. Stattdessen blitzt sie mich für eine Nanosekunde böse an und sagt Richtung Kamerateam:

„Genau deswegen habe ich Ihnen dieses Exklusivinterview gewährt: Ich bin davon überzeugt, dass die chinesische Mafia Karl Valentin Kammerer hingerichtet hat, weil er mit mir liiert war!"

„Ich bitte Sie noch einmal im Guten, das Grundstück zu verlassen." Leider begehe ich einen taktischen Fehler und sehe auf mein Smartphone. Soll ich die Verbinden-Taste drücken? Sie macht zwei rasche Schritte an mir vorbei und stellt sich in Position. Hinter ihr das Gelände von *Sunstream*, vor ihr das Fernsehteam. Jetzt läuft die Kamera.

„Ich lasse mich nicht aussperren. Und ich lasse mir nicht den Mund verbieten, auch wenn das, was ich zu sagen habe, sehr unangenehm für unsere politischen Eliten ist." Sie holt Luft, ihre blonden Haare sitzen perfekt, sie weiß, wie man sich inszeniert.

Was, wenn der Kameramann zu mir schwenkt? Aber ich kann schlecht weg von hier.

Doch Sigwald fordert ohnehin die uneingeschränkte Aufmerksamkeit der Medienleute. „Der Tod dieses österreichischen Vorzeigeunternehmers trifft mich tief. Nicht nur politisch. Auch privat. Ich … habe es nie an die große Glocke gehängt, aber wir haben einander viel bedeutet. Und ja, er hat seine Fotovoltaik-Anlagen in China produziert. Aber er hat umgedacht, er hat sich abgewandt von einem System, dem es letztlich nur um eines geht: die Weltherrschaft. Eine Weltdiktatur, deren erste Vorboten wir schon kennenlernen durften: Ausgangssperren, lückenlose Kontrollen, Denkverbote, soziale Ächtung, wenn man nicht bereit ist, bei dieser Meinungsdiktatur mitzumachen. Längst ist bewiesen, dass sie das Virus ganz gezielt eingesetzt haben, um den Westen zu destabilisieren."

Der Redakteur versucht zu Wort zu kommen, aber sie redet einfach weiter. „Die Chinesen sind überall, auch bei uns. Eingesickert, ohne sich jemals angepasst zu haben, im Kleinen, indem sie Geld waschen und uns ausspionieren, im Großen, indem sie unsere Wirtschaft und Ressourcen aufkaufen. Wem gehören die meisten französischen Weingüter? Den Chinesen. Wem gehören die Häfen Griechenlands? Den Chinesen. Wer erzeugt die meisten der lebenswichtigen medizinischen Wirkstoffe? Die Chinesen. Wer hat die Vorherrschaft in der Telekommunikationsindustrie übernommen? Ja, die Chinesen. Breitband und das 5G-Netz? Dann wissen sie alles über uns. Über jeden Einzelnen. Und dann …"

Der Redakteur lässt das Mikro sinken und deutet zum Gelände von *Sunstream*. „Wir wollten …"

Cornelia Sigwald packt das Mikro und zieht es wieder zu sich. „Die Chinesen-Mafia ist längst im Land. Sie haben einen langen Atem, sie brauchen sich nicht alle paar Jahre mit Wahlen aufzuhalten. Wir sind in einer neuen Phase: Sie haben es geschafft, die westliche Welt in die schlimmste Wirtschaftskrise des Jahrhunderts zu stürzen. Jetzt beginnen sie, ihre Feinde zu exekutieren. Aber ich werde nicht weichen! Jetzt geht es um nichts weniger als um unsere Freiheit. Für die vielen arbeitenden Menschen, die belogen werden. Gegen die Weltmacht-Eliten, die mit den Chinesen gemeinsame …"

„Haben Sie Anhaltspunkte, wer das Video der Exekution aufgenommen haben könnte?"

„Jemand, der sich jetzt wahrscheinlich zu Tode fürchtet."

„Waren Sie es, die …"

„Unsinn!"

„Sie kennen sich aus auf dem Gelände. Es scheint, als wüssten Sie, wo es passiert ist."

Sie packt erneut das Mikro, diesmal reißt sie es nach unten. Sie verfügt über erstaunliche Kraft. „Ende! Wenn Sie mir so Unglaubliches unterstellen, dann ist das Interview zu Ende. Und versuchen Sie ja nicht, auch nur irgendwas davon zu senden!"

„Wie war das mit der Pressefreiheit und der Diktatur?"

„Weg mit der Kamera!“

Der Kameramann lässt sie langsam sinken.

„Das ist kein Interview, das ist ein Verhör, es sind unglaubliche Unterstellungen!“

„Der Anwalt kennt sich aus. Und er hat sich gewundert, woher Sie wissen, wo der Mord passiert ist.“

„Recherchieren Sie. Man kann es überall lesen. Hier, auf dem Gelände, ist es passiert. Deswegen wollten wir doch her, schon vergessen? Oder machen Sie doch lieber gemeinsame Sache mit den Systemmedien?“

„Gibt noch verdammt wenige Chinesen in unserer Branche“, erwidert er.

„Danke“, sagt Frau Gruber.

„Ich hab keine Ahnung, ob sie etwas senden werden.“

„Ist wohl auch nicht so wichtig. Aber ich will nicht, dass diese Person hier ist.“

„Frau Sigwald? Sie mögen sie nicht.“

„Würden Sie so jemanden wählen?“

Ich lächle. „Noch ist nicht klar, ob die *Neue Freiheit* bei den Wahlen antritt. Aber nein, natürlich würde ich sie nicht wählen.“

„Wissen Sie, was die sind? Eine Mischung aus Kommunisten und Nazis. Hetzen die Arbeitslosen auf und alle kleinen Leute, die sich Sorgen machen und sich ärgern, wie langsam die Politik agiert. Die Chinesen sind die neuen Juden. Das Schlimmste ist, die erkennt jeder Depp. Also kann sie jeder Depp beschimpfen. Und Schimpfen ist erst der Anfang. Das sage nicht ich, das hat Herr Kammerer gesagt.“

„Ich dachte, er und Cornelia Sigwald waren ein Paar?“

„Das ist lange her. Er war … grundnaiv, was Frauen angeht. Die hat ihn von Anfang an bloß ausgenutzt. Sie war pleite, also hat sie einen reichen Gönner gebraucht.“

„Er hat die *Neue Freiheit* finanziert?"

„Die hat es noch gar nicht gegeben. Damals wollte sie ins Parlament für diese seltsame Oppositionspartei, die plötzlich aufgetaucht ist und dauernd ihren Namen geändert hat. Sie wollte ihn mit wichtigen Politikern zusammenbringen, als ob sie da welche gekannt hätte. Die ist ihm um den Bart gegangen, dass einem schlecht werden hat können. Und übrigens: Weil sie immer von den kleinen Leuten redet, die was Besseres verdient hätten: Wissen Sie, wie die mich behandelt hat? Jeden Putzfetzen behandelt man besser! Als ob ich ihre Dienerin wär! Die verlogene Person. Und dann taucht sie plötzlich wieder auf …"

„Weil sie wusste, dass man über die Villa aufs Firmengelände gelangt."

„Nein, ich meine vor ein, zwei Monaten. Ich bin zur Tür, wie meistens, und ich hab sofort gesagt, dass er nicht da ist. Besser, er kommt gar nicht auf dumme Ideen. Keine Ahnung, wie sie ihn umgarnt hat, weil so schön ist sie auch nicht. Zwar jünger als er, aber noch immer um einiges älter als seine anderen Flitscherln."

Ich versuche ernst zu bleiben. „Flitscherl? Hübsches Wort. Meine Frau sammelt Wörter, die vor dem Aussterben sind."

„So nenne ich sie, weil das passt. Wissen Sie, wie er seine Freundinnen genannt hat? Freizeitfrauen. Er war zwar manchmal naiv, aber nicht dumm. Und ansonsten kapier ich sowieso nicht, wie Männer ticken."

„Ich auch nicht", stimme ich aus vollem Herzen zu. „Weil *die* Männer, das ist so ähnlich wie *die* Chinesen."

Sie sieht mich für einen Moment verunsichert an, dann lacht sie. „Da haben Sie recht. Es gibt immer solche und solche. Dabei hab ich der Sigwald auch noch eine Putzfrau verschafft. Eine komplizierte Geschichte, Nathalie, die Tochter einer lieben Freundin, die eine Reihe arger Probleme bekommen hat, natürlich auch in Zusammenhang mit einem Mann."

Was für ein Glück, dass mich Frau Gruber nicht zu dieser Kategorie zu zählen scheint.

„Sie sagt, es ist nicht so schlimm, weil die Sigwald ohnehin nicht da ist, wenn sie sauber macht. Das Gute an der Sache: Sigwald hat ihre Bedienerin angestellt, zwar nur geringfügig, aber immerhin. Schwarzbeschäftigung kann sie sich bei ihren politischen Ambitionen nicht leisten. Sonst hätt ich die Nathalie auch nie mit ihr zusammengebracht. Sie hat etwas Legales gebraucht."

„Und … wissen Sie, was Frau Sigwald wollte, als sie wiedergekommen ist?"

„Na ihn. Leider hat sie gesehen, dass sein Jaguar dasteht. Sie war so laut, dass er ins Vorzimmer ist. Er hat sie hineingebeten, was konnte ich tun? Aber sie haben dann ohnehin gestritten. Ums Geld, natürlich. Er hat ihr aus irgendeinem Grund immer noch Geld gegeben, Genaues weiß ich nicht."

„Das heißt … sein Tod hat sie einiges gekostet?"

„Hm. Könnte man so sagen. Obwohl … ich habe aus dem Fenster gesehen und so gut es ging mitgehört … Es ist schon seltsam, dass sie weiß, wo Herr Kammerer ums Leben gekommen ist."

„Ich wollte sie bloß verunsichern. Es war ja in allen Medien, dass er im Keller auf dem Firmengelände gefunden worden ist. Und sie hat einfach in diese Richtung gedeutet."

„Sie hat genau auf den Keller der Verpackungshalle gedeutet, ich hab es gesehen."

„Warum hat er ihr immer noch Geld gegeben?"

„Keine Ahnung, um so etwas kümmere ich mich nicht, auch wenn es schon sehr ärgerlich ist, wie sie ihn ausgenommen hat, über das Ende der Beziehung hinaus."

„Hat sie ihn vielleicht erpresst?"

Frau Gruber sieht mich empört an. „Womit denn? Unsinn. Es hatte etwas mit einem Fuchs zu tun, oder so, Fuchs, du hast die Gans gestohlen, hab ich gedacht, oder in diesem Fall umgekehrt: Die Gans hat den Fuchs bestohlen. Sie war jedenfalls Jägerin. Weil das ja etwas bringt. Gesellschaftlich. Irgendwas war mit einem Fuchs …" Die Haushälterin schüttelt den Kopf. „Ich hab keine Ahnung, leider. Ich hätte doch besser hinhören … Eines hab ich allerdings schon mitbekommen: dass er ihr ins Gewissen geredet hat, die Hetze gegen die Chinesen sein zu lassen. Das Treffen war ganz kurze Zeit, nachdem die Besitzer dieses Chinarestaurants halb tot geprügelt worden sind."

Es ist längst finster, neben mir fließt der Donaukanal. Auf dem Fußweg sind nur mehr wenige Menschen unterwegs, auch wenn das Wetter ausgesprochen warm ist. Ab und zu kommt mir jemand entgegen, ein Pärchen, das joggt, Inlineskater mit Mundschutz. Wirkt beängstigend. Gerade am Abend. Aber viele sind vorsichtig. Und warum nicht? Solange man die Augen sieht … einer der bösen neuen Rassismen, gemünzt auf Chinesen. Wolfurt hat es gesagt. So ein junger, glatter Beißer. Er ist, wenn das überhaupt möglich ist, noch radikaler als Sigwald. Es sieht aus, als wollte er sie von der Spitze der *Neuen Freiheit* verdrängen. Hauptsache, man könne erkennen, wer Chinese ist, hat er gemeint und gegrinst. Und andere Asiaten? Die müssten sich eben von den chinesischen Machenschaften distanzieren, aber die wenigsten täten es leider, war seine Antwort. Er verlangt die Schließung der chinesischen Schulen, sie sind für ihn ein Beweis mehr dafür, dass die Chinesen sich nicht integrieren und ihre eigenen Kader heranzüchten.

Cornelia Sigwald wirkt immer aufgebracht, aber ich hatte das Gefühl, sie steht tatsächlich unter großem Druck. Hat es mit den internen Grabenkämpfen zu tun? Oder doch mit dem Tod von Kammerer? Die Haushälterin scheint gerne zugehört zu haben, warum weiß sie ausgerechnet über diese Geldsache so wenig? Ist ihr wohl schwer vorzuwerfen. Ich starre ins schwarze Wasser. Lichtpunkte, es wirkt, als würde der Donaukanal von innen her leuchten. Fuchs. Da war etwas mit einem Fuchs. Das Licht. Ich krame nach meinem Mobiltelefon und schaue weiter auf das Wasser, als dürften diese eigenartigen Irrlichter nicht verschwinden.

„Frau Gruber, kann es sein, dass Herr Kammerer mit Frau Sigwald nicht über einen Fuchs, sondern über einen *fox* gestritten hat? Vielleicht *Foxfire*?“

Stille in der Leitung. „Ja, genau das war es. Ich bringe die beiden Sprachen bisweilen durcheinander, ich bin zweisprachig aufgewachsen, es war etwas mit einem *fox*. *Foxfire* … irgendetwas mit Jagd, oder Jagdunfall? Aber er war kein Jäger – warum hat er dann gezahlt?“

„Das Unternehmen, das Kammerer bei den Verhandlungen draußen lassen wollte – ich weiß wieder, wie es heißt.“ Ich sitze mit Mira auf der Terrasse. Eine Oase im Herzen Wiens. Mit all den Kräutern, die meine Frau zieht, und dem Feigenbaum im riesigen Topf, unserem schweren Holztisch und Vui, der majestätisch auf dem alten Sesselpolster ruht. Zehn Kilo entspannter Kater. Es ist frisch geworden, aber die Nachtluft, die Lichter, wir beide, die Katze, da draußen ist die Welt, es ist gut so, dass sie draußen ist. Hier sind wir. Nur wir.

Mira nimmt einen Schluck von ihrem Campari Sprizz. Noch etwas, das uns verbindet. Wir mögen keinen Aperol, wir lieben Campari. Mira sieht mich erwartungsvoll an. Üblicherweise ist sie es, die erzählt, und ich höre zu.

„*Foxfire* heißt diese Firma. Weißt du, was *foxfire* ist? Es hat nichts mit einem Fuchs zu tun, es bedeutet falsches Feuer, auch als *shining wood*, also leuchtendes Holz, bekannt. Bestimmte Pilze, die auf moderndem Holz wachsen, leuchten. Biolumineszenz.“

„Hat er an biologischen Möglichkeiten zur Energiegewinnung gearbeitet? Ich hab erst vor kurzem etwas darüber gelesen."

„Keine Ahnung. Vielleicht hat ihm auch einfach gefallen, was alles möglich ist. Und er hat gefunden, das ist ein guter Name für seine Firma."

„Leuchtende Pilze, die auf moderndem Holz wachsen? Unsere Gesellschaft, die in der schwersten Krise seit langem steckt, aber es gibt immer auch Chancen."

Ich lächle. „So metaphorisch war er nicht veranlagt, glaube ich. Und Sigwald wohl auch nicht. Wenn meine ersten Recherchen nicht trügen, dann gehört ihr ein Drittel der Firma."

Mira sieht mich verblüfft an. Ich genieße es, passiert nicht so häufig. *Foxfire*, seine China-Firma, die bestehen bleiben sollte. Und die zum Teil der größten Hetzerin gegen China und die Chinesen gehört."

„Man braucht bei Geschäftsverbindungen mit China bestimmte Voraussetzungen, *Foxfire* tritt als Minderheitseigentümer eines Investmentfonds in chinesischem Mehrheitsbesitz auf. Genaueres ..."

„Du bist dir sicher?"

„Die Details ..."

„Die Details sind nicht so wichtig. Sigwald profitiert von chinesischen Geschäften! Wenn das ans Licht kommt, ist sie politisch tot. Dann muss auch den dümmsten Rassisten klar sein, auf wen sie sich eingelassen haben." Mira ist aufgesprungen, Vui hebt erschrocken über so viel Unruhe den Kopf.

„Wer nicht wissen will, dem ist nicht zu helfen", murmle ich.

„Ich werde darüber schreiben. Das ist *die* Geschichte für ECCO! Sie wollte nicht, dass es herauskommt, und hat ihren Ex-Freund Karl V. Kammerer – wofür steht eigentlich dieses affige V? – ermorden lassen!"

„Hm", erwidere ich.

„Was jetzt?"

Ich überlege.

„Oskar!"

„Es ist unlogisch. Warum sollte sie zwei Chinesen dazu bringen, Kammerer umzubringen?"

„Weil sie Kontakte zur Chinesen-Mafia hat!"

„Man kann ihr viel zutrauen. Aber sehr wahrscheinlich ist es nicht, dass ausgerechnet Chinesen die Dreckarbeit für sie übernehmen. Und dann … sie hat von der Firma profitiert. Kammerer hat ihre Gewinne über österreichische Konten ausbezahlt. Wenn er tot ist, versiegt diese Einnahmequelle."

„Und was sonst?" Mira klingt einigermaßen ungehalten.

„Dazu muss ich noch das eine oder andere prüfen. Was, wenn ein wenig freundlicher Geschäftspartner dahintergekommen ist, dass *Foxfire* zum Teil der Frau gehört, die alles daransetzt, die Chinesen zu den neuen Sündenböcken der westlichen Welt zu machen?"

„Da bringen sie doch die Sigwald um."

„Kannst du dir vorstellen, was dann los wäre? Ihr Gegenspieler, dieser Manuel Wolfurt, wäre selig. Er begräbt Sigwald als Märtyrerin, hat beste Chancen, Spitzenkandidat zu werden und bei den kommenden Wahlen abzuräumen."

Mira fröstelt. Ich stehe auf, gehe zu ihr, lege die Arme um sie. Ich weiß nicht, wie lange wir so dastehen. Sie ist es, die mich wärmt. Und ich hoffe, dass ich es bin, der sie wärmt. Solange wir beide …

Mira macht sich von mir frei und murmelt: „Hat sie das Video aufgenommen?"

Die besten Momente können nicht dauern, ich wünschte nur, sie wären etwas länger. „Warum sollte sie es dann nicht sofort der Polizei geben? Augenzeugin des Mordes samt Video ist doch viel besser als nur ein Video auf Facebook."

Wir gehen nach drinnen und schließen die Terrassentür. Das Licht blendet, es zeichnet tiefe Schatten in Miras Gesicht. Die Falte zwischen ihren Augenbrauen wirkt beinahe bedrohlich. Ich weiß nicht, warum, aber das Bild ist plötzlich wieder da und auch das seltsame Gefühl. „Der Redakteur hat Sigwald auch gefragt, ob sie das Video womöglich selbst aufgenommen hat. Sie ist extrem wütend geworden. Sie scheint ohnehin dauernd auf hundert zu sein, aber da ist sie auf tausend gegangen, sozusagen. Sie hat das Interview abgebrochen."

„Es ist nicht so gelaufen, wie sie wollte. Unter anderem weil du da warst."

„Natürlich war sie sauer, aber das scheint bei ihr Dauerzustand zu sein. Verbindet sie mit ihren Anhängern. Sie wollte das Interview, das hat sich erst geändert, als er sie nach dem Video gefragt hat …"

„Wie lange brauchst du, um herauszufinden, was bei *Foxfire* wirklich gelaufen ist? Woran die Firma beteiligt war? Wer …"

„Der Mehrheitseigentümer ist ein chinesischer Investmentfonds, der hat in alle möglichen lukrativen Geschäfte investiert."

„Warum war Cornelia Sigwald mit dabei?"

„Keine Ahnung, Frau Gruber, die Haushälterin, hat gemeint, sie sei pleite gewesen und habe Kammerer von Anfang an nur ausgenutzt. Auch finanziell."

„Ist die Haushälterin eifersüchtig?"

„Glaub ich nicht."

„Kann man ihr trauen?"

Ich sehe Mira verblüfft an. „Was sollte sie zu verbergen haben?"

„Du warst sehr beeindruckt von ihrem *Risotto Milanese*."

„Du meinst, gutes Essen korrumpiert meinen analytischen Verstand?"

Ich habe tief, beinahe bleiern, geschlafen. Ich habe von blonden Haaren geträumt, die eigentlich ein Helm waren, und …

„Wach endlich auf", flüstert Mira ganz eng neben mir.

Es ist noch finster. „Mira, Süße, du …" Nicht, dass ich nicht willig wäre, aber ich gebe zu, ich bin ein wenig irritiert, und ob das …

„Missverständnis. Die Chinesen-Sache."

„Was ist los? Ist jemand …"

„Ich hab nachgedacht. Es ist eigentlich ganz logisch. Du hast gesagt, sie hat vor einiger Zeit mit Kammerer gestritten. Es ging um *Foxfire*. Und Kammerer hat von ihr verlangt, die Hetze gegen die Chinesen aufzugeben. Er hatte das perfekte Druckmittel. Sie konnte nicht riskieren, dass ihre Beteiligung ans Licht kommt. Und sie wollte ihre politische Karriere nicht aufs Spiel setzen."

Ich versuche Mira zu folgen. Es klingt logisch. „Und wer hat dann das Video gemacht?"

„Sie selbst."

„Die Haare: Weißt du, dass ihre Haare immer sitzen? Egal, wie sehr sie sich aufregt. Es heißt etwas, wenn mir so etwas auffällt."

„Bedeutsam wie die gelben Socken", erwidert Mira und es klingt einigermaßen überheblich.

„Wir reden morgen", murmle ich. Manchmal wäre ich gerne unser Kater. Der liegt draußen im Korb mit den alten Zeitungen und darf schlafen.

Kauft nicht bei Chinesen!

Ich sehe die Plakatständer auf dem Weg in die Kanzlei. Der Hintergrund rot-weiß-rot, dicke schwarze altertümliche Schreibschrift, daneben mit hochgerecktem Daumen ein Brustbild von Manuel Wolfurt und, etwas kleiner, *Neue Freiheit*. Was kann noch alles passieren?

Mein Tag ist mit Terminen regelrecht zugepflastert. Das kommt davon, wenn man das Anwaltsbüro verkleinert. Man muss sich selbst um alles kümmern. Aber eigentlich ist mir die Ablenkung gar nicht so unrecht. Abstand von der Sache mit Kammerer. Irgendwann zwischendurch werde ich das, was ich über *Foxfire* weiß, zusammenschreiben und der zuständigen Staatsanwaltschaft schicken. Dazu bin ich verpflichtet. Und ich habe auch keine Lust, mich in Theorien zu versteigen. Wie viel Einfluss hat die *Neue Freiheit* bereits? Noch ist nicht einmal klar, ob die bei den nächsten Wahlen antritt. Und wer für die sogenannte „Bewegung" antritt. Auf dem hetzerischen Plakat ist Wolfurt, nicht Sigwald. Begreift er womöglich gar nicht, was er da plakatiert hat? Die *Neue Freiheit* brüstet sich damit, nicht „ideologisch" zu sein, nichts mit der „abgehobenen Politikerkaste" zu tun zu haben. Ist ihm „Kauft nicht bei Juden" gar kein Begriff? Kann man derart politik- und geschichtsfern sein? Unmöglich. Er setzt Signale. Und es nützt wenig, dass einige der Plakate mit *Nazischwein!* überschmiert wurden. Hetze und Spaltung. Dabei gibt es auf der anderen Seite neue soziale Bewegungen, Diskussionen über solidarische Gemeinschaften der Zukunft. Ob sie stark genug sein werden?

Meine Sekretärin kommt auf die übliche Weise in mein Zimmer. Sie klopft an und öffnet die Tür, ohne auf Antwort zu warten. Mir egal, meistens ist meine Tür ohnehin offen. Aber heute hat sie wieder einmal diesen Gesichtsausdruck. Missbilligung pur. Sie ist großartig und ich könnte niemanden finden, der loyaler ist. Aber …

„Ich fürchte, wir haben keine Zeit", beginnt sie.

„Noch ein Termin geht wirklich nicht."

Ihre Miene hellt sich auf. „Ich richte es ihr aus."

„Wem?"

„Wir haben keine Zeit."

Ich seufze. „Wer will etwas von mir?"

„Es ist ohnehin nicht dienstlich."

„Meine Frau, nicht wahr?"

Knappes Kopfnicken. Die beiden mögen einander nicht. Es liegt mehr an meiner Sekretärin als an Mira. Aber auch sie gibt sich wenig Mühe, zu einem besseren Verhältnis beizutragen. „Dafür gibt's nur einen Weg: Ich müsste tot sein", hat sie nach dem letzten Scharmützel trocken angemerkt. „Die hat nicht vor, dich zu teilen."

„Stellen Sie durch."

Warum hat mich Mira nicht am Mobiltelefon angerufen? Oder ist es wieder einmal lautlos gestellt?

„Sie ist auf dem Weg."

„Ich bin da", sagt Mira hinter meiner Sekretärin.

Ich will Frieden. Ich hab so genug von all der Aggression. Ich bemühe mich um ein harmloses beruhigendes, deeskalierendes Lächeln. Es soll beiden gelten.

„Sie haben in zwanzig Minuten Ihren nächsten Termin", sagt meine Sekretärin unbeeindruckt.

„Ach, ich dachte, dieser Termin sei jetzt?", kontert Mira. „Sie wollte mich gar nicht ins Haus lassen, weil er so wichtig ist." Damit ist meine Frau an meiner Sekretärin vorbei in meinem Zimmer und schließt die Tür vor ihrer Nase.

Ich seufze, aber Mira ist auf etwas anderes fokussiert. „Es gibt eine Pressekonferenz. Sie startet gleich. Ich wollte eigentlich hin, das wäre sich kaum mehr ausgegangen und sie wird im Fernsehen übertragen. Sondersendung, das muss man sich vorstellen. Ich will sie mit dir ansehen. Weil du doch … so einiges weißt in diesem Fall."

Ich versuche ein Grinsen. „Mich wundert, dass du deine Freundin Vesna nicht mitgebracht hast."

„Schon vergessen? Sie ist in Kroatien. Aber Fran hat sich gemeldet. Das Video ist mit ziemlicher Sicherheit in Wien auf Facebook gestellt worden. Fake Account, öffentliches Netz, danach offenbar nicht mehr verwendet. Auch das Gerät nicht. Und an einigen anderen Sachen ist er noch dran."

„Dürfte ausnahmsweise stimmen, was Sigwald gesagt hat. Da fürchtet sich jemand. Keine besondere Überraschung, oder? Immerhin ist Kammerer in Wien ermordet worden."

Mira schaltet den Fernseher ein. „Ich hab versucht, Zuckerbrot zu erreichen, aber seit er nicht mehr bei der Mordkommission ist, dauert es ewig, bis er reagiert."

„Hättest du dir auch nicht gedacht, dass du traurig sein wirst, wenn er in Pension ist."

Mira scheint mich nicht zu hören. Sie starrt auf den Bildschirm. Diese typischen Pulte, weit weg von den Medienleuten. Was ist das für ein Signal? Politik und Justiz weit weg von *den Menschen*? Oder zählen nicht auch die Medien längst zur Klasse der *Abgehobenen*, der *Eliten*?

„Pssst", macht Mira.

Auch mir ist klar, dass etwas Außergewöhnliches passiert sein muss. Der Innenminister und der Polizeichef, wie immer in Uniform, haben ihre Pulte verlassen und stecken mit zwei anderen die Köpfe zusammen. Einige knappe Sätze, Nicken, der jüngere Mann im blauen Anzug eilt zum Mikrofon und teilt mit, dass die Pressekonferenz mit „ganz neuen Entwicklungen" fortgesetzt werde.

Der Innenminister räuspert sich. „Wir sind in diesem einzigartigen Fall um maximale Transparenz und Offenheit bemüht. Deswegen wollen wir Sie quasi zeitgleich mit den … neuen Ergebnissen auf dem Laufenden halten. Bitte verstehen Sie, dass wir die Ergebnisse noch nicht bewerten können. Es handelt sich nicht um einen Tatverdacht, weil es ebenso gut möglich ist, dass genau so ein Verdacht … entstehen sollte."

Wir sehen einander ratlos an.

Der Polizeichef übernimmt. „Aufgrund bestimmter Hinweise, die, wie alles in diesem Fall, ernst zu nehmen sind, hat die Staatsanwaltschaft eine Hausdurchsuchung in den Büroräumlichkeiten der Bewegung *Neue Freiheit* angeordnet."

Ein Raunen geht durch die Journalistenreihen, die Kamera schwenkt über überraschte, teilweise beinahe absurd verblüffte Gesichter. Oder ist auch das Teil einer Inszenierung? Oskar. Keine Verschwörungstheorien.

„Es wirkt fast … inszeniert", flüstert Mira gebannt.

Der Polizeichef fährt fort. „Der Hinweis, dass sich die mutmaßliche Tatwaffe in diesen Räumlichkeiten befinden könnte, hat sich bestätigt."

„Cornelia Sigwald?", murmle ich. „Kann die so dumm sein …"

„Sie schwimmen auf der Erfolgswelle, die glauben nicht, dass ihnen was passieren kann", antwortet Mira, noch immer mit Blick auf den Bildschirm.

„Um deutlich zu machen, dass wir ohne Ansehen der Person, ohne Einschränkungen und Rücksichten, sei es auf Personen, Parteien oder Staaten, ermitteln, geben wir hiermit bekannt, dass die Waffe, bei der es sich nach ersten Untersuchungen mit sehr hoher Wahrscheinlichkeit um die Tatwaffe handelt, in einem versperrten Schrank des stellvertretenden Geschäftsführers der *Neuen Freiheit*, Manuel Wolfurt, gefunden wurde. Er gibt an, dass ihm die Waffe, die nicht registriert ist, untergeschoben wurde. Natürlich gilt die Unschuldsvermutung."

Ich gebe zu, mir gefällt, was ich höre. Seit diesen widerlichen Plakaten noch einmal mehr.

„Zu schön, um wahr zu sein", murmelt Mira. „So dumm ist nicht einmal der."

„Gerade noch hast du etwas anderes gesagt", gebe ich zurück. „Vielleicht wollte er sie Sigwald unterschieben? Damit wäre er sie los."

„Und warum sollte er Kammerer erschießen?"

„Um den Verdacht auf die Chinesen zu lenken."

„Dann darf die Waffe aber nicht bei Sigwald auftauchen."

„Und wenn er von *Foxfire* weiß? Er könnte behaupten, Sigwald und die Chinesen haben in Wirklichkeit gemeinsame Sache gemacht."

„Das glaubt ihm keiner."

Ich schüttle den Kopf. „Die glauben alles, wenn es sein muss, sogar die Wahrheit. Sonst wäre es gar nie so weit gekommen. Hast du die neuen Plakate gesehen? Die von Wolfurt?"

„Ja", sagt Mira kurz. „Hör zu. Jetzt sind die Medien dran."

Eine ORF-Reporterin darf die erste Frage stellen: „Kennt man inzwischen die Identität der beiden Täter?"

Der Innenminister deutet dem Polizeichef zu antworten. „Nein, aber wir ermitteln auch da auf Hochtouren. Leider besteht die Möglichkeit, dass sich die Täter nur sehr kurzfristig im Land aufgehalten haben."

Ein Journalist ruft so laut dazwischen, dass man ihn auch ohne Mikrofon versteht: „Kann es nicht sein, dass die Killer hier bei uns, in Österreich, untergetaucht sind? Es gibt ja genug Möglichkeiten bei den Chinesen."

„Wie gesagt, wir ermitteln. Und wir schließen nichts aus."

Die Journalistin der Austria Presse Agentur meldet sich. „Es gibt Gerüchte, dass es gestern zu Übergriffen gegen chinesische ... Mitbürger gekommen ist. Eine Art von Bürgerwehr aus dem Umfeld der *Neuen Freiheit* soll auf eigene Faust versucht haben, die mutmaßlichen Täter zu finden."

Wieder geht ein Blick zwischen Innenminister und Polizeichef hin und her. Der Innenminister räuspert sich. „Wir lehnen jede Form von Selbstjustiz auf das Schärfste ab."

Noch einmal der Zwischenrufer. „Kann es sein, dass Polizei und Innenministerium einen Politiker der *Neuen Freiheit* beschuldigen, um von den wahren Tätern abzulenken? Ist es nicht viel logischer, dass die chinesischen Killer und ihre Helfer Manuel Wolfurt die Waffe untergeschoben haben?"

„Ich bitte Sie, sich an die Regeln zu halten und Ihren Kollegen die Möglichkeit zu geben, seriöse Fragen zu stellen." Das kommt von dem jungen Mann im blauen Anzug.

„Ich habe einen Journalistenausweis wie alle anderen auch. Mir ist klar, dass wir längst in einer Meinungsdiktatur leben!"

Der Innenminister schüttelt beinahe unmerklich den Kopf und nickt dem Pressesprecher zu.

„Sehr geehrte Damen und Herren, herzlichen Dank für Ihre Teilnahme an der Pressekonferenz. Sie werden verstehen, dass wir mit Hochdruck an der Bewertung der neuen Entwicklungen arbeiten. Selbstverständlich halten wir Sie weiter auf dem Laufenden."

Ein Mann mit ZDF-Logo greift trotzdem nach dem Mikrofon, er merkt, dass es schon abgeschaltet wurde, und ruft: „Was gedenken Sie gegen die Plakate der *Neuen Freiheit* zu unternehmen? *Kauft nicht bei Chinesen?*"

Der Innenminister sieht ihn konzentriert an. „Wir sind dabei, rechtliche Schritte zu prüfen. Selbstverständlich lehnen wir jede Anspielung auf widerliche Nazi-Propaganda ab. Auf der anderen Seite hat Ihr Kollege natürlich nicht recht: Es wird keine Zensur geben, genauso wenig, wie es die behauptete Meinungsdiktatur gibt."

„Und das heißt jetzt was?", murmle ich.

Mira hat ihr Ohr am Mobiltelefon. „Zuckerbrot", flüstert sie mir zu, „ich probiere es noch einmal."

In diesem Augenblick passieren zwei Sachen gleichzeitig. Meine Sekretärin klopft und kommt mit dem nächsten Mandanten herein. Mira ruft ins Telefon: „Endlich! Ich hab schon gedacht, du bist wieder einmal mit Droch davongesegelt!"

Inszeniert … So vieles ist genau geplant und auf die Wirkung bedacht. Ich denke darüber nach, während mein Gesprächspartner über seine Mitarbeiter klagt und dass sie in Zeiten wie diesen nicht kooperativer sind, wenn es darum geht, mit einem bisherigen Konkurrenten zu fusionieren.

„Kann es sein, sie fürchten sich davor, gekündigt zu werden?", werfe ich ein.

„Wenn wir uns nicht zusammenschließen, muss ich zusperren. Dann gibt's keinen einzigen Job mehr."

Ich nicke, es klingt logisch. Aber der Typ ist mir unsympathisch. Ob er die *Neue Freiheit* wählen würde? „Was halten Sie von der Sache mit Wolfurt? Haben Sie das mit der Waffe mitbekommen?"

„Es war in den Nachrichten, als ich hergefahren bin. Wolfurt ist, verzeihen Sie, ein präpotenter Kotzbrocken, der noch nie etwas gearbeitet hat. Aber warum sollte er Kammerer ermorden lassen und dann die Waffe in seinem Schrank aufbewahren? Kann schon was dran sein, dass ihm die Chinesen die Pistole untergeschoben haben, quasi als Rache für seine Politik."

„Sie wären wohl aufgefallen, zumal im Büro der *Neuen Freiheit.*"

„Die haben Kontaktleute, das sind nicht nur Chinesen."

Es ist wieder einmal spät am Abend, als ich die Kanzlei verlasse. Und wie meist war es gar nicht so einfach, meine Sekretärin zu überzeugen, dass sie schon früher heimgehen kann. Etwas, das bei den beiden Konzipienten nie ein Problem ist. Ich gehe zum Lift, will einsteigen und überlege, ob ich die Tür versperrt habe. Ich gehe zurück. Natürlich hab ich zugesperrt. Und falls die einen oder die anderen irgendwas in meinem Büro wollten, dann würde sie dieses Schloss auch nicht lange aufhalten. Meine Sekretärin liegt mir seit Jahren in den Ohren, ein stabiles Balkenschloss und eine Alarmanlage zu installieren.

Die Haushälterin. Auch so eine treue Seele. Sie war wohl ebenso loyal und diensteifrig wie meine Sekretärin. Alleinlebende Frauen, nicht mehr ganz jung. Vielleicht ein wenig verliebt in ihre Chefs, auf eine platonische Art, die dazu führt, alle auf Abstand zu halten, die ihrem Leitstern zu nahe kommen könnten. Oskar. Das ist eitel. Es ist mehr als eitel. Und: Du kennst die Haushälterin kaum. Nur weil sie ein hervorragendes *Risotto Milanese* macht, kann sie trotzdem dunkle Seiten haben. Vielleicht hat Kammerer versprochen, dass sie erbt, und sie hatte Angst, Cornelia Sigwald funkt dazwischen. Das mit dem Streit zwischen den beiden weiß ich nur von Frau Gruber. Haben Kammerer und Sigwald gar nicht gestritten? Die Haushälterin könnte mir den Köder mit *Foxfire* auch sehr gezielt ausgelegt haben. Sie weiß davon, kann aber kaum etwas tun. Also plappert sie etwas von einem Streit um Geld und einem Fuchs oder so und der Anwalt tappt brav in den Honigtopf und recherchiert und liefert Sigwald ans Messer. Aber die Sache mit dem Mord? Ist es möglich, dass sich berufliche Hingabe in Hass verwandelt? Ich schüttle den Kopf. Kann ich mir nicht vorstellen, zumindest wenn ich von meiner Sekretärin ausgehe.

Mira und Zuckerbrot stehen bereits beim Würstelstand unseres Vertrauens. Ich bestelle, was ich immer nehme. Burenwurst mit scharfem Senf. Etwas Magendrücken nehme ich für diese selten gewordene Köstlichkeit gerne in Kauf. Sie kommt von einem kleinen Fleschereibetrieb in der Steiermark. Mira hat eine Art Burger in der Hand, Zuckerbrot belässt es offenbar bei einem Bier.

„Er ist eigentlich schon wieder weg", sagt Mira und zwinkert dem früheren Gruppenleiter „Leib und Leben" zu.

„Ich habe mich in der Pause aus dem Theater geschlichen", erklärt Zuckerbrot, „ich muss gleich wieder zurück, Nina, meine Nichte, spielt eine Nebenrolle, aber eine wichtige. Die sieht, wenn ich nicht da bin."

Ich grinse und nehme meine Burenwurst in Empfang. Auf einem Steingutteller. Schon allein dafür mag ich diesen Würstelstand.

„Leider sind meine Kontakte nicht mehr die besten. Und man muss vorsichtig sein. Die Stimmung ist eher mies. Ich bin mehr als froh, dass ich in Pension bin."

„Und er hat natürlich gelbe Socken getragen", kürzt Mira ungeduldig ab.

Zuckerbrot nickt. „Ich weiß ja nicht, worin ihr euch da verrennt, aber er hatte gelbe Socken an. Definitiv. Ich hab ein paar der Tatortfotos gesehen."

Ich schüttle den Kopf. „Seine Haushälterin hat gesagt, dass er keine gelben Socken besessen hat."

„Er wurde jedenfalls in gelben Socken ermordet. Von den Chinesen fehlt übrigens jede Spur, was natürlich so nicht an die Öffentlichkeit darf. Es ist, als wären sie gar nie da gewesen."

„Und wenn sie in der Villa waren?", überlegt Mira.

Ich runzle die Stirn. „Du meinst, Frau Gruber hat mit den Chinesen gemeinsame Sache gemacht, sie versteckt und dann die Waffe mal kurz bei der *Neuen Freiheit* vorbeigebracht? Absurd, und selbst wenn … sie hätte die Waffe wohl viel eher Cornelia Sigwald untergejubelt."

Zuckerbrot nickt beinahe befriedigt. „Ihr tappt offenbar ebenso im Dunkeln wie die bei uns … ich meine die an meinem ehemaligen Arbeitsplatz. Ich für meinen Teil halte es für eine Inszenierung, nur dass wir nicht so kranke Gehirne haben wie dieser Wolfurt und deswegen kommen wir nicht auf den Angelpunkt."

„Oder es war doch die Haushälterin", murmelt Mira, „und wir vermuten eine große politische Sache, wo es einfach um ein handfestes persönliches Motiv ging."

Hatte ich ja auch schon überlegt.

„Oder die Haushälterin wollte ihn aus irgendeinem Grund erschrecken, sie engagiert zwei Chinesen, die tun so, als würden sie ihn hinrichten. Sie nimmt alles auf. Sigwald bekommt es mit, nutzt die Chance, erschießt ihn und jubelt die Waffe ihrem Rivalen Wolfurt unter."

Ich schüttle den Kopf. Ich liebe Mira für ihre Fantasie, aber …

„Ich muss los", sagt Zuckerbrot. „Wäre doch nett, wenn sie Wolfurt drankriegen, so ganz unter uns gesagt."

„Fran hat gemeint, es wäre sogar möglich, dass das Video nicht am Tatort aufgenommen worden ist. Vorausgesetzt, man verwendet dieselbe oder eine sehr ähnliche Folie. Man müsste den Tatort genau mit dem vergleichen, was auf dem Video ist", meint Mira.

„Und was ergäbe das für einen Sinn? Da lobe ich mir die simplen Motive. Rache, Intrige, Macht. Ich liebe Shakespeare, und ich liebe meine Nichte. Auch wenn mir die heutige Inszenierung von *Macbeth* ein wenig zu modern ist."

„Warum sagt die Haushälterin, dass er keine gelben Socken gehabt hat", fragt Mira, als wir zu Fuß durch die nächtliche Wiener Innenstadt heimwärts gehen. Unsere Schritte hallen auf dem Kopfsteinpflaster, das Licht der Straßenlaternen verstärkt die Illusion von Zeitlosigkeit. Wie viele waren vor uns unterwegs? Wie viele werden es nach uns sein? Liebespaare und Menschen, die vor Bomben geflohen sind, Briefträger und Witwen. Beziehungen ändern sich. Mira hängt sich bei mir ein.

„Woran denkst du?"

„Dass es schön ist, hier mit dir zu gehen. Egal, was sonst noch los ist."

Ich spüre Miras Hüfte an meinem Oberschenkel. „Manches hat Bestand", füge ich hinzu. Und auf geheimnisvolle Weise kommt diese Liebeserklärung bei ihr an. Sie drückt sich etwas enger an mich und ich sehe, dass sie lächelt.

Gar nicht so einfach, mehr über die Geschäfte von *Foxfire* herauszufinden. Es sieht so aus, als wäre die Gesellschaft nur gegründet worden, um als Minderheitseigentümer dieses chinesischen Investmentfonds zu agieren. Kammerer hat daran ganz gut verdient. Als stille Teilhaberin scheint Sigwald im Handelsregister natürlich nicht auf. Allerdings habe ich durch die Verlegung der Produktion von *Sunstream* Zugang zu großen Teilen seiner Geschäftsbücher. Und da sind diese regelmäßigen Zahlungen an Sigwald verbucht. Hat Kammerer mit ihr ohne Einlage einen stillen Anteil von *Foxfire* vereinbart? Angeblich hatte sie kein Geld, als sich die beiden kennengelernt haben. Das weiß ich allerdings nur von Frau Gruber. Ich sehe durch die geöffnete Tür ins Vorzimmer. Meine Sekretärin sitzt am PC und bearbeitet Routine-Schriftsätze. Sie macht viel mehr als eine klassische Sekretärin. Nehme ich das viel zu selbstverständlich? Ich ärgere mich weit häufiger über ihre Bevormundung und ihre bestimmende Art, als dass ich mich darüber freue, was sie alles für mich erledigt. Wäre es möglich, dass es nur einen Auslöser braucht, und aus der aufgestauten Kränkung über Missachtung wird Wut und schließlich Hass? Könnte sie aus Rache einen Mordplan schmieden und dafür sorgen, dass am Ende gleich auch Miras Leben zerstört wird? Meine Sekretärin kennt Mira ziemlich gut, sie beobachtet sie, wann immer es geht, misstrauisch. Wie würde sie es anlegen? Im Fall von Kammerer kann der Haushälterin die grassierende Chinesenfeindlichkeit zu Hilfe gekommen sein. Wie könnte sie in Kontakt mit chinesischen Killern gekommen sein? Sie war oft dabei, wenn Kammerer mit seinen Geschäftsfreunden zu tun hatte. Sie hat sie bewirtet und zugehört und es kann sein, dass er sich bisweilen mit ihr besprochen hat. Er hatte ein

Gespür für Menschen, hat sie gesagt. Absurd. Worin versteige ich mich da? Allerdings bleibt die Tatsache: Warum hat sie gelogen, als ich sie nach den gelben Socken gefragt habe? Die kruden Theorien, dass das Video und seine Hinrichtung zweierlei waren, sind wohl unhaltbar. Zuckerbrot hat es bestätigt: Kammerer trug gelbe Socken.

„Danke für Ihre großartige Arbeit", sage ich zu meiner Sekretärin, als ich an ihrem Schreibtisch bin. Sie sieht überrascht auf und lächelt.

„Ich weiß, dass Sie viel mehr tun, als Sie eigentlich müssten."

Das Lächeln wird breiter, ergänzt durch ein bescheidenes Kopfschütteln. „Ich tue es gerne. Wobei ... könnten Sie dem neuen Konzipienten klarmachen, dass ich nicht seine Hilfskraft bin? Ich habe derart viel zu tun, dass ich nicht einsehe, wenn er ...“

„Mache ich. Sie haben ja so recht."

„Alles in Ordnung?"

„Ja, bestens. Ich muss nur kurz weg. Dienstlich. Es geht um die Kammerer-Sache. Da ist nach seinem Tod einiges zu klären."

„Seien Sie vorsichtig."

Ich kann ihr nicht ganz folgen.

„Die Chinesen. Natürlich wollen wir nichts verallgemeinern, aber irgendwie sind diese Asiaten doch ... anders."

Fran ruft an, als ich gerade ins Taxi steigen will. Er hat Neuigkeiten, sagt er, und dass Mira wollte, dass er mir das selbst sagt. Ich sehe die Taxifahrerin an. Junge Frau mit kurzen roten Haaren. Wirkt auf mich nicht besonders verdächtig. Trotzdem bitte ich sie, auf mich zu warten, und gehe einige Schritte zur Seite.

„Ich wollte über einen Freund in China herausfinden, woher die schwarze Folie stammt. Man kann einzelne Bilder des

Videos mit Spezialgeräten sehr stark vergrößern, quasi hoch-rechnen, egal, ist bloß Technik. Ich hatte die Idee, dass sie von den Erzeugern vielleicht direkt an jemanden geschickt worden ist, den wir kennen. Aber er hat etwas ganz anderes gefunden."

„Wer es aufgenommen hat?"

„Das nicht, nur dass es mit ganz hoher Wahrscheinlichkeit nicht in Wien, sondern in China gemacht wurde. Und zwar schon vor einigen Wochen. Es gibt da Hinweise im Übertra-gungsprotokoll, ziemlich spezifisch, ich kann sie nicht filtern, und für meinen Kumpel ist es nicht ganz ungefährlich. Die Chinesen bauen etwas ein, um Fotos und Videos erkennen, zuordnen, tracken zu können. Wir können nicht sehen, wem sie es zuordnen, nur dass sie es getan haben."

„Die lassen zu, dass so ein Video von China zu uns ge-schickt wird?"

„Es reicht, dass sie es verhindern könnten. Du darfst dir das auch nicht so vorstellen, dass jedes Video von einer physischen Person kontrolliert wird, dafür gibt es Programme, sogenann-te Bots. Es war keine Waffe drauf, also gab es offenbar keinen primären Alarm. Und der Versender ist auf keiner ihrer nega-tiven Listen gestanden."

„Das heißt jetzt was?"

„Keine Ahnung, ich habe nachgedacht, aber ich blicke da nicht durch. Vielleicht wollte man Kammerer drohen. Oder es geht um das Alibi."

„Oder es sollte so aussehen, als wären die Täter Chinesen gewesen."

Ein Motiv, ein persönliches Motiv. Die Chinesen sind bloß Ablenkung. Wer schafft es, Leute in China dazu zu bringen, eine Art Hinrichtung oder zumindest das Vorspiel einer Hin-richtung zu inszenieren? Kein Wunder, dass man die beiden Männer in Wien nicht gefunden hat. Man kleidet in aller

Ruhe einen nicht benutzten Kellerraum mit derselben Folie aus, lockt Kammerer hin, erschießt ihn.

Ich bin die letzten paar hundert Meter zu Fuß gegangen. Die Haushälterin. Sie macht sich unter den Büschen zu schaffen. Ich komme vorsichtig näher. Vergräbt sie etwas? Aber warum so nahe bei der Villa? Ich sollte ein Foto machen. Zur Sicherheit. Ich ziehe mein Smartphone aus der Sakkotasche. Ich habe nicht aufgepasst, die Gehsteigkante. Beinahe wäre ich gestürzt. Frau Gruber dreht sich abrupt um. Sie hat eine Gartenschere in der Hand. Sie schneidet die Rose neben dem Busch.

„Ein … Anruf", stottere ich und deute auf mein Handy, das auf der Straße gelandet ist, „hat mich quasi fast aus der Bahn geworfen."

Diesmal besteht die Haushälterin darauf, dass wir uns an den Esstisch setzen. Hat sie das Gefühl, das alles gehört jetzt bald ihr? Sie macht sich an der Kaffeemaschine zu schaffen. Stopp. Sie hat nichts vergraben, sie hat Rosen geschnitten. Zeit, mit den wilden Mutmaßungen aufzuhören. Viel, allzu viel wird inszeniert. Ich sollte darüber nicht den Blick auf die Fakten verlieren.

„Wer erbt?"

„Ich nehme an, der Sohn von Herrn Kammerer."

„Hat Herr Kammerer jemals von einem Testament gesprochen?"

Frau Gruber kommt mit zwei dickwandigen italienischen Espressotassen. In jeder ist gerade einmal fingerbreit Kaffee. So, wie es sich gehört. „Nein … niemand hat daran gedacht, dass er eines brauchen könnte. So schnell."

Der Espresso schmeckt herrlich, er ist dicht und würzig.

„Gut, nicht wahr?", sagt die Haushälterin. „Er hat ihn auch so gemocht. Original."

„Warum haben Sie gesagt, dass er keine gelben Socken hatte?"

Frau Gruber sieht mich fassungslos an. „Na weil er keine hatte."

„Aber er hat sie auf dem Video … Es gibt Tatortfotos, da trägt er gelbe Socken. Kann er sie irgendwo anders angezogen haben?"

„Sicher, aber … warum? Warum sollte er solche Socken anziehen? Es passt nicht zu ihm."

Sie wirkt glaubwürdig. Oder sie ist eine gute Schauspielerin.

„Vielleicht … Er musste ja auch diese Kapuze über dem Kopf tragen. Und den langen Mantel … Kann es sein, es sind irgendwelche Symbole? Irgendwas, das die Chinesen tun, wenn sie jemanden …"

„Gelbe Socken … als Zeichen für die *gelbe Gefahr* von der jetzt geredet wird", murmle ich.

Die Haushälterin schüttelt langsam den Kopf. „Warum sollten die Chinesen ihm als Zeichen für die *gelbe Gefahr* gelbe Socken anziehen? Das kommt mir ehrlich gesagt unlogisch vor."

„Und wenn sie ihm jemand anderer angezogen hat?"

„Jemand anderer? Sie meinen, da war noch jemand dabei? Ich glaube nach wie vor, dass die Sigwald das beste Motiv hatte. Darüber habe ich lange nachgedacht. – Wollen Sie vielleicht ein Gläschen Limoncello? Er ist ausgezeichnet." Dann sieht mich Frau Gruber erschrocken an. „Nicht, dass Sie denken, ich fühle mich da jetzt als … Hausherrin. Aber er hätte nichts dagegen gehabt. Und es ist ganz im Gegenteil so, dass ich weiß, dass ich bald wegmuss von hier. Keine Ahnung, wo ich hinsoll, in Zeiten wie diesen werden nicht besonders viele Haushälterinnen gesucht. Ein eher aussterbender Beruf. Und bei jedem möchte ich es auch nicht sein. Leider habe ich keine Kochausbildung, ich werde wohl am ehesten … in die

Reinigungsbranche wechseln müssen. Was auch keine Schande ist. Aber …"

„Wir haben eine gute Freundin, die ein Reinigungsunternehmen hat. Sie ist sehr in Ordnung, unkonventionell. Und … auf Augenhöhe, wenn Sie verstehen. Mit allen. Mit ihren Putzfrauenconnections hat sie meiner Frau schon oft …" Ich verstumme.

„Der Ausdruck *Putzfrau* ist für mich schon in Ordnung, ist mir eigentlich lieber als *Bedienerin*, und Abitur und ein einst begonnenes Studium ändern auch nichts daran."

Ich lächle. „Genau das sagt Vesna auch, dass ihr das Wort *Putzfrau* lieber ist – es sei ehrlicher … Aber ich wollte auf etwas anderes hinaus … Haben Sie nicht gesagt, dass Sie die Frau kennen, die bei Cornelia Sigwald sauber macht?"

„Ja, natürlich. Ich bin mit ihrer Mutter befreundet. Nathalie ist eine ganz Liebe, sie ist auch überqualifiziert, aber … so etwas zu sagen ist eigentlich hochnäsig, den anderen gegenüber."

Die Wohnung ist in einem der neuen Apartmenthäuser in sogenannter bester Lage. Wie viel verdient man als Frontfrau einer Bewegung wie der *Neuen Freiheit*? Es wird Sponsoren geben. Wäre lohnend, sich damit zu beschäftigen. Ich werde es Mira vorschlagen. Ich habe ihr auf den Anrufbeantworter geredet, aber wir konnten nicht warten. Nathalies Putzdienst dauert nur mehr eine Stunde. So lange können wir uns sicher sein, dass Cornelia Sigwald nicht heimkommt.

„Sie fühlt sich gestört, wenn ich da bin. Sie hasst es, wenn ich putze", hat Nathalie gesagt. Jetzt sitzt sie gemeinsam mit Frau Gruber vor Sigwalds Laptop und sucht nach Videodateien. Das Passwort war kein Problem. Nathalie hat beinahe ein wenig überheblich gelächelt und gesagt: „Sie ist ziemlich schlampig. Natürlich kenne ich es. Nicht, dass ich in meiner Arbeitszeit an ihrem Laptop spiele, aber … hin und wieder kann ich schnell etwas nachschauen. Und es macht einfach Spaß, es zu wissen, geschieht ihr recht."

„Nur eine Menge Videos von der *Neuen Freiheit*", sagt Nathalie. „Und einige, die sie selbst aufgenommen hat. Ziemlich peinlich und unprofessionell. So wie das da." Ich sehe zwischen den beiden Frauen auf den Bildschirm. Kompromittierend ist es nicht. Cornelia Sigwald bereitet Eiernockerl zu und hat versucht, das aufzunehmen.

„Die hat keine Ahnung", merkt Frau Gruber an und ihre Genugtuung ist nicht zu überhören. Trotzdem, darum geht es jetzt nicht. „Und?", sagt sie in meine Richtung. „Wollen Sie uns endlich sagen, was Sie wirklich suchen? Es wäre doch nicht so außergewöhnlich, dass sie dieses Video auf ihrem Laptop hat."

„Ich … Es geht darum, wann es auf ihren Laptop gekommen ist."

„Vielleicht sollten Sie nach gelben Socken suchen", sagt Frau Gruber und es klingt, als würde sie mich nicht ganz ernst nehmen. Oder will sie ablenken?

„Wenn die Socken da wären, dann hätte er sie wohl kaum anhaben können", erwidere ich.

Nathalie sieht auf. „Was jetzt? Kann es sein, dass ich da etwas nicht verstehe?" Frau Gruber lächelt. „Herr Doktor Kellerfreund hatte das Gefühl, dass ich lüge. Herr Kammerer hatte offenbar gelbe Socken an. Und ich hab gesagt, dass er keine gelben Socken besessen hat."

„Vielleicht hat sie ihm welche gekauft? Die lässt sich fast alles online liefern. Holt es in der Trafik ab, da arbeitet ein schwerer Fan von ihr. Ich kapiere es zwar nicht, aber schauen wir nach. Wenn sie welche bestellt hat, dann könnte es eine Rechnung geben."

„Wobei ich nicht glaube, dass die Socken …", setzt Frau Gruber an.

„Nein, leider, keine Rechnung mit Socken."

„Hätte sie wohl auch gelöscht", murmle ich.

„Ist ja keine Waffe, die sie bestellt hat", meint Frau Gruber.

„Hatte Kammerer übrigens eine Pistole?", frage ich sie.

„Nein, er mochte keine Waffen. Und auch ich hätte nicht gewollt, dass eine im Haus ist."

„Da", sagt Nathalie. „Posteingang. Bestellbestätigung. Von vor zwei Wochen. Gelbe Herrensocken. Größe 43."

Wir starren zu dritt auf den Bildschirm.

„Bitte schicken Sie mir die E-Mail weiter." Ich halte Nathalie meine Visitenkarte hin. Ich hole tief Luft. „Das Video, es ist deutlich früher aufge…"

„Was machen Sie hier?" Cornelia Sigwald steht in der Tür und hält ihr Telefon wie eine Waffe. „Das ist Hausfriedensbruch! Ein Skandal, das ist ein Riesenskandal!" Sie kommt auf uns zu, Nathalie duckt sich. Hat sie die Polizei angerufen? Hat sie wohl nicht. Oder doch? Sie hat keine Ahnung, was ich inzwischen weiß … Sie hat Freunde. Ich versuche mich möglichst würdevoll zu erheben. „Ihnen ist klar, dass Sie Ihre Anwaltslizenz los sind!", faucht Sigwald.

Ich versuche mich zu konzentrieren. Ich bin kein Held und ich mag keine Situationen, die derart aufgeladen sind. Die beiden Frauen hinter meinem Rücken. Ich muss sie … Sigwald hat nichts als ihre Drohungen. Wir haben etwas viel Besseres. „Sie haben sich vor rund zwei Wochen gelbe Socken liefern lassen. Herrensocken, Größe 43. Herr Kammerer hat sie getragen. Als er ermordet wurde."

Cornelia Sigwald starrt mich an und lacht los. Schrill und so, als könnte sie gar nicht mehr aufhören. „Was für ein Verbrechen! Ich habe ihm Socken geschenkt. Ja, ich gebe es zu! Waren sie gelb, um so die gelbe Mafia anzulocken? Sie haben mich überführt!"

Frau Gruber schiebt sich an mir vorbei. „Er hätte nie gelbe Socken getragen."

„Seine gute Seele, eifersüchtig auf alle, die ihrem Herrn nahekommen", höhnt Sigwald. „Wahrscheinlich haben sie diese *Putze* bei mir eingeschleust, um mich auszuhorchen, was? – Raus! Jetzt alle raus!"

„Ich sage nur *Foxfire*!" Frau Gruber spuckt es ihr entgegen. Und mit einem Mal bin ich mir nicht mehr sicher, ob sie nicht doch einen Mord begehen könnte.

„Soll ich die Polizei holen?"

„Eine gute Idee", dröhne ich mich Anwaltsstimme. „Erspart Arbeit. Das Video. Es wurde in China aufgenommen, dummerweise trug der Mann, der Kammerer gespielt hat, gelbe Socken. Also musste auch der echte Kammerer welche anhaben. Als Sie ihn …"

„Lügen! Infame Lügen der gleichgeschalteten Politjustiz!" Sie schnellt nach vorn und reißt den Laptop an sich.

Nathalie nickt mir zu. „Ist weitergeleitet."

„Scheißchinesen! Diese Scheißchinesen! Die Herren der Welt und der absolute Abschaum! Sie … wollen mich aus dem Weg räumen! Sie haben ihre Spione überall, sie wollten mich drankriegen, mit den Socken, nichts kriegen sie hin, diese Idioten, aber ich habe sie ausgebremst, sie und euer lieber Freund Kammerer wollten, dass ich über *Foxfire* stolpere, als hätte ich mit diesem dreckigen Pack Geld verdient, und wenn man bei dem Verräter meine DNA finden sollte, dann ist auch das kein Wunder! – Die haben längst Möglichkeiten, Fingerabdrücke und DNA zu kopieren, die fälschen einen Beweis nach dem anderen, alle stecken sie unter einer Decke, sie werden mich wegräumen, Hauptsache, Manuel Wolfurt ist dann an der Macht, ist euch klar, was dann ist? Wollt ihr das? Ich bin für unser Land und die kleinen Leute, die von allen immer betrogen und verkauft werden, deswegen hat man mich verraten, warum nicht ihn? Warum ihn nicht? Ich sage es euch: weil er mit den Mächtigen gemeinsame Sache macht! Er wird der neue

Führer, das habt ihr alle davon, aber er wird euch verraten!"
Cornelia Sigwald holt tief Luft.

„Ich hab es mitgeschnitten", sagt Nathalie in die Stille hinein.

„Du … du … dreckige … Chinesin!"

„Gelbe Gefahr eben", murmle ich.

„Wenn Sie es bloß kapieren würden!"

„Ich habe die Socken gemeint."

SIE HABEN DAS ALLES SCHON GEGESSEN

Draga, 32. Sie haben das alles schon gegessen. Ich sehe es an ihren Blicken, wenn ich rausgehe, um die Toiletten zu kontrollieren. Früher hat es mich überrascht, wie unverschämt die Reichen am Klo herumsauen. Inzwischen wundert mich das nicht mehr. Sie haben alles satt. Sieht man auch an den Tellern. Es geht nicht mehr ums Essen, es geht ums Erlebnis. Der Gastronomiekritiker, der aussieht, als wäre sein Gesicht mit einem Parmesanhobel kollidiert, hat es geschrieben. Natürlich soll man sich über niemanden mit Hautproblemen lustig machen. Meine Tante Sladjana hat Neurodermitis. Sie sagt, das ist psychisch und es kommt von Trump. Warum sie den nicht leiden kann, ist eine lange und erstaunlich persönliche Geschichte. Ich putze die Reste von den Tellern in den Kübel. Eine Kombination von Froschschenkeln und Wachtelkeulchen. Das ist momentan der zweite von den drei Hauptgängen im großen Gourmetmenü. Winzige Haxen, exakt gelegt. Scheint nicht allen geschmeckt zu haben. Von den Froschschenkeln sind die meisten zurückgekommen. War es die knallgrüne Glace, mit der er sie überzogen hat? Karibischer Thyme, eingedickt mit einer dieser angeblich natürlichen Substanzen in Pulverform, deren Namen ich mir nicht merken kann. Mein Chef ist ein Starkoch. Aber er hat noch nie etwas kreiert, das wirklich neu ist. Wenn nicht jeder Platz besetzt ist, muss er zusperren. Bei den Kosten.

Dr. Karl Simatschek, 41. Mein Kollege gilt als sehr seriös. Man könnte sogar sagen, er geht in den Keller lachen. Im Seziersaal lacht er jedenfalls nicht. Da lachen allerdings die wenigsten, das Leben ist doch anders als eine Fernsehserie. Natürlich sind wir Rechtsmediziner überarbeitet. Es ist einfach, an den Toten zu sparen. Und das generelle Interesse an der Wahrheit scheint auch abzunehmen. Also haben wir das, was getan werden muss, wenn es denn getan werden muss, so effizient wie möglich zu erledigen. Zum Glück arbeite ich bloß freiberuflich. Die meiste Zeit über bin ich mit meinem Freund im Wald unterwegs und kümmere mich um Moose und essbare Insekten statt um die Stadien der Maden bei reiferen Toten. Dieser Fall interessiert mich doppelt. Mein Kollege will eine Leiche gesehen haben, die war ganz frisch, bloß am Rücken hat ihr etwas gefehlt, bei Tieren würde man es als Beiried bezeichnen. Leider ist er momentan auf einem Trekkingurlaub in Feuerland. In der Pathologie geht das Gerücht um, es hätte schon einige derartige Vorfälle gegeben. Fotos habe ich keine, es war klar, dass der junge Mann an einem Motorradunfall gestorben ist. Fremdverschulden wird nicht ausgeschlossen, gilt aber als unwahrscheinlich. Er war durch die Kurven der Gaisbergstraße unterwegs, als wäre er Rossi. Aber selbst für den gelten die Naturgesetze. Wir nennen Leute wie diesen jungen Mann Organspender. Eine Obduktion wird in solchen Fällen nur selten durchgeführt.

Prinzessin von Hohenauf, 37. Man ist eben neugierig. Und was ist schon dabei? Niemand wurde dafür umgebracht. Das haben sie versprochen. Und warum sollte ich es nicht glauben? Man kann ja auch Wild essen, wenn es unter ein Auto gekommen ist. Vorausgesetzt, der Jäger findet es schnell und blutet es aus. Oder so. Außerdem wäre ich allein ohnehin nicht hingegangen, aber wenn man eingeladen wird, gebietet es doch die Höflichkeit, mitzumachen. Ganz abgesehen davon, dass ich Dodo Smolow brauche. Nicht fürs Herz, das nicht. Das Fleisch war übrigens durchaus interessant, zart, tatsächlich leichte Anklänge an Wildbret. Aber am besten, das muss ich zugeben, war die Sauce. Etwas mit Morcheln und Mandeln. Bei solchen Dingen ist er wirklich Meister, der Meister.

Oberst Eduard Mühlbichler, 64. Morgen Nacht schlagen wir zu. Der *Club Felice* wird gesperrt. Solche Einsätze muss man so geheim wie möglich halten. Sonst hat man die Medienmeute am Hals. Ich habe den Polizeipräsidenten noch immer nicht erreicht. Das macht mich etwas nervös. Womöglich ist er unter den Gästen. Ich traue es ihm zu. Jedenfalls ist klar, wie wir vorgehen. Ohne Ansehen der Person. Auch wenn es danach den einen oder anderen Skandal geben könnte. Ich muss nichts mehr werden. Ich werde ohnehin nichts mehr, seit ich der ewig besoffenen Operndiva den Führerschein abgenommen habe. Sollen sie mich ins Archiv versetzen. Bei gleichbleibenden Bezügen. Ich bin nicht dumm, ich gehe streng nach Gesetz vor. Und ich spiele nicht mit beim Salzburger Prominentenwahn. Nicht mehr. Abriegeln, umzingeln, niemand entkommt. Ob mein Bild in der Zeitung sein wird?

Manu Michels, 54. Ich bin Koch und kein Verbrecher. Man hat mich sogar zum kreativsten Koch des Jahres gekürt. Vor ein paar Jahren. Eigentlich vor mehr als einem Jahrzehnt. Damals war ich noch jung. Und hungrig. Und wild. Vor kurzem war diese aufgedrehte Blondine im *Felice*, sie hat mich für eine der ununterscheidbaren Kochshows interviewt. „Ist Kochen nicht immer Manipulation?", hat sie mich gefragt und mit den Wimpern geklimpert. „Ganz anders als Fernsehen", habe ich geantwortet. Es gibt viel weniger Menschen, die Ironie verstehen, als man annehmen möchte. Ich habe eine ganze Kühltruhe voll mit Kängurufleisch gehabt. Australische Wochen, gesponsert von einem dieser Riesenweingüter. Aber dann kam das Gerücht auf, die Australier hätten ihre Waldbrände gelegt, um Kängurus zu jagen. Sie flüchten vor dem Gegrilltwerden und zack!, sind sie erschossen. Viel dümmer als die Theorien, hinter den Waldbränden stünden islamische Terroristen, Klimaschützer oder Außerirdische, war das auch nicht. Jedenfalls wollte keiner mehr Kängurufleisch.

Ich kenne den Leiter der wichtigsten Beschwerdestelle Salzburgs. Das ist inzwischen ein großes Amt. Er gehört zu den Menschen, die alles glauben, viele kennen und gerne reden. Über ihn habe ich die Gerüchte mit den filetierten Leichen gestreut. Mise en Place, Vorbereitung. Das habe ich von Lehrlingstagen an geliebt. Außerdem kenne ich meine Gäste. Für sie ist das Besondere schon längst zu wenig. Es muss einzigartig sein, damit sie kommen. Also habe ich den *Club Felice* eröffnet. „Pop-up". Keiner weiß, wie lange es ihn geben wird. Und rein darf man natürlich nur mit Anmeldung. Plus zusätzlicher Empfehlung. Wir öffnen dann, wenn das Restaurant schließt und durchschnittliche Menschen schlafen gehen. Wir sind jede Nacht gerammelt voll. Dabei zahlen sie deutlich mehr, als damals bei den Fugu-Wochen. Etwas besonders Grausames haben sie übrigens nicht im Blick, eher schon sind sie seltsam aufgekratzt wie Kinder, die verbotenerweise Marmelade naschen.

„Kannibalen" getäuscht!
Salzburgbote, Exklusivbericht.
Eine Polizeirazzia im „Felice" geriet zur Farce: Angeblich sollte Manu M. seine Gäste seit einigen Wochen mit Menschenfleisch „verwöhnen". Zur Empörung der illustren Gourmets stürmte gestern Nacht eine bewaffnete Einheit das Lokal, der Starkoch konnte allerdings rasch beweisen, dass es sich bei den köstlichen Filetvariationen um Kängurufleisch gehandelt hat. Er kündigte an, in Hinkunft wieder auf naturnahe Lebensmittel aus der Region zu setzen.

HEISSE WEIHNACHTEN

Es schneit. Ich bin in der Karibik und es schneit. Der Welcome-Drink heißt *White Christmas*. Soviel ich feststellen kann, besteht er in erster Linie aus Eis und diesem feinen weißen Zeug, das von der Zwischendecke segelt. Meine Mitgäste sind begeistert. Es handelt sich vor allem um ältere US-Amerikaner und Deutsche. Eine Frau in pinkfarbenen Shorts, die aussieht, als würde sie seit Jahrzehnten an der südlichen Sonne dörren, blickt zur Decke und flüstert schaudernd „snow, snow". Das Schaudern lässt sich erklären. Zu Ehren des 24. Dezember läuft die Klimaanlage auf Hochtouren, mehr als siebzehn Grad hat es sicher nicht. Vielleicht hat sich der Zwetschkenkrampus aber auch schon einige *White Christmas* genehmigt. Unter so viel Eis lässt sich eine Menge Alkohol verstecken. Man sieht nur die Spitze des Eisbergs, denke ich und muss kichern. Vielleicht wirkt auch mein Drink schon.

Eigentlich sollte ich ein permanent schlechtes Gewissen haben. Weil Klimakrise und eine Reise in die Karibik, das geht gar nicht. Eigentlich ... denn natürlich kann man sich alles schönreden. Ich bin nicht privat hier, sondern für ECCO, das Onlinemagazin mit Qualitätsanspruch. Es geht um eine Reisereportage. Wieder: eigentlich. Zwei Tourismuskonzerne haben sich zu *Planet* zusammengeschlossen. Und *Planet* hat ein Luxusresort gebaut, das jetzt international durchstarten soll. Die wichtigsten Medien hat man zur großen Opening-Party eingeladen, wir von der zweiten Liga dürfen Weihnachten mitfeiern. Ich bin mir mit ECCO-Chefredakteurin Sam Mayer einig. Wir werden der Story einen anderen Fokus als „Feiern unter Palmen" geben. Wie viel Umweltbewusstsein ist tatsächlich drin, wenn auf der Verpackung mit *Eight Senses – The Art of Sustainable Living* geworben wird? Die Kunst des nachhaltigen Lebens, auf einer kleinen Insel, fernab vom Trubel der Welt, aber natürlich mit allem Luxus. *A secret hideaway, an untouched pearl of nature.* Tatsächlich hat es bisher in St. Jacobs nicht besonders viel Tourismus gegeben. Erstens ist die Insel so klein, dass keine großen Flugzeuge landen können, zweitens hat sie keine Sandstrände und drittens wollen die meisten Menschen dorthin, wo schon andere sind.

Mit dem *Eight Senses* hat sich einiges geändert. *Planet* hat einen kilometerlangen künstlichen Sandstrand gebaut. Und es gibt einen Shuttledienst mit Schnellbooten und ganz neuen angeblich energiesparenden Turboprop-Fliegern, falls jemand Lust auf einen Drink auf einer der belebteren Inseln rundum hat. Die Einheimischen haben sich kaum gegen die Veränderungen gewehrt. Man hat ihnen Jobs auf der Insel versprochen, den großen Aufschwung. Der neue Konzern musste sich nicht einmal um die paar umweltbewegten Inselbewohner kümmern, das hat die Regionalregierung von St. Jacobs erledigt. Umweltschützern und Ökoaktivistinnen aus anderen Ländern begegnet man mit, auch über soziale Medien geschickt gelenkter, Empörung über die Einmischung von außen. Lektion eins, brav gelernt bei Trump, Bolsonaro, aber auch bei Politikern, die uns in Europa deutlich näher sind.

A place beyond imagination sollen das *Eight Senses* und seine Umgebung laut Werbeprospekt sein. Ein Platz jenseits der Vorstellungskraft. Ich kann mir trotz Solarenergie und Abwasserrecycling einiges vorstellen, wo Realität und Marketingkonzept nicht ganz zusammenpassen. Aber ich werde natürlich recherchieren, bevor ich schreibe. Und, ganz nebenbei, schwimmen, am Strand liegen, Palmen, Sonne und all das genießen, was die Karibik ausmacht. Man könnte mich eine Heuchlerin nennen. Man kann mich aber auch dafür loben, dass ich versuche, hinter den schönen Schein zu schauen. Je nach Standpunkt eben.

Ich habe den Verdacht, dass einige meiner Kollegen von weniger Zweifel geplagt werden. Da ist der übergewichtige *Blatt*-Journalist aus München, der sich heute Vormittag sechs Rum-Punsch gegönnt hat und nun fehlt. Die drei anderen Herren von der deutschen Presse entdecke ich auch nicht. Sie haben mit derartigen Reisen und Welcome-Partys sicher mehr Erfahrung als ich. Sie wissen, wo man dabei sein muss und wann man abtauchen kann, hier sogar ganz wörtlich genommen. Schnorcheln beim Korallenriff steht ebenso auf der Agenda des *Eight Senses* wie Hochseefischen.

Ich nehme noch einen Schluck von meinem *White Christmas* und versuche die Weihnachtsliederberieselung zu verdrängen. *Rudolph, the Red-Nosed Reindeer*. Eigentlich wenig elitär. Aber auch die gehobene Klientel mag wohl Vertrautes, schon gar zu Weihnachten unter Palmen. Claire, die uns als „Information Manager" vorgestellt worden ist, macht sich am Mikrofon zu schaffen. Sprechprobe. „One, two, three", flüstert die schlanke Schönheit melodisch. Derartiges läuft weltweit gleich ab, es wird gezählt, auf Deutsch, Englisch und Suaheli. Wahrscheinlich, weil jemand, der nur zählt, nicht viel Unsinn reden kann. So gesehen wäre es besser, die meisten Redner würden sich aufs Zählen beschränken. Wer wichtig ist, darf länger zählen, wer weniger wichtig ist, kürzer. Was für eine Erleichterung, auch im politischen Journalismus.

Ein nett aussehender Inder prostet mir zu. Er ist mir schon aufgefallen. Weil er jünger als die meisten ist und der Einzige seiner Hautfarbe. Vier Santa Claus kommen hinter der Bar hervor, sie schwitzen, offenbar mussten sie draußen in der Hitze auf ihren Auftritt warten. Ich versuche den standesgemäß „Ho, ho, ho" bellenden Weißbärten zu entkommen und lächle den Inder an. Bald weiß ich, dass er kein Urlaubsgast ist, sondern als medizinischer Konsulent für die Inselregierung arbeitet. Und für das *Eight Senses*, weil man hier eben an alle Eventualitäten denke.

„Also Arzt", stelle ich fest.

„Virologe", lautet die Antwort. Außerdem werde er wohl nicht lange bleiben, er leide an einer Schmetterlingsphobie und niemand habe ihm gesagt, dass es auf dieser Insel besonders viele und enorm große Schmetterlinge gibt. Wann immer ihm ein Schmetterling über den Weg flattere, beginne ein Zittern, das zuerst von den Unterschenkeln und Unterarmen …

Der Auftritt des Finanzvorstands von *Planet* bewahrt mich davor, mehr aus dem Leben eines Virologen zu erfahren, der sich krankhaft vor Schmetterlingen fürchtet. Ist er extra aus der Konzernzentrale angereist, um der Eröffnung des *Eight Senses* zusätzliche Wichtigkeit zu geben? Jedenfalls sieht er aus wie aus einem Katalog für Konzernchefs: schlank, grauhaarig, kultiviert, mit einem tatkräftigen Zug um den Mund und markantem Kinn. Sein grauer Anzug ist aus diesem feinen Tuch, das wirkt, als wäre es seinem Träger nie zu heiß oder zu kalt.

„Merry Christmas", dröhnt er mit deutschem Akzent in das Mikrofon, ein schriller Ton, Rückkoppelung, auch das kennt man weltweit. Böse Blicke von ihm an die schöne Claire, böser Blick von ihr zu einem jungen Techniker. Hektisches Herumgetue an Reglern und Knöpfen und ein leicht genervter wichtiger Mensch, der endlich loswerden will, was er zu sagen hat. Das erzählt er dann auf Englisch und Deutsch, wohl um die Internationalität des Resorts und des Konzerns zu betonen. Die größte deutsche und eine der größten US-amerikanischen Tourismusketten hätten sich zum neuen Konzern *Planet* zusammengeschlossen und das *Eight Senses* geboren. Ein Resort für die ultimativen Ansprüche, jenseits des üblichen Luxus. Im Einklang mit der Natur, der Welt, und trotzdem für sich, ein

Juwel. Es verbinde wahres karibisches Flair mit dem Anspruch, sich mit Rücksicht auf größtmögliche Individualität und Privacy wie daheim zu fühlen.

Was man eben so daheim hat. Und außerdem: Warum fahre ich fort, wenn ich mich wie zu Hause fühlen möchte? Höflicher Applaus. Immerhin ist Weihnachten. Für mich hätte der Konzernmanager auch zählen können. Jetzt schüttelt er Direktor Muller die Hand. Er war quasi der Geburtshelfer dieses ökologischen Riesenbabys. Planungsdirektor, Eröffnungsdirektor. Wenn das *Eight Senses* im Normalprogramm laufe, sei er schon wieder weg, hat uns eine Mitarbeiterin geflüstert. Wir sind ihm bereits vorgestellt worden. Er spricht akzentfrei Deutsch und Englisch. Auf meine Frage, woher er stamme, hat er mich angelächelt und gesagt, dass er sich als Teil von *Planet*, eben als Erdenbürger, verstehe. Klang etwas hochtrabend, andererseits: Provinzler gibt es ohnehin genug. Er ist groß, blond und sportlich, wahrscheinlich älter, als er aussieht. Fünfzig plus. Und er hat vorgeschlagen, dass man das und anderes doch demnächst bei einem netten Dinner besprechen könnte.

Ich sehne mich nach Oskar und seinem eher beruhigenden als erdrückenden Übergewicht. Es kommt von unserer gemeinsamen Leidenschaft für gutes Essen und fürs Kochen. Seine Mutter hat ihn überredet, Weihnachten gemeinsam zu feiern. In einem Hotel mit wunderbaren Erinnerungen an die Zeit mit ihrem verstorbenen Mann. Sie hat es sich zum Geburtstag gewünscht und angemerkt, es sei vielleicht die letzte Chance, eine gemeinsame Woche in solchem Rahmen zu verbringen. Von mir war nicht die Rede. In den schönen alten Zeiten war Oskar in erster Linie ihr Sohn, und andere Frauen waren nicht gut genug für ihn. Daran hat sich nichts geändert. Die Journalistenreise hat sich also perfekt ergeben. Weihnachten ist weder Oskar noch mir besonders wichtig. Trotzdem. Ich vermisse ihn. Es gäbe eine Menge, über das man gemeinsam lachen könnte. Führungscrew wie nach einem Eliten-Casting und Kunstschnee inklusive. Mir ist nach wie vor unklar, woraus diese seltsamen Flocken bestehen. Ich nehme mir vor, danach zu fragen.

Aber erst einmal stehle ich mich davon, um vor dem großen Christmas-Buffet schwimmen zu gehen. Beim Hinterausgang höre ich eine erregte Männerstimme: „White, white, not black, I told you." Ich schleiche näher und sehe Direktor Muller auf CIO Claire einreden. Ausschließlich weiße Weihnachtsmänner habe er bestellt, Weihnachtsmänner hätten weiße Hautfarbe, das sei nun mal klar. Die Gäste hier hätten ein Anrecht, sich wohlzufühlen, wie zu Hause eben!

Ich drücke mich an eine Palme und beobachte einen tatsächlich beachtlichen Schmetterling. „Es gab nicht ausreichend Weiße. Oder hätte ich den versoffenen Skipper nehmen sollen, der alles belästigt, was nicht bei drei auf den Bäumen ist? Und die Tauchlehrer haben sich geweigert. Ich verstehe sie." Mit ihren High Heels ist Claire etwas größer als der Direktor. Ihre Haut ist braun, von der Farbe, die Menschen auch in den USA Karriere machen lässt. Ausdrucksweise und Tonfall lassen darauf schließen, dass sie ein gutes College oder eine Universität besucht hat. Irgendwo im Osten der Vereinigten Staaten. „Es ist nur George, und George ist nicht dunkel, er ist nur nicht ganz weiß. Um nicht zu sagen, bleich. Ich dachte, es hätte sich schon herumgesprochen, dass es sogar einen amerikanischen Präsidenten mit dunkler Hautfarbe gegeben hat", fährt sie fort.

Gut so, lass dir bloß nichts gefallen.

Direktor Muller versucht sich größer zu machen. „Wehleidigkeit hat hier keinen Platz, meine Liebe. Nur weil du Verwandte auf der Insel hast, heißt das noch nicht, dass du …"

„Meine Mutter stammt von hier. Ich habe mein halbes Leben hier verbracht. Und trotzdem bin ich keine, die den eigenen Clan bevorzugt. Da kenne ich andere … Und mir ist klar, dass ihr mich trotz meiner Qualifikation nur genommen habt, weil man jemanden im Management braucht, von dem ihr behaupten könnt, er stammt von der Insel. Ist dumm, wenn alles so ursprünglich sein soll, aber die Chefs keine Ahnung vom Leben hier haben. Nur vom Geld!"

Sie rauscht so knapp an mir vorbei, dass ich die Luft anhalte.

Das Wasser hat laut Display an der weißen Bambus-Strandhütte siebenundzwanzig Grad. Die Dämmerung scheint es noch weicher und wärmer zu machen. Das hier ist das echte karibische Leben. Meine Haare schweben hinter mir her. Ich bin die Einzige am Hotelstrand, die meisten Gäste sind offenbar im eisigen Kunstschneetreiben geblieben. Einige habe ich am Pool gesehen. Vielleicht halten sie das Meer für zu gefährlich. Dabei wird der Bereich, der zum Schwimmen vorgesehen ist, ohnehin von einer Kette aus blauen Styroporkugeln begrenzt. Ob die Schneeflocken in der Halle auch aus Styropor sind? Nicht sehr ökologisch. Morgen werde ich über die Leine hinausschwimmen. Allein der Gedanke daran hebt meine Stimmung ins beinahe Euphorische.

Die Hoteldirektion hat offenbar darauf Rücksicht genommen, dass in Amerika erst am 25. Dezember gefeiert wird. Daher beschert man uns zum üppigen Frühstücksbuffet mit biologischen Zutaten aus aller Welt – ich mache mir Notizen, wie ökologisch ist Bio-Wildlachs aus Finnland in der Karibik? – gleich noch eine Portion Weihnachten. Zwei Ponys wurden, beinahe so täuschend echt wie der Schnee, als Rentiere verkleidet. Sie werden von zwei wirklich sehr weißen Weihnachtsmännern mit „Ho, ho, ho" und heftigem Glockengebimmel angefeuert und ziehen einen Weihnachtsschlitten über den Strand in Richtung Frühstücksterrasse. Eine Steelband intoniert *Jingle Bells*, das Lied vom Schlitten, der durch den Schnee saust. Unser Schlitten schleppt sich eher mühsam dahin, seine Kufen bestehen offenbar aus Wasserskiern, der Aufbau könnte von einem Golfanhänger stammen. Man hat ihn mit viel Rot und Gold veredelt. Über dem, was immer sich im Schlitten befindet, liegt eine rotsamtene Decke.

„Geschenke?", kichert eine vollschlanke Dame mit Münchner Sprachfärbung und sieht drein, wie es wenig abgebrühte Kinder vor der Bescherung tun.

Endlich steht der Wagen, die Pony-Rentiere schnaufen, eine als Engelchen verkleidete Bikini-Schönheit hüpft auf Anweisung von Claire – hat sie doch nicht mehr Stil als die anderen? – zum Schlitten und zieht unter Assistenz der Weihnachtsmänner die Decke herunter.

Auf der Terrasse ist es still geworden. „Jingle bells, jingle bells, jingle all the way". Ein Aufseufzen geht durch die Frühstücksgäste. Was immer sie erwartet haben, noch ein Weihnachtsmann war es nicht. Dieser allerdings ist ganz still. Er scheint zu schlafen. Der Bart ist verrutscht und gibt ein markantes Kinn frei.

Als das Engelchen höchst unfeierlich aufkreischt, stürme ich quasi in einer Reflexbewegung nach vorne. Der schlafende Weihnachtsmann ist üblicherweise Finanzvorstand von *Planet*. Oder, besser: Er war es.

Reisejournalisten kümmern sich nicht um Mordfälle, versichert mein Münchner Kollege vom *Blatt*. Die drei anderen, die ich bloß beim Einchecken im Hotel und dann nie wieder gesehen habe, nicken. Direktor Muller hat uns zu sich gebeten. Ich sage nichts. Ich bin keine Reisejournalistin.

„Natürlich werden wir alles aufklären", sagt Muller mit etwas viel Trauer in der Stimme. Für derartige Fälle gibt es offenbar keine Management-Seminare. „Ich vertraue auf die lokale Polizei. Es gibt auch schon … Spuren. Hinweise."

Mein Münchner Kollege stößt als Reaktion auf. Wahrscheinlich der viele Rum-Punsch. Ein schmächtiger Journalist aus Berlin fragt ohne viel Interesse: „Was für Spuren?"

Noch mehr Trauer im Gesicht von Muller. „Wir wollen seiner Familie Kummer ersparen. Also bitte: Es bleibt unter uns."

Jetzt endlich sind alle interessiert. Zumindest privat.

„Er hat … Er war nackt. Unter seinem Weihnachtsmantel, meine ich."

„Mann, und das dürfen wir nicht schreiben?", fragt der Berliner.

So etwas fragt man doch nicht. Man tut es. Aber offenbar leben Reisejournalisten in einer anderen, besseren Welt.

„Ich bitte Sie", fährt Muller fort und nach einer Kunstpause rückt er mit Weiterem heraus, was wir nicht schreiben sollen.

„Es gibt das Gerücht, wohlgemerkt, es ist ein Gerücht und ich will mir nicht vorstellen, dass da etwas dran ist, also das Gerücht … Es besagt, dass es im Zimmer des Finanzvorstands eine Art … nun ja, Sexorgie gegeben hat. Mit jungen Mädchen von der Insel, wenn Sie verstehen, was ich meine. Und wer die Einheimischen kennt … Rache. Ein Bruder oder ein Vater. Man ist hier sehr … religiös. Katholisch, wenn Sie verstehen, was ich meine."

Eigentlich verstehe ich nicht, was er meint. Aber ich verstehe ja auch die katholische Kirche selten. Mein ist die Rache, spricht der Herr. Das, glaube ich, steht im Alten Testament.

Mein Kollege vom *Blatt* wird lebendig: „Sexorgien? Hier?"

Der Direktor schweigt peinlich berührt. Dann sagt er: „Ich will es mir nicht vorstellen. Und außerdem: ein Gerücht. Nicht mehr. Ich sage es nur, weil ich nicht möchte, dass Sie glauben, dass irgendetwas vertuscht werden soll."

Gleich wird der Münchner mit seiner Redaktion telefonieren. Sex hat seinem alkoholgetränkten Gehirn auf die Sprünge geholfen. Egal, auf welche.

Ich maile meiner Chefredakteurin die neuesten Entwicklungen. Sexskandale gehören nicht gerade zum Kerngeschäft von ECCO. Das Onlinemagazin versteht sich als Alternative zu dem vielen Müll, der im Netz als Journalismus ausgegeben wird. Ich kann mir den Bilderbuch-Vorstand nicht beim Liebesspiel mit Inselmädchen vorstellen. Wahrscheinlich besser für mich.

Während ich auf ihre Antwort warte, überlege ich. St. Jacobs ist eine kleine Insel, knapp zwanzigtausend Einwohner. Da weiß man, welche Mädchen halbseidenen Geschäften nachgehen. Oder hat er sie gezwungen?

Wenn Mira reist ..., mailt Sam zurück und schickt eine Reihe Emojis mit ... Auch ein paar Tränen lachende Gesichter sind dabei. *Woran ist er gestorben? Sex?*

Man hat seinen Weihnachtsmann-Bart angehoben und gesehen, dass er erwürgt worden ist. Mit einem Stahlseil möglicherweise. Tiefer Einschnitt im Hals. Der Direktor will nicht, dass wir darüber schreiben, und meine lieben Kollegen hatten das auch nicht vor. Bis er von sich aus mit der Sex-Geschichte herausgerückt ist. Natürlich unter dem Siegel der Verschwiegenheit. Karibische Grüße, Mira.

Eigentlich wollte ich ja schwimmen gehen, über die Begrenzung hinaus. Aber irgendwie ist mir heute nicht nach unnötigen Grenzüberschreitungen. Ich nehme den Weg durch die Gemüse- und Obstgärten. So sollen wir autark und selbstverständlich biologisch mit karibischen Köstlichkeiten versorgt werden. Bis auf einige Bananen kann ich allerdings keine Früchte entdecken. Die Anlage sieht sehr neu aus. Es dauert mindestens zehn Minuten, bis ich zur Einfahrt komme. Das Schild zum Resort ist klein und edel, die Straße davor voller Schlaglöcher. Teil des Packages für VIP-Gäste ist ein Smartphone mit unbeschränktem Zugang zum Internet. Und für kostenfreie lokale Telefongespräche. Ich lasse mir ein Taxi kommen.

„Zur Polizeistation bitte."

Die Taxifahrerin sieht mich irritiert an.

„Ich … muss etwas klären."

„Gibt es Probleme im *Senses*? Alles okay?"

„Warum glauben Sie, dass es Probleme geben könnte?"

„Es wird viel geredet", lächelt die Frau. „Und wir haben übrigens mehrere Polizeistationen."

„Die … Hauptstation, die für … Verbrechen zuständig ist. Mordkommission und so."

Die Taxifahrerin wirft mir einen kurzen Blick zu und fährt los. Offenbar hat sie das Gefühl, dass ich möglichst schnell dorthin sollte. Hoffentlich überleben die Stoßdämpfer. Und unsere Wirbelsäulen. „Wenn du Hilfe brauchst …", sagt sie und verstummt wieder.

„Hat offenbar nicht den besten Ruf, das *Eight Senses*", erwidere ich.

„Wir wissen nicht viel darüber. Außer, dass sie die meisten Angestellten aus dem Ausland geholt haben. Und die meisten Baufirmen auch. – Haben sie dich beschissen?"

„Warum?"

„Die haben Wahnsinnspreise. Aber Bescheißen ist ja kein Verbrechen. Bei uns nicht und bei denen auch nicht. Ich sollte nicht lästern."

„Das Taxigeschäft läuft wohl besser, seit es das Hotel gibt, oder?"

„Ja, schon. Aber nicht sehr. Sie haben ein eigenes Limousinenservice. – Warum hast du das nicht genommen?"

„Nur so. Die müssen nicht alles wissen."

Die Taxifahrerin bremst abrupt. Vor uns steht eine riesige schwarze Kuh. Mitten auf der Straße. Die Frau hupt, hebt die Hände, lacht, sieht mich an. „Willkommen in St. Jacobs. Und wenn du ein Problem hast, sag es ruhig."

Agnes hat mich bei der Police-Cafeteria abgesetzt. Sie wird von ihrem Cousin Clarence geführt. Er habe beste Kontakte. Ob zur Polizei oder quasi zur Gegenseite, wollte ich lieber nicht fragen. Jedenfalls hat sie ihn angerufen. Die Cafeteria besteht aus einem mintgrünen Holzhäuschen mit einem üppig bestückten Flaschenregal, davor einem hohen Tresen, Barhockern und weiß gestrichenen Holzbänken samt ebensolchen Tischen. Aus den mannshohen Lautsprechern dröhnen amerikanische Weihnachtslieder. Mit so viel Bass, wie man es hierzulande liebt. Zwei Männer in Uniform sitzen am Tresen und trinken Cola. Im Häuschen ist niemand zu sehen. Auf dem Gehsteig drängen Menschen aneinander vorbei. Sie scheinen gut gelaunt zu sein. Karibikklischee, rüge ich mich. Fröhliche Einheimische. Vielleicht stimmt es ja trotzdem. Zumindest zu Weihnachten. Anders als im Hotel sind Weiße hier die Ausnahme. Eine alte Frau balanciert ein Büschel Bananen auf dem Kopf. Leihwagen sind teuer, das sehe ich an der Preistafel vor der nächsten Tür. Dafür, dass es hier bisher wenig Tourismus gegeben hat, erstaunlich. Wahrscheinlich hat man auf das Luxushotel reagiert. Immerhin ist es nicht von heute auf morgen am eigens geschaffenen Strand gestanden. Es hat Bauverzögerungen gegeben, hat die freundliche Taxifahrerin erzählt, gut möglich, dass da die eine oder andere Geldsumme geflossen ist. Aber das kommt nicht nur in der Karibik vor.

Ein schlanker Schwarzer mit Baseballkappe winkt mir von der anderen Straßenseite. Ich sehe mich um, aber er scheint wirklich mich zu meinen.

„Ich dachte, Sie wollten hier rein?", ruft er mir zu. „Sie sind doch Mira? Agnes ist verdammt neugierig, aber sie hilft allen."

Ich lächle und einige Pick-ups, SUVs und uralte Limousinen später überquere ich die Straße. Backsteingebäude, großes Einfahrtstor. Die Fenster im Parterre sind vergittert. Das

Schild *Police Station* hätte ich gar nicht mehr gebraucht. Wenig später hat mich der Cousin der netten Taxifahrerin durch die Zugangskontrolle der Polizeistation geschleust. Die dröhnenden Weihnachtslieder seiner Cafeteria sind auch hier gut zu hören. Clarence hat mir das Versprechen abgenommen, danach auf einen Rum-Punsch vorbeizuschauen. Bei ihm gäbe es noch echten, nicht das fertige Zeug aus dem Supermarkt.

Man überprüft meinen internationalen Journalistenausweis. Als wenn es sich um einen Staatsakt handeln würde, setzen dunkle weibliche Officer in braunen Uniformen mit langen rotlackierten Fingernägeln und teils erheblichem Übergewicht Telefone, Faxgeräte, Computer in Betrieb, ohne selbst auch nur einen Schritt zu tun. Bürokratie scheint hier noch als Kunst zelebriert zu werden.

Dann endlich führt mich eine Beamtin zum zuständigen Officer. *Glenn* steht auf seinem Namensschild. Er trägt ein kurzärmeliges blaues, exakt gebügeltes Hemd und Jeans. Er fragt freundlich, wie es mir denn auf seiner schönen Insel gefalle. Ich antworte das Richtige und er nickt befriedigt. Nur über den Fall will er nicht reden. Offenbar gibt es gar nicht so wenige weltweite Gemeinsamkeiten. Es täte ihm sehr leid, auch wenn ich eine Freundin der Cousine von Clarence und dieser beinahe wichtiger als der Polizeipräsident sei, man habe erst mit den Ermittlungen begonnen. Immerhin kann ich ihm zwischen den Zeilen entlocken, dass er nicht recht an die Sache mit der Sexorgie glaubt. Aber vielleicht will man so etwas auf seiner Sonneninsel auch bloß nicht wahrhaben. Die Regierung setzt wohl mehr auf Fremdenverkehr als auf Verkehr mit Fremden. Wir tauschen Telefonnummern und E-Mail-Adressen aus, Officer Glenn heißt mit Vornamen Gerald, er begleitet mich noch Richtung Ausgang.

Ein Polizeiwagen fährt in den Hof. Ein Uniformierter, der aussieht wie die karibische Ausgabe von Bud Spencer, öffnet die hintere Tür und hilft einem schmächtigen Weißen um die sechzig beim Aussteigen. Oder ist die freundliche Unterstützung durch einen Griff auf den Ellbogen seine Art, jemand dezent festzuhalten?

Der Weiße starrt mich an. Ich kenne ihn. Woher, wenn nicht aus dem *Eight Senses*? Leider ist mein Personengedächtnis eine Katastrophe.

„Sie müssen mir helfen", sagt er.

Das ist freilich nicht so einfach. Da mein Englisch deutlich besser ist als seines, durfte ich bleiben. Vielleicht hat auch mein Kontakt zu Clarence etwas beigetragen. Jürgen Seefeld hat kein Alibi, dafür ein handfestes Motiv. Rache. Vielleicht auch Angst vor dem Verlust seiner Reputation. Man hat ihn zu einem Gespräch gebeten – Officer Glenn sagt tatsächlich „talk" –, weil ihn Zeugen in der Nähe des vorgeblichen Rentierschlittens gesehen haben. Und er ist unter falschem Namen abgestiegen. Und seine Firma *EKÖ – Energiemanagement, Klimatechnologie und Öko-Trust* hat beim Bau des *Eight Senses* einen großen Auftrag an Land gezogen: die Zertifizierung des Resorts als *ÖKO-Plus*. Allerdings hat der Finanzvorstand von *Planet* dafür gesorgt, dass die Dienstleistungen von *EKÖ* vorzeitig beendet worden sind. Es gibt einen wütenden Mailwechsel zwischen ihm und Seefeld. Er war auf dem Laptop des Konzernmanagers leicht zu finden. Seefeld hat einen fatalen Fehler begangen: Er hat zwar unter Heinz Huber gebucht, aber für den Leihwagen seinen echten Namen verwendet. Und die Leihwagenfirma ist eines der vielen Tochterunternehmen von *Eight Senses*. Officer Glenn hat etwas schief gelächelt und mit den Schultern gezuckt. „Was sollen wir machen? Vorher war hier nichts."

„Die Firma sieht aus, als wäre sie ein kleines einheimisches Unternehmen. Handgeschriebene Preistafel, all das", wundere ich mich.

„Darum geht's jetzt nicht, oder? Das ist nicht strafbar."

„Und wie ist das mit der Polizei? Ist sie auch ein Tochter…"

„Madam, wir sind höflich und freundlich. Ich bitte Sie, uns mit Respekt zu behandeln."

Ich übersetze die E-Mails, so gut es geht. Der *Planet*-Finanzchef hat Seefeld vorgeworfen, die Zertifizierung von Nachbesserungen abhängig zu machen. Die sollten passenderweise gleich von *EKÖ*-Firmen durchgeführt werden. Von „Erpressung" und „gekauften Öko-Labels" ist in den Mails die Rede. Seefeld hat es „übliche Vorgehensweise" genannt. Und dass sein Zeichen für „ÖKO-Plus-Hotels" ein Umweltsiegel der UNO sei, habe er nie behauptet. Sein Unternehmen habe hohe Reputation, wenn es dieses Siegel vergebe, sei das ein wichtiger Marktvorteil. Wenn *Planet* den Vertrag storniere, dann werde er das öffentlich machen. Damit allen klar sei, dass dem *Eight Senses* nichts an Umweltschutz liege. Auch von „Heuchelei" und „Greenwashing", „internen Hahnenkämpfen" und „kriminellen Geschäftsmethoden" ist die Rede.

„Dass er ihn deswegen umgebracht hat?", murmle ich nah am Ohr von Officer Glenn. Er riecht angenehm nach Orangen und frisch gewaschener Wäsche.

„Und warum ist er unter falschem Namen abgestiegen?", fragt er zurück.

Seefeld hat verstanden und schüttelt den Kopf. „No comment." Und zu mir gewandt: „Sagen Sie ihm, dass die Polizei klären soll, warum der Finanzvorstand seit der Eröffnung im *Eight Senses* war. Ich glaube, er ist gekommen, weil er den Betrieb kontrollieren sollte. Da ist beim Bau einiges passiert, wenn Sie mich fragen."

„So wie beim angeblichen Öko-Zertifikat?" Mit Leuten, die ihr Geschäft mit windigen Umweltsiegeln machen, habe ich nichts am Hut.

„Wir hätten die Abwasseraufbereitung in Ordnung gebracht. Und vor allem das Müllkonzept, es war unter jeder
Kritik. Die verbrennen das meiste Zeug einfach. Ich habe den
Auftrag direkt von *Planet*, aus der Konzernzentrale, bekommen,
Muller hat immer mehr gegen uns gehetzt. Vor allem, als er
gesehen hat, dass wir nicht bloß kassieren, sondern auch etwas
arbeiten wollen. Und was ist das Ergebnis? Der Finanzvorstand
hat sich herumkriegen lassen und ist aus dem Vertrag ausgestiegen. Wir haben nicht zertifiziert. Jetzt nennen sie sich einfach so ‚nachhaltig‘ und im ‚Einklang mit der Natur‘ und das
ist dann nicht geheuchelt? Ich hätte klagen können, ich hätte
den Auftrag behalten. Aber wer klagt schon gegen *Planet*?“

„Übersetzen Sie“, fordert Officer Glenn. Inzwischen ist er
weniger freundlich.

„Sagen Sie dem Officer, dass der Finanzvorstand im *Eight
Senses* war, um das Unternehmen zu kontrollieren“, fordert
Seefeld.

Officer Glenn scheint das wenig zu beeindrucken. „Das ist
wohl sein Job. Mein Job ist herauszufinden, warum Mister
Seefeld in der Nacht beim Wirtschaftsgebäude des Resorts unterwegs war. Es gibt Überwachungskameras.“

Seefeld antwortet direkt. „Ich gehe in der Nacht gerne spa-
zieren.“

Ich sehe ihn ungläubig an. „Ausgerechnet dort? Vorne sind
Palmen und Strand, dahinter ist ein Park mit Swimmingpool
und Sie gehen zur Wirtschaftsbaracke, bei der der Müll vor
sich hin stinkt?“

Er zuckt mit den Schultern. „Hätten wir das gebaut, hätte
es nicht gestunken.“

„Translate!“

„Es hat gestunken“, lasse ich den Officer wissen. Und von
Seefeld will ich wissen: „Warum sind Sie überhaupt in dieses
Hotel gefahren, wo Sie doch mit der Führung Streit hatten?“

„Das fragen Sie oder das fragt der Polizist?"

„Beide."

„Zufall." Ich glaube ihm nicht. Officer Glenn glaubt ihm auch nicht.

Direktor Muller wollte mit mir zu Abend essen. Kein Grund, darüber nachzudenken, ob er es ernst gemeint hat. Realistischerweise gibt es Jüngere und Schönere auf der Insel, auch Wichtigere, wenn es um freundliche Berichterstattung in den Medien geht. Aber seit ich ein gewisses Alter erreicht habe, leiste ich mir den Luxus, mich trotz allem nicht übel zu finden. Manchmal ertappe ich mich sogar dabei, mir im Spiegel zuzulächeln. Außerdem geht es, zumindest von meiner Seite, nicht um ein Rendezvous. Ich erinnere ihn, und der Hoteldirektor ist höflich genug, noch für denselben Abend einen Tisch zu reservieren. Wir sitzen auf der Terrasse, direkt unter einer Palme. Die Sonne geht riesengroß und blutrot unter, Meer und Luft leuchten in Orange und Rot und Lila, es weht der leise karibische Wind. Eine schlanke Inselfrau mit wunderschönen Augen kommt und öffnet mit einem unwiderstehlich dezenten Plopp die Flasche chilenischen Chardonnay. Keine Massenware, sondern einen von den wirklich guten. Muller ist ein charmanter Gastgeber, er erzählt Anekdoten aus der Bauzeit des Hotels und dass er bald schon zum nächsten Projekt weiterziehen werde, es gehe um eine völlig neue Lodge in Südafrika, mitten in einem der schönsten Tierreservate der Welt. „Ich baue auf, starte hoch, die Früchte genießen andere." Er lächelt und sieht mich mit seinen grünen Augen an. „Aber mir ist es recht so. Ich wollte nie in die Zentrale, oder gar in den Vorstand. Ich will neue Abenteuer …"

„Ab und zu mit etwas Styropor", spotte ich.

Er seufzt. „Wenn Sie wüssten, wie schwierig es ist, in dieser Weltgegend ökologische Materialien zu bekommen. Wir haben

ewig nach passendem Kunstschnee gesucht, sogar mit Watte
haben wir es probiert, aber das hat ausgesehen, als wäre jemand
in eine Krankenstation eingebrochen. Schwester, Tupfer bitte!"
Er lächelt und ich lächle zurück. „Aber glauben Sie mir, wir
bemühen uns. Wir bemühen uns sehr."

„Und wo wird das Zeug eigentlich entsorgt?"

„Darf ich ehrlich sein? Ich bin mir sicher, Sie werden das
nicht missbrauchen", lächelt Muller weiter. „Mit der Mülltrennung haben sie es leider nicht so auf der Insel. Ich nehme an,
es wird verbrannt. Aber dafür auf der schönsten Mülldeponie
der Welt. Ein Platz zum Verlorengehen. An einem Strand, direkt bei einem wilden Palmenwald. Wer weiß, warum sie
den Müll ausgerechnet dorthin schaffen. Die Einheimischen
meiden den Ort jedenfalls, es heißt, dass es dort böse Geister
gibt. Wir finanzieren ein Projekt, um die Deponie zu schließen
und den Palmenwald zu säubern. Vielleicht sind dann auch die
Geister weg."

Als ich ihn auf den stornierten Auftrag von Seefelds *EKÖ*-
Öko-Zertifikat anspreche, reagiert er gleichbleibend freundlich, er wird sogar noch eine Spur charmanter. Er schenkt mir
nach und legt kurz seine Hand auf meine. Ich zucke, hoffentlich unmerklich. Ist es, weil ich die Berührung durch Fremde
nicht so mag? Ist es, weil er mir gar nicht mehr fremd scheint
und das die nächste Stufe hin zu … Ich sollte langsamer trinken. Stattdessen nehme ich noch einen großen Schluck.

„Woher kennen Sie Seefeld? Hat er Sie angesprochen? Er
schreckt vor gar nichts … Wissen Sie, dass er unter falschem
Namen abgestiegen ist?"

„Tatsächlich? Man hat ihn angeblich sogar zu einem Verhör
geholt. Gerüchte verbreiten sich schnell in einem Hotel." Wieder ein Lächeln. Und ein Schluck.

Muller wiegt den Kopf und sieht mir in die Augen. Ich bin
beruhigt, dass der Blick bloß an der Oberfläche haften bleibt,

er geht nicht tief, nicht ins Innere. Aber darum geht es nicht. Ich sollte mich konzentrieren. Auf das Wesentliche.

„Seefeld war sehr wütend", sagt Muller langsam. „Mir waren seine Firmenverflechtungen nicht geheuer. Damit man sein Öko-Siegel bekommt, muss man seine Subunternehmen beschäftigen. Weil angeblich nur sie garantieren, dass man die notwendigen Umweltstandards erreicht. Da geht's um Beratungsfirmen, aber auch um ein Bauunternehmen, das zum Beispiel das Abwassermanagement verbessern sollte. Ich war heilfroh, dass *Planet* den Vertrag wieder gekippt hat. Wir haben Derartiges nicht notwendig."

„*Eight Senses – The Art of Sustainable Living*", sage ich leise. „*A secret hideaway, an untouched pearl of nature.*"

Der Direktor lächelt. „Genau so ist es doch, oder?"

Die Palme wedelt, das Meer rauscht leise in seinem ewigen Rhythmus. Ich räuspere mich. „Kann er etwas mit dem Tod …"

Muller sieht mich an, als wäre er gerade aufgewacht. „Ist es das, was Sie interessiert?"

Ich nehme noch einen Schluck. Diesmal Wasser. „Ich frage mich bloß …"

„Ich glaube es eigentlich nicht. Er war stinksauer, aber das … Ich weiß, dass man ihn in der Nähe des Schlittens gesehen hat. Und dass es wütende Mails gab. Trotzdem … hätte er dann nicht eher mich um die Ecke gebracht?"

„Und dieses Gerücht mit der Sex-Party?"

Muller sieht mir erneut in die Augen, aber die Stimmung ist endgültig verflogen. „Sex ist etwas Wunderschönes. Das … Es kotzt mich an. Es scheint was dran zu sein. Und das Schlimmste: Unsere Claire Brand scheint mit von der Partie gewesen zu sein. Ich weiß nicht, was sie sich erwartet hat. Man muss es erst beweisen, jedenfalls gibt es da einiges … Aber reden wir lieber über das Leben und die Karibik und die Zukunft unserer schönen Welt."

Tausende Sterne am Himmel und das dunkle warme Meer lässt träge Wellen an den Strand rollen.

Im Zimmer finde ich eine handgeschriebene Nachricht. Die Schrift ist schön wie aus einem anderen Jahrhundert. Auf dem Briefpapier das Wappen der Prinzessin von Lohenberg. Mein mieses Personengedächtnis. Jetzt weiß ich, wer die zierliche ältere Dame ist, die als eine der wenigen weder grelle Shorts noch knappe Bikinis trägt. Sie möchte mich sprechen. Ich erinnere mich an meine Zeit als Lifestyle-Journalistin. In Österreich existiert eine Kaste von Promi-Adeligen, die sich über Paparazzi empören und gleichzeitig davon leben, in den Medien vorzukommen. Sie hat nie dazugehört. Was will sie von mir? Heute kann ich sie nicht mehr fragen. Es ist nach Mitternacht. Ich schrecke auf, als das Hoteltelefon schrillt. Muller. Was …

„Lohenberg hier, Sie schlafen noch nicht."

Ihre Geschichte klingt nicht nur auf einer Bank im Mondlicht mit Blick aufs karibische Meer romantisch. Sie macht Seefeld um einiges weniger verdächtig und um einiges interessanter.

„Verzeihen Sie, dass ich das dämliche Briefpapier verwendet habe, aber ab und zu hilft es", hat sie gleich zu Beginn gesagt. Sie redet langsam und wie zu sich, ihre Stimme ist leise, aber sehr artikuliert. Sie klingt nach Nobelinternat und ein wenig nach Drill.

„Nie hätte ich gedacht, dass ich unsere Geschichte ausgerechnet einer Journalistin erzähle. Aber wir haben gemeinsame Bekannte. Samantha Mayer, sie ist eine Nichte von mir."

„Sam? Die ECCO-Chefredakteurin?", frage ich erstaunt.

„Seefeld und ich … wir haben ein wenig nachgesehen, im Netz. Wir … sind seit mehr als zwanzig Jahren liiert, wie man so schön sagt. Er konnte seine Frau nicht im Stich lassen, sie war schon damals nicht besonders gesund. Und ich ... ein Installateur und eine ... Prinzessin eben." Sie lacht leise. „Ich hatte trotz allem meine Dünkel, damals. Inzwischen ist er erfolgreicher Unternehmer. In gewissem Sinn war es auch prickelnder so. Zum ersten Mal verbringen wir einen Urlaub miteinander, in getrennten Zimmern natürlich, nach außen beide allein. Seit so vielen Jahren wollte ich wissen, wie es ist, neben ihm in der Früh aufzuwachen, die alltäglichen Dinge gemeinsam zu tun. Mein Mann hat so etwas wie den dritten Frühling, er macht Überlebenstraining in der Wüste. Seine Mitüberlebenden sind allerdings gut situiert wie er, es wird ein ausreichend mildes Training sein." Wieder dieses leise Lachen. „Jedenfalls kein Telefon, kein Internet. Das ist abenteuerlich genug heutzutage. Ich habe ein Zimmer gebucht, ich habe zu meinem Geliebten gesagt, er soll kommen. Seine Gattin ist vor einem halben Jahr gestorben, die Arme."

„Deshalb der falsche Name?"

„Auch ... aber nicht nur ... Jedenfalls habe ich die Reservierung zu diskret angelegt, also sind unsere Apartments in verschiedenen Gebäuden. Und Jürgen schleicht in der Nacht von einem Hoteltrakt zum anderen."

„Sagen Sie nicht, es war Zufall, dass Sie ausgerechnet im *Eight Senses* gebucht haben."

„Zufall? Eher ein Unfall, wie es jetzt aussieht. Ich habe mitbekommen, dass hier ein ganz besonderes Resort entsteht, er hat wohl selbst einmal davon erzählt. Aber ich wusste nicht, was er für Schwierigkeiten hat. Wir reden nicht viel über Geschäfte, wenn wir einander sehen."

„Es gab Auseinandersetzungen zwischen ihm und dem Finanzvorstand von *Planet*."

„Jürgen konnte nicht damit rechnen, dass er hier ist. Und Muller ... der hat jeden Grund, die Sache nicht hochzuspielen."

„Warum?"

„Besser, *Planet* überprüft nicht genau, wie gewisse Bauarbeiten abgewickelt wurden. Und wer in dieser Müllsache mitmischt."

„Ihr Freund ... vergibt selbst erfundene Öko-Zertifikate, vorausgesetzt, dass seine Subfirmen beschäftigt werden."

Ein leises Prinzessinnenlachen. „Wissen Sie, dass ich es war, die ihn darauf gebracht hat, indirekt, versteht sich? Eine Freundin hat ein kleines, feines Hotel bio-zertifizieren lassen. Sie hat unter den Auflagen gestöhnt, die Standards sind extrem hoch und sie werden immer wieder geprüft. Trotzdem: Auch der Verein Bio-Hotels lebt nur von der Reputation, die er sich aufgebaut hat. In der EU gibt es neben vielen anderen auch das Europäische Umweltzeichen der Kommission, das ist sozusagen öffentlich-seriös. Aber weltweit existieren allein für nachhaltigen Tourismus mehr als siebzig Labels. *ÖKO-Plus* hat einen sehr guten Ruf. Und Seefeld kümmert sich mit seinen Partnern tatsächlich darum, dass die Projekte hohen ökologischen Standards entsprechen."

„Sie könnten als seine Anwältin auftreten."

„So etwas bin ich wohl auch."

„Hätte *Planet* öffentlich gemacht, wie dieses Siegel vergeben wird, wäre es mit der Reputation vorbei gewesen."

„Auf seine Firmen kann er sich eben verlassen. Außerdem ist das doch Schnee von gestern."

„Der war übrigens aus Styropor."

„Mit ein Grund, warum Jürgen dem *Eight Senses* sein Label nicht geben wollte."

Ich habe wirr geträumt. Muller hat Prinzessinnenzertifikate vergeben, Rentiere kamen übers Meer geschwommen, Claire war nach einem Tabledance, den alle verpasst haben, in einen Weihnachtsmannmantel gehüllt. Und obwohl es hier Frühstück bis Mittag gibt, habe ich es verpasst. Leider sehe ich unter dem hellen Licht der karibischen Sonne um nichts klarer als in der Nacht.

Claire. Laut Muller soll sie etwas mit dieser Sex-Party zu tun gehabt haben. Am Weihnachtsabend hat er mit ihr gestritten. Die beiden scheinen einander nicht sonderlich zu mögen. Vielleicht hat sie ihn zurückgewiesen. Aber geht es wirklich immer um Sex? Muller … Er hat mit mir geflirtet, auf Teufel komm raus, wie man sagt. Und dann hat er mich zum Eingang gebracht, mir die Hand geküsst, „Au revoir, auf bald" geflüstert und war weg. Ich war erleichtert. Aber … Claire ist unsere Ansprechpartnerin. Zuständig für die Öffentlichkeitsarbeit. Was ist naheliegender, als mit ihr zu reden?

Ich gehe zu ihrem Büro, klopfe an. Eine ungesund gebräunte Blondine steht in der Tür und sieht mich irritiert an. Claire Brand? Die sei heute nicht da.

„Ihr freier Tag? Natürlich, es ist Weihnachten …"

„Ich … weiß nicht."

„Ob Weihnachten ist?"

„Wo sie geblieben ist. Man hat sie schon gesucht."

„Officer Glenn", fällt mir ein. „Hat sie vielleicht … einen Termin mit ihm?"

„Ich weiß nicht, was los ist", stottert die Blonde.

„Also ja?"

„Nicht nur er … auch ein Gast wollte mit ihr … ein deutscher … der Vorname war Heinz, wie das Ketchup."

„Huber?"

„Ja …"

„Haben Sie ihre Nummer?"

„Nein. Ja. Sie geht nicht dran. Vielleicht ist sie bei ihrer Mutter."

„Wo wohnt die?"

„Ich bin erst seit ganz kurzem da."

„Muller hat Sie eingestellt?"

„Er … stellt alle ein."

Claire. Kann es sein, dass sie einem Gespräch mit dem Polizei-Officer aus dem Weg geht? Warum sollte sie dann mit mir reden? Und Seefeld: Was wollte er von ihr? Wer könnte wissen, wo ihre Mutter wohnt? Muller? Besser, nicht gerade ihn danach zu fragen. Agnes. Die hilfsbereite Taxifahrerin. Ich hab ihre Handynummer.

Agnes geht so schnell dran, als hätte sie auf meinen Anruf gewartet. „Claire Brand? Ich weiß nicht … Wie schon erzählt, wir haben nicht viel zu tun mit denen vom *Eight Senses*."

„Sie stammt von der Insel, um die fünfunddreißig, schön, schlank, hat wohl in den USA studiert."

„Brand? Evelyn Brand, sie hat eine Tochter, sie ist mit dem Vater in die USA gegangen. Evelyn hat die beste Strandbar. An der Long Bay Road."

„Ich dachte, es gibt keine Sandstrände auf der Insel."

„Strände gibt's genug, nur nicht das, was sich die Touristen vorstellen. Ich hab Zeit, ich komm und bring dich hin."

Wir rattern erneut über Schlaglöcher, fahren auf eine offenbar unbewohnte Halbinsel. So muss die Welt gleich nach ihrer Erschaffung ausgesehen haben: schroffe Felsen, Palmen, dazwischen grüne Hügel, rundherum Wasser und ein unverbrauchter blauer Himmel.

Ein Zeichen menschlichen Lebens gibt es dann doch: das zusammengezimmerte Schild *Long Bay Beach Bar – Cool Drinks, Great Food*. Bald hinter der Abzweigung geht die Straße in einen improvisierten Parkplatz über.

Der Strand ist spektakulärer, als ihn sich ein Fünfsternetourist in seinem Luxus-Getto erträumen kann: Felsen und Steine, dazwischen kleinere Flächen mit dunklem, fast schwarzem Sand. Dahinter Hügel voll mit Agaven, wilden Palmen.

Eine Hütte, aus Brettern zusammengenagelt, rosa und lila lackiert, Tische auf einer hölzernen Terrasse, fast alle sind besetzt.

„Evelyn kocht großartig", erzählt Agnes. „Nächstes Jahr eröffnet sie ein Restaurant, in der Hauptstadt. Ich weiß nicht, was ihre Tochter in den USA verloren hat. Und jetzt im *Senses*."

„Hi, Honey, ist deine Tochter hier? Claire?", ruft Agnes der Frau hinter dem Tresen zu. Rundes Gesicht, freundliche Augen, ein buntes Tuch auf dem Kopf. Es folgt wohl so etwas wie eine nähere Erklärung, allerdings in Patois. Ich verstehe kein Wort außer ab und zu „Okay" und *„Senses"*. Evelyn ist heller als die durchschnittlichen St. Jacobianer, fast so hell wie Claire. Sie sieht mich neugierig und offen an, lächelt. „Meine Tochter ist nicht da, sie arbeitet im Hotel."

„Sie ist Information Manager", ergänze ich.

Evelyn nickt stolz. „Am Abend wird sie kommen. Sie hat studiert, in den USA. Wie ich es wollte, auch Frauen sollen etwas lernen. Wir müssen unser eigenes Geld haben und unabhängig sein. Das ist besser, als sich auf andere zu verlassen."

Und wenn sie sich doch verlassen hat, aber auf den Falschen? Wie fragt man eine Mutter so etwas?

Zum Glück gibt es rund um die Bar genug Leute, die neugierig auf ein unbekanntes Gesicht reagieren. Evelyn geht zu einem großen Holzkohlengrill, sie wendet Hühnerteile und bepinselt sie mit einer roten Paste. Das Wasser läuft mir im Mund zusammen. Immerhin habe ich heute das Frühstück verschlafen.

„Man hat das *Eight Senses* tatsächlich eröffnet", nickt ein Weißer in Khaki-Shorts. „Ich bin schon seit zwanzig Jahren auf der Insel, in Schottland war mir das Wetter zu schlecht. Hätte ich mir nicht mehr gedacht, dass die wirklich aufsperren. Da soll es eine Menge an Bestechungsgeldern gegeben haben, die Regierung hat auch mitgeschnitten und Baufirmen erzählen …"

„Und jetzt noch der Mord", kürze ich seinen Redefluss ab. Er und seine Begleiterin nicken eifrig. „Hat wohl damit zu tun, alles hat mit allem zu tun, sage ich immer. Man hat einen deutschen Unternehmer festgenommen, hört man."

„Kennen Sie Claire? Wie ... ist sie?"

Die Frage irritiert das Paar sichtlich.

„Natürlich. Wir kennen sie, seit sie als Zwölfjährige nach der Schule hier in der Bar gehockt ist und ihre Aufgaben gemacht hat. Sie war so schüchtern, dass sie sich oft unter einer Decke versteckt hat."

„Sie ist eine großartige junge Frau. Wenn sie frei hat, dann ist sie hier, sie hilft ihrer Mutter, obwohl sie auf der Universität war. Sie ist lieb und brav und tüchtig", fasst seine Begleiterin zusammen.

„Und hübsch", ergänze ich. „Hat sie viele Freunde?"

„Nein ... Sie hatte einen Freund, aber mit dem ist es wohl aus."

Ich muss es direkt angehen, auf die Gefahr hin, dass sie mich vom Strand jagen. „Könnten Sie sich vorstellen, dass sie etwas mit dem Finanzvorstand von *Planet* hatte? Und an ... eher freizügigen Partys teilnimmt?"

Zuerst fassungslose Blicke, dann großes Gelächter. Claire? Nie im Leben, nein, und der Schotte ergänzt: „Man ist hier sehr katholisch."

Das habe ich schon einmal gehört. „Hat sie Brüder? Vater?"

„Ja, zwei jüngere Brüder. Ihren Vater ... der ist in den USA. Evelyn ist jetzt mit Joe zusammen, er ist der Vater der beiden Jungen."

„Wie jung?"

„So zirka sechs und zehn."

„Was will sie wissen?", mischt sich ein dicker Schwarzer ein. Man erzählt es ihm. Wieder großes Gelächter, also wirklich, Claire und Sex-Partys, absurd.

Das hat jetzt auch Evelyn gehört. Ich komme mir dumm vor. Peinlich, wenn eine aus dem Luxushotel kommt und absurde Sachen fragt. Doch Evelyn wird nicht wütend, sie schüttelt lächelnd den Kopf, ihr freundliches Doppelkinn wackelt. „Das ist böses Gerede, das gibt es aber nicht nur dort, sondern auch bei uns. Sie ist zu klug, das gefällt nicht allen."

„Warum nicht?"

„Sie hat Management studiert, sie kann nicht nur Werbung machen, sondern auch rechnen. Sie haben nach dem Finanzchef von *Planet* gefragt? Nach dem, der ermordet wurde?"

Ich nicke.

„Er hat sie selbst eingestellt. Er hat sehr viel von ihr gehalten. Er hat sie eingestellt und wollte sie fördern."

Und wenn sie dafür zu der einen oder anderen Gegenleistung bereit war? Aber natürlich frage ich das nicht. Ich kann es mir eigentlich auch nicht vorstellen. Warum sollen Frauen nur Karriere machen können, wenn sie ihren Körper einsetzen? „Ist es nicht Hoteldirektor Muller, der die Mitarbeiter einstellt?"

„Ich glaube, es ist ein Grund, warum er Claire nicht leiden kann. Weil sie direkt von oben, von den Konzernchefs, gekommen ist."

„Wo ist Claire?"

Evelyn sieht mich irritiert an: „Im Hotel."

„Dort ist sie nicht. Man hat sie schon länger nicht gesehen. Kann es sein, dass sie den Finanzchef von *Planet* … näher gekannt hat?

„Ob er ihr Lover war? Unsinn. Sie hätte es mir erzählt. – Sie sagen, niemand weiß, wo sie ist?"

„Hat sie eine Firma erwähnt, die dem Resort ein Öko-Siegel geben sollte? Zwecks Bio und Klima und Natur und so?"

„Hat sie. Da gab es einen Streit … Ich rufe sie an."

Sie wischt sich die Hände ab, zieht ein Smartphone aus der Schürze. Doch Claire meldet sich nicht.

Jetzt ist Evelyn besorgt. „Ich weiß nicht, wo sie sein kann. Sie ist im Hotel. Oder zu Hause. Oder bei mir hier."

Ich überlege. Was, wenn Claire enger mit dem Finanzvorstand zusammengearbeitet hat, als die meisten vermuten? Wenn auch anders, als Muller angedeutet hat? Laut Seefeld war der Konzern-Verantwortliche da, um das Resort zu kontrollieren. Kann natürlich auch sein, er erzählt mir das, um den Verdacht auf Muller zu lenken. Von dem aber jedenfalls behauptet wird, er könnte von Unregelmäßigkeiten gewusst haben, sie gedeckt haben, vielleicht sogar daran beteiligt gewesen sein? Claire hat bei ihrem Streit mit Muller solche Andeutungen gemacht. Wenn ich mich nur genau daran erinnern könnte, was sie gesagt hat … Muller hat Seefeld bei unserem Dinner in Schutz genommen, zumindest was den Mord angeht, warum? Rache eines Verwandten nach einer Sex-Party, so ein Unsinn. Es passt nicht. Es gibt viel wahrscheinlichere Motive.

„Agnes, fährst du mich zurück zum Hotel?"

Sie nickt. „Ich … wir melden uns", rufe ich Evelyn zu. Fast ist es eine Flucht. Und genau so fährt Agnes auch. Als wir auf einer Hügelkuppe sind, sehe ich nahe am Meer eine schwarze Rauchsäule aufsteigen.

„Das Resort. Es brennt", stammle ich.

„Unsinn, das kommt von der Mülldeponie, seit das *Senses* eröffnet worden ist, stinkt es dort noch viel mehr."

„Sie soll zugesperrt werden, hat Muller gesagt. Es gibt ein Projekt …"

„Jaja. An dem er groß verdienen wird. Ich weiß zufällig, dass er das Gelände gekauft hat. Über einen windigen Strohmann. Aber niemand will darüber reden, weil alle hoffen, dass die Deponie verschwindet. Vielleicht sorgt er ja dafür. Die Leute finden es klasse, dass er sich engagiert, er hat sogar einen Container aufstellen lassen und hat einen Schreibtisch dort, mitten im Gestank. "

Was hat Muller gesagt? Ein Ort zum Verlorengehen.

„Das sehen wir uns an."

„Ich dachte, wir suchen Claire. Ich mag dort nicht hin."

„Weil es ein Platz für Geister ist?"

„Du meinst Jumbies? Man sieht sie in der Nacht, aber sie sind immer da und auf der Deponie ist selbst am Tag fast Nacht."

Vielleicht habe ich mich getäuscht. Auch was Blutrache angeht, weil die schöne Claire mehr oder weniger offenherzigen Sex mit dem Finanzvorstand hatte. Sie wirken bloß … angepasst. Vielleicht wegen der Smartphones.

„Sorry, aber: Du spinnst."

Ich sehe Agnes alarmiert an. Kann sie jetzt auch Gedanken lesen? Was kommt als Nächstes? Voodoo?

„Ich meine: Geister? Geht's noch? Ich fahre dort nicht gern hin, weil es dort giftige Dämpfe gibt. Und weil der Chief der Deponie, dieser Strohmann, ein ganz mieser Typ ist. Man sagt, dort sind schon Leute verschwunden. Und das hat null mit Geistern zu tun."

Palmenwald in beißendem Nebel. Die hohen Bäume wie aus seit Jahrhunderten verstaubtem Plastik. Stinkgrau. Die Luft ist zum Schneiden, jetzt weiß ich, was das bedeutet. Nur dass es eigentlich keine Luft gibt, sondern böses Gas. Agnes parkt das Taxi unter einem Busch, sie kramt im Handschuhfach und hält mir einen Mund-Nasen-Schutz hin.

„Leg ihn an. Ist besser als nichts. Der Eingang zur Deponie ist zu, ich weiß, wie man reinkommt, aber ich weiß immer noch nicht, was wir da sollen."

Wir schlagen uns durchs Unterholz, der giftige Rauch wird noch dichter. Ein Pfad. Es riecht grauenvoll, die Masken ändern wenig daran. Stoffmasken wären besser, auch umweltschonender als solche Einwegdinger aus Papier, Kinkerlitzchen gegen das, was hier an Umweltverbrechen abgeht. Verbrennungsgase. Ruß. Agnes hat recht. Das Zeug ist viel gefährlicher als Jumbies. Es war Wahnsinn, hierherzukommen. Nur auf einen vagen Verdacht hin. Wir müssen zum Meer, dort wird es besser sein. Wasser. Agnes deutet nach links. Meine Augen tränen. Gefährliches Glosen, ein glosender Hügel, zwei Arbeiter mit einer Art von Gasmaske schaufeln immer neuen Müll hinein. Ich kann Rentiergeweihe erkennen, mir scheint, als hätte ich auch einen Teil des Schlittens gesehen. Aber der ist Beweismaterial. Jingle bells, jingle all the way. Plötzlich stieben Schneeflocken in die Luft, weiß, dann grau. Zwei total verkehrte Herren Holle sind da am Werk. Beinahe lautlos. Nur leises Knistern und Knacken. Meine Lunge schmerzt, es zieht mich zum Wasser, aber davor ist die Hölle. Wir müssen zurück, vielleicht geht es schneller, wenn wir diese Abzweigung nehmen. Ein halb verfallenes Holzhaus. Daneben ein rostroter Container. Ein eigenartiges Geräusch. Ein Tier. Tier? Im Giftnebel? Ich presse ein Papiertaschentuch vor die Maske, unterdrücke den Husten. Agnes ist schneller beim Haus als ich, sie sieht in das Loch, das wohl einmal ein Fenster war, sie winkt mir.

Muller. Mit schwarzem Mundschutz. Autoritär. Perfektes Englisch. „Du unterschreibst das. Dann lass ich dich gehen."

„Das tu ich nicht. Du kommst nicht davon. Und meine Mutter ..."

Claire. Pfeif auf deine Mutter, unterschreib, will ich ihr zurufen. Hauptsache, weg von hier. Soll Muller seine dreckigen Geschäfte ... Aber was hat Agnes gesagt? Da sollen schon Leute verschwunden sein. Ich spähe durch das Fensterloch. Claire springt auf. Muller fasst sie brutal am Arm, sie stürzt, schreit. Ich sehe, dass Agnes eine Holzlatte aufhebt und zu dem Loch geht, das einst wohl der Eingang war. Muller dreht sich um.

„Loslassen", schreie ich. Nebel und Gestank lassen meine Worte stumpf werden.

„Selbst schuld", sagt er und zieht ein Seil aus der Brusttasche. Ein Metallseil, jetzt ist es um Claires Hals. „Ihr geht", herrscht er mich auf Deutsch an, „sonst ziehe ich zu."

„Unterschreib", rufe ich Claire zu, als ob es darauf jetzt noch ankäme.

Ich bewege mich langsam rückwärts, stolpere, ein scharfer Schmerz in der Hand.

„Ich weiß alles", rufe ich ins graue Gas.

„Dein Pech", antwortet Muller völlig uncharmant.

„He took money, much money", schreit Claire, sie habe dem Finanzchef alles erzählt, sie wisse, wo die Kopien der Unterlagen sind.

Zeit gewinnen. Solange wir reden, bringt er niemanden von uns um. Zeit gewinnen wofür?

„Lass sie gehen", sage ich noch einmal. „Ich halte den Mund. Und Agnes auch." Warum sollte er mir glauben? Er zieht Claire mit dem Seil um den Hals aus dem verfallenen Haus, ich taumle zurück. Er fixiert mich. Seine Augen sind nicht kalt, es ist, als ob er keine hätte. Aufgemalt. Dann schlägt er mir mit seiner freien Hand ins Gesicht. Ich spüre, wie meine Lippe aufplatzt, schmecke den brennenden Müll. Ich fummle nach der Maske, ziehe sie mir, so gut es geht, wieder zurecht. Wo ist Agnes? Sie ist weg, verschwunden, ist sie … Trotzdem. Ich schreie, versuche, so laut wie möglich zu sein, vielleicht hören mich die Heizer da draußen.

„Die Heizer gehören mir", lacht er böse, „sie wissen, wie man so etwas macht."

Gewaltige schwarze Männer mit Gasmaske und Dreck bis tief unter die Haut. Der eine hat Agnes. Mein Schrei wird ein Winseln.

Dann noch ein Schrei, viele Schreie, Jumbies, es gibt sie. Alles grau und giftig. Muller liegt am Boden, der dicke Schwarze vom Strand ist da, immer noch in Badehose und

Tanktop, die Schotten, Evelyn, die zu Claire stürzt, zwei, drei andere Männer, schließlich, etwas später, höre ich eine Polizeisirene. Die Müllleute rennen Richtung Feuer, Wortkaskaden, erhobene Arme, Voodoo vor Rauch und glosendem Mist. Agnes und Evelyn verhindern mit knapper Not, dass die Männer Muller lynchen. Ich habe es gesehen. Auch wenn sie mir später erzählen, dass sie lediglich darüber diskutiert hätten, wie man ihn am besten festhalten könnte. Wer weiß. Wer will es wissen.

Frau Lohenberg hat mich zu ihrem nächsten Sommerfest eingeladen, als einzige Mitwisserin ihrer ewigen Liebesaffäre. Auf Prinzessinnen-Briefpapier. „Ausgerechnet einer Journalistin musste ich davon erzählen", hat sie gesagt und auf ihre eigentümlich zurückhaltend amüsierte Art gelacht.

ECCO bekam eine Story, die so gar nichts mit herkömmlichen Reisereportagen zu tun hat. Und *Planet* hat mir öffentlich gedankt. Man sei glücklich, dass alles ans Licht gekommen sei, auch im Interesse der „Zukunft unserer Erde". Das halte ich für ein wenig hoch gegriffen.

LOIS DER SEHER

Wenn du die Küche des *Shanghai Plaza* kennst und im *Petit Bouche* in Lyon mit dem größten Egomanen der Weltgeschichte gestritten hast, wenn deine Ehe mit einem Kochjunkie platzt, wenn du als Nummer zwei im spanischen Sternetempel alles gegeben und nicht einmal dein Gehalt bekommen hast, dann ist es Zeit für einen besseren Ort. Ich habe meinen im Weinviertel gefunden. Im *Gasthaus Apfelbaum*. Dort bin ich vor vielen Jahren kurz eingesprungen, also kann ich auch von einer Rückkehr sprechen. Genau so fühlt sich für mich das Weinviertel an: als wäre ich schon immer hier gewesen und nur zwischendurch mal kurz weg. Weil das Naheliegende dadurch erst so richtig schön wird.

Ich bin Köchin und Wirtin. Ohne Direktoren, F&B-Manager und wechselnde Konzerneigentümer. Ohne die Hysterie wegen Auszeichnungen und den Kampf um wirklich neue Kreationen. Bei mir gibt es eine Stube, in der die Tische weiß gedeckt sind, und einen Schankraum mit alten Holztischen. Da kann es schon einmal passieren, dass unser Rinderbaron im Tanktop und mit kurzer Hose auf einen Gespritzten vorbeischaut. Natürlich ist er kein Baron, sondern ein Bauer, der sich gemeinsam mit seiner Frau von ganz klein auf eine Rinderherde und viele Bio-Äcker hinaufgearbeitet hat. Die Leute hier haben Sinn für Spitznamen. Aber Gäste von weiter weg fragen mich immer wieder, ob er denn wirklich ein Baron sei und aus welchem Geschlecht. Dabei hat man den Adel bei uns schon vor mehr als hundert Jahren abgeschafft. Zu mir kann er jedenfalls kommen, wie er will. Am Feld ist es mitunter heiß, auch wenn Traktoren längst klimatisiert sind. Er liefert das allerbeste Rindfleisch und ich mag seinen herben Charme. Ruppig wie die Galloways auf seinen Weiden, viel witziger als die angeblich Noblen dieser Welt mit ihrem eitlen Geschwätz. Und keiner von denen würde mir den Schnee wegschieben, der leise über Nacht kommt, unsere Hügel anzuckert und den Parkplatz unbenutzbar macht.

Jeden Sonntagvormittag sitzen die Männer am Stammtisch. Ja, es sind immer noch bloß Männer. Der Rinderbaron und der gutmütige Tischler in Pension, der Bestattungsunternehmer, der auch Fenster verkauft – oder ist das sein Bruder? –, der ehemalige Burgschauspieler mit seiner weißen Mähne und der noch immer klingenden Stimme. Manchmal ist einer dabei, dem angeblich eine Klavierfabrik in China gehört hat. Wenn ich behaupte, dass Frauen ihr Getratsche nicht aushalten würden, sind meine Stammtischhelden empört. Aber auf eine lustige Art, die nichts mit der allerorts grassierenden beinahe schon wütenden Empörung zu tun hat. In Wirklichkeit kochen die meisten Frauen wohl gerade Mittagessen. Bei gewissen Verhaltensweisen hat das Weinviertel noch Entwicklungspotenzial, das sage ich jetzt nicht als Köchin, sondern als Frau. Weil Sonntagmittag brauche ich keine zusätzlichen Gäste, da ist das Lokal gesteckt voll. Hat eben auch Tradition, dass man am Sonntag essen geht. So wie vieles gleichzeitig existiert. Im Weinviertel und sonst auf der Welt. Bei mir gibt's sogar zwei Speisekarten: eine mit den Gerichten eines traditionellen Gasthauses, eine mit dem, was ich rund um den Erdball – außer durchzuhalten – sonst noch gelernt habe.

Ich bin mir nicht sicher, was diese Gegend so besonders macht. Ist es die hügelige Landschaft mit den immer wieder überraschenden Blicken auf Wien? Ist es dieses Unspektakuläre, das einem Zeit gibt, durchzuatmen, einfach nur zu schauen, zu sein? Aber Unspektakuläres gibt es bald wo. Und hügelige Landschaft auch. Selbst die Menschen sind meistenorts nett, wenn man ihnen halbwegs offen und freundlich entgegenkommt. Wein wächst bekanntlich in vielen Gegenden. Ich glaube, es ist die Mischung aus all dem, die das Weinviertel prägt: Landschaft und Menschen und auch der Wein. Grüner Veltliner mit dem besonderen „Pfefferl", das manche nie, einige immer und die Ehrlichen bloß in besonderen Momenten schmecken. Aber auch Welschriesling und Weißburgunder, Zweigelt und seit einiger Zeit selbst Sorten wie Cabernet Sauvignon. Auf steile steinige Lagen gepflanzt, entwickelt er eine herbe Süße, die ich bisher nur bei uns geschmeckt habe.

Weil natürlich wird im *Apfelbaum* nicht nur gegessen, sondern auch getrunken. Ich biete ausschließlich regionale Weine an, das habe ich von den selbstbewussten Landgasthöfen Frankreichs übernommen. Und es bedeutet für mich eine Abhängigkeit weniger: die von den Weinhändlern. Dafür immer wieder Winzerinnen und Winzer, die im *Apfelbaum* Rast machen, über ihre Arbeit und das Leben erzählen und dann, meist nach einem Kaffee, schnell weiterfahren. Das Winzerleben ist nicht mehr so beschaulich, wie sich das gewisse Romanautoren vorstellen. War es vielleicht nie.

Natürlich wird überall getrunken. Und natürlich muss man trinken. Der Mensch besteht nun einmal zum überwiegenden Teil aus Wasser und scheidet welches aus und braucht neues, um weiterzuleben. Aber wenn man bei uns sagt: „Trinken wir einmal", meint man kein Wasser. Dann geht es um Wein. Nicht nur unsere Weinbauern halten ihn für überlebensnotwendig. Es soll freilich trotzdem schon vorgekommen sein, dass zu viel Wein zum Tod führt. Da gibt es nichts zu beschönigen, auch wenn bei uns die Studien, laut denen eine Flasche am Tag gesund sein soll, viel häufiger zitiert werden als jene, die sich auf Statistiken und Milligramm reinen Alkohols beziehen. Wer trinkt schon puren Alkohol? Und wenn, dann ist es ohnehin für alles zu spät. Aber jetzt gibt es im *Apfelbaum* ein ganz neues Phänomen, was den Alkohol und seine Auswirkungen angeht. Ich halte mich im Allgemeinen an die Realität. Esoterisches hat wenig Platz, wenn man einen Gutteil seines Lebens in der Küche zugebracht hat. Es gibt Ursache und Wirkung. Und eigentlich hat das mit dem Lois ohnehin damit zu tun. Wenn auch auf eine eigentümliche Art. Es sieht so aus, als ob der Lois, wenn er genau sechs Achtel Wein getrunken und auch sein Gegenüber genau sechs Achtel Wein getrunken hat, in die Zukunft sehen kann.

Dabei ist der Lois nicht gerade so, wie man sich einen Seher vorstellt. Kein wandelndes Wunder mit stechendem Blick, kein Getue vor der Wahrsagerei. Er sitzt, wie schon seit Jahren, an Tisch zwei in der Schank. Im Winter in seinem roten, abgewetzten Pullover. Im Sommer in einem hellblauen kurzärmeligen Hemd, das nicht knittert. „Dankbar" nennt Tante Anna solche synthetischen Gewebe. Kann sein, dass man schwitzt, aber man muss so etwas nicht bügeln. Zwar soll es auch Männer geben, die diese Kulturtechnik erlernen, aber es muss nicht sein. Und Frau hat der Lois keine. Nicht mehr.

Die ist vor einigen Jahren mit einer Gruppe von Leuten in die sibirische Tundra gezogen. Bis heute kursieren die wildesten Gerüchte, was sie dort tun. Angeblich reden sie mit dem Permafrostboden, um ihn am Auftauen zu hindern, es kann aber auch sein, dass es genau umgekehrt ist, und sie rechnen sich aus, dass es dort bald schon riesige Getreidefelder geben wird, keine Kleinhäusler-Äcker, wie der Lois sie hat. Die üblichen Fantasien von Kommune, freier Liebe und Ähnlichem haben natürlich auch geblüht. Kein Wunder, beim real doch eher biederen Liebesleben der meisten hier. Den einen oder anderen ebenso biederen Seitensprung inklusive. Ich glaube, der bärtige Anführer hat einfach abenteuerlicher gewirkt als unser Lois. In ihrer Jugend soll seine Frau eine „wilde Henn'" gewesen sein. So eine, die mit den Burschen auf dem Motorrad mitgefahren ist. Das war schon was in den Siebzigern des vergangenen Jahrhunderts.

Der Lois ist Nebenerwerbsbauer und vorzeitiger Bundesbahnpensionist. Auch wenn gewisse Politiker die Menschen dazu drängen, länger erwerbstätig zu sein, es gibt welche, die will die Wirtschaft nicht mehr. Niemand will sich den Kopf darüber zerbrechen, ob solche Leute anderswo Sinnvolles leisten könnten. Es rechnet sich nicht. Und worum geht es denn sonst? Der Lois hat eine Arbeit gemacht, die jetzt vollautomatisiert erledigt wird. Schwer liegt er dem Staat nicht auf der Tasche. Ihm selbst war die Landwirtschaft ohnehin immer lieber. Auch wenn er davon nie leben konnte. Wobei das Einkommen aus seinem Bauernhof nicht mehr, sondern eher weniger wird. Viel zu trocken war das heurige Jahr für eine gute Getreideernte. Da reden selbst unsere Helden am Stammtisch vom Klimawandel, ohne sich über Ökos und andere, die die Welt retten wollen, lustig zu machen. Ist eben etwas anderes, wenn es einen selbst betrifft. Oder den Nachbarn. Wobei die Sache mit dem Getreide, dem Brot und dem Geld ja auch so eine ist, die mir erst hier im Weinviertel deutlich geworden ist: In der Stadt kommt das Brot für die meisten aus dem Supermarkt. Man fragt nicht nach dem Bäcker, sondern nach dem Preis, vielleicht noch danach, ob es wirklich frisch aufgebacken ist. Die nach dem Bäcker fragen, sind wenige, quasi eine Elite. Manche, weil sie genug Geld für alles haben, manche, weil ihnen gut zu essen einfach wichtiger ist als dem Durchschnitt. Aber wer fragt nach dem, der den Weizen sät und hoffentlich auch erntet? Bestenfalls Werbefachleute, wenn mit der Sehnsucht nach dem Alten und der Heimat etwas verkauft werden soll. Gentechnikfrei natürlich. Und so, wie es schon immer war.

Mit dem Lois kann man solche Gefühle allerdings kaum verkaufen, obwohl sein Getreide von hoher Qualität ist. Der besonders gute Hartweizen geht nach Italien, sie brauchen ihn fürs Nudelmehl. Vielleicht eine Erklärung dafür, dass es bei uns gute Nudeln nur als Nischenprodukt gibt. Lois, der Nebenerwerbsbauer, wird nie ein Werbestar werden. Nicht einmal bio ist sein Betrieb, weil er sich die Bürokratie und die Kontrollen nicht antun möchte. Und besonders schön ist er auch nicht, er hat ein eher fliehendes Kinn und diese Art von braunem Haar, das langsam ausbleicht und dünner wird, bis man erstaunt feststellt, dass es weg ist. Er kann keinesfalls mithalten mit dem attraktiven Biobauern, der seit Jahren mit dem hübschen Schweinchen, immer jung und keck, im Fernsehen über Paradeiser und Paradiesisches plauscht. Erst vor kurzem habe ich gelesen, dass keiner dieser saulieben Werbestars in die Wurst kommt. Sie dürfen auf einem Gnadenhof leben. Ich stelle mir das vor wie in diesen Heimen für in die Jahre gekommene Schauspieler. „Kannst du dich noch erinnern? *Macbeth* in Linz, meine Güte, was war ich für ein Macbeth, und die Lady Macbeth …"

Aber zurück zum Lois. Er sitzt eben gerne an Tisch zwei in der Ecke. Dort wird man kaum gesehen und kann selbst gut beobachten. Wobei: Den Lois hätten viele auch nicht bemerkt, wenn er in der Mitte der Schank gethront hätte. Das hat sich geändert. Seit er begonnen hat mit seiner Weissagerei. Wann das genau war, weiß nicht einmal ich, obwohl es in meinem Gasthaus geschehen ist. Die Prognosen haben auch nicht immer ganz genau gestimmt. Niemand hat ihm das übelgenommen, nicht einmal Radioastrologinnen – also solche, die im Radio auftreten, nicht solche, die es mit Sternen und Strahlen versuchen – treffen immer ins Schwarze. Ich vermute, dass es den meisten seiner Klienten eher ums Trinken gegangen ist. Es waren zu Beginn auch nicht exakt sechs Achtel, sondern einmal mehr, einmal weniger. Weder die Farbe noch der Alkoholgehalt haben eine Rolle gespielt, nur schmecken hat ihm der Wein müssen. Davon habe ich zum Glück einige. Weinviertel bürgt eben für Qualität. Und es haben althergebrachte Achtellitergläser sein müssen, nicht meine schönen Stilgläser ohne Markierung. Wie solle er sonst sehen, wann er auf dem nötigen Quantum ist? Kann sein, dass er mit zunehmender Popularität nach teurerem Wein verlangt hat, aber wer ist schon so selbstlos, gar nicht vom eigenen Talent profitieren zu wollen? Eines war klar: Wer etwas erfahren will, der zahlt. Der Lois ist listiger, als die meisten glauben, habe ich mir gedacht. Und er hat, unscheinbar wie er war, viel gehört und gesehen. Voraussagen brauchen eine gewisse Basis an schon Geschehenem. Das gilt es dann eben gekonnt zu verknüpfen. Vielleicht hätte er nach seiner Bundesbahnlaufbahn Experte für Wahl- oder Wirtschaftsprognosen werden können. Aber, wie gesagt, um so etwas kümmert sich unser Arbeitsmarkt nicht. Also ist er an Tisch zwei gesessen und hat mir bescheidenen, aber zusätzlichen Umsatz beschert.

Und dann ist es passiert.

Das heißt, begonnen hat es schon eine Zeit früher. Mit einer der Prophezeiungen. Genau sechs Achtel Veltliner, vom besonders guten, dem Weinviertel DAC, hat der Lois getrunken. Und sein Gegenüber, der Stefan Zuber, auch. Der Zuber ist Versicherungsmakler, aber er war schon alles Mögliche, nur nicht erfolgreich. Jedenfalls gibt er sich gern den Anschein, Geld zu haben, deswegen hat er dem Lois von sich aus keinen Schank-, sondern den teureren Wein ausgegeben. Dabei, das wissen alle, ist das Geld von seiner Frau. Sie lässt es ihn auch spüren, dass ihr Vater Sägewerksbesitzer war und sie jeden, aber auch wirklich jeden hätte heiraten können. Jedenfalls hat der Lois dem Zuber vorausgesagt, dass er von einem Auto angefahren werden wird. Ich weiß das, weil der Zuber empört aufgeschrien hat. So eine blöde Prognose für so viel teuren Wein! „Was kann ich dafür, was dir passiert?", hat der Lois ruhig geantwortet. Eigentlich war es kein besonders gewagter Blick in die Zukunft. Seit wir nahe an einer Autobahnabfahrt liegen, wird der Verkehr mehr. Und der Zuber trinkt nicht nur, wenn es um Erkenntnis geht.

Eine Woche und einige Prophezeiungen später, es war schon finster, ist der Zuber ins Lokal gewankt. Hans, mein Ober, hat in die Küche gebrüllt. „Jetzt hat man ihn wirklich angefahren, den Zuber!"

Ich habe das Paprikahendl sein lassen und bin hinaus. Zubers Gesicht war, als hätte man versucht, ihm mit einem Buttermesser die Haut abzuziehen. Voller roter, teils blutender Stellen, gehinkt hat er auch, und mit den Armen gerudert, und er war über und über voller Staub.

„Ich bin daheimgeblieben, nicht, weil ich ihm geglaubt hab, dem Lois, sondern zur Sicherheit", hat er gekeucht. „Ich hab mich alle Tage vor den Fernseher gesetzt. Und die Lisi ist dort gesessen, wo sie immer sitzt. Beim großen Erkerfenster zur Straße, da kann sie nah- und fernsehen, haben wir immer gesagt, auch wenn ich das nicht mehr sagen sollte, weil …" Noch mehr Armrudern. Schwer verletzt ist er nicht, hab ich mir gedacht.

„Und dann ist ein Auto gekommen", assistiert ihm Hans.

„Ins Wohnzimmer", höhne ich. Es hat schon einen Grund, warum er von gewissen Gästen „Der große Blöde mit dem schwarzen Schuh" genannt wird, aber Personal ist bei uns schwer zu kriegen. Und Hans ist loyal. Und immer wie aus dem Ei gepellt.

„Genau!", keucht Zuber. „Unser Haus ist ja in dieser Kurve. Da ist schon öfter einer reingefahren. Aber diesmal … Es war ein Lkw, auch wenn ich nichts gesehen habe außer der riesigen Motorhaube, die plötzlich da war, wo unser Philodendron gestanden ist. Und das Fenster in Scherben und der ganze Erker weg. Und darunter die Lisi. Unter dem Lkw. Und alles voller Schutt. Und der Lois hat es vorausgesagt: ‚Es wird ein großes

Unglück passieren und du wirst von einem Auto angefahren.'" Er deklamiert es mit voller Stimme, so, als hätte er Nachhilfestunden bei unserem lieben Burgschauspieler genommen.

„Von einem großen Unglück war nicht die Rede", widerspricht Hans.

„Weil du das weißt!", brüllt Zuber noch immer mit Bühnenstimme. „Jedenfalls … jetzt ist sie tot."

Noch vor Mitternacht ist die Nachricht durchs ganze Dorf: Der, dem man nie viel zugetraut hat, weiß, was die anderen erst später sehen.

Weil Fakten sind nun einmal Fakten. Lisi Zuber ist auf ihrem Stammplatz im Wohnzimmer unter einen Lkw gekommen. Das Unglück. Und Stefan Zuber wurde angefahren, so wie es der Lois prophezeit hat. Dem Schicksal kann man nicht entrinnen, indem man sich vor ihm versteckt. Solche und ähnliche Sätze gab es viele an diesem Abend im *Apfelbaum*. Die Sache mit dem Unglück und der Fahrerflucht hat es sogar bis in die TV-Nachrichten geschafft. Kann sein, dass ein wenig lokalpatriotischer Stolz mitgeschwungen hat, als wir alle nach oben zum Fernseher gesehen haben. Ich brauche ihn für die grassierenden Fußball- und Ski-Übertragungen, er hängt hoch an der Wand, wie die Wirtshausfernseher vor sechzig Jahren, aber natürlich ist er flat. „So was gibt's nur bei uns", hat der Rinderbaron gebrummt. Aber mit dem, was es nur bei uns gibt, ist es gerade erst losgegangen.

Weil die unbestreitbaren Tatsachen haben sich ganz schnell über den Umweg vielfältiger Gerüchte zu neuem Glauben erhoben. Wir leben in einer seltsamen Zeit. Die Kirchen sind leer. Vielen ist der Glaube, also der althergebrachte, der an Gott und Jesus und die Taube, also den Heiligen Geist, abhandengekommen. Und niemand soll sagen, dass diejenigen, die so gerne das „christliche Abendland" beschwören, deswegen schon katholisch sind. Die glauben, dass sie besser sind, wenn sie alle anderen rauswerfen. Andere glauben an alles Mögliche, das hoffentlich weniger gefährlich ist. Wissen ist jedenfalls anstrengender. Man muss es sich immerhin aneignen. Und dann weiß man doch nicht so genau. In Zeiten von Fake News könnte das ganze Lesen und Nachdenken für die Katz gewesen sein. Selbst Videos lassen sich heutzutage fälschen. Die unglaublichsten sind allerdings echt, da gibt's bei uns Politiker, die ein Lied davon singen können. Die Wetterprognose ist auch nicht mehr das, was sie einmal war, und was man in Gratiszeitungen liest, erzählt man zwar weiter, aber geglaubt wird es erst, wenn es über andere, quasi mündlich, zu einem zurückkommt. Dafür glaubt man an Zuckerkügelchen, die heilen. Oder daran, dass der Klimawandel von den Chinesen erfunden wurde. Und dass das Coronavirus eine Geißel Gottes ist, kann man nicht einmal widerlegen. Weil wer kann ihn schon interviewen, geschweige denn überführen?

Und dann kommt der Lois und seine Prophezeiung tritt ein.

Selbst Tante Anna hat sich bemüht, einen Termin bei ihm zu bekommen. Durch ihr Interesse hat der Lois so etwas wie die höheren Weihen bekommen. Sie ist nicht nur meine Tante dritten oder vierten Grades – die Verwandtschaftsverhältnisse sind schwierig, sie ganz zu durchschauen ist mir nie gelungen –, sie ist mehr oder weniger mit allen im Dorf verwandt. Dort waren Bertholds und da Hofers und die haben geheiratet und der Großvater Müllebner war der Bruder vom Zuber, und der ist der Onkel der Tante Anna. Und so. Oder so ähnlich. Unsere Tante Anna ist eine, die sich gerne absichert. Sie geht zu Wahrsagerinnen und in die Sonntagsmesse. Vielleicht hat Zweiteres ja auch damit zu tun, dass dort davor und danach immer noch ein guter Umschlagplatz für Neuigkeiten ist. Den

Tratschen beiderlei Geschlechts scheint der Glaube, auch der alte, am seltensten abhandenzukommen.

Der Lois heißt seither nur mehr der „Wahrtrinker". Er ist eine lokale Berühmtheit. Und dass er alles anderes als dumm, vielleicht nicht nur zukunftssichtig, sondern sogar weise ist, zeigt Folgendes: Es ist ihm bisher gelungen, sich gegen jede Art von Berichterstattung im Netz zu schützen. Wer etwas über seine Kunst ins Internet stelle, der störe seine Kreise. Das Netz verneble ihm die Sicht, hat er verkündet. Dann gehe gar nichts mehr, weder mit noch ohne Wein. Wobei die Menge seit der Zuber-Vorhersage feststeht: sechs Achtel, nicht mehr, nicht weniger. Kann sein, der Lois hat sich bisher herangetrunken, jetzt weiß er, wie das geht, mit dem Blick in die Zukunft.

Sogar meine Freundinnen Mira und Vesna haben sich wieder einmal blicken lassen. Der *Apfelbaum* liegt zwar nicht weit von Wien, aber manchmal scheint der Rest der Welt näher als das Weinviertel.

„Jetzt also ihr glaubt an Wunder, nur weil ihr euch gewundert habt", sagt Vesna in ihrer trockenen Art. Ihr Deutsch ist inzwischen nicht nur beinahe fehlerfrei, sondern auch ausgefeilt.

Mira sagt nichts, sondern verdreht die Augen. Das hat nicht mit dem Thema zu tun, sondern mit meinem Lamm aus dem Tontopf.

„Er hat viel beobachtet, seit Jahren", murmle ich.

„Hat man den Lkw-Fahrer gefunden?", fragt Vesna.

„Nein. Der Zuber sagt, er hat nur eine Motorhaube gesehen. Und ein ausländisches Kennzeichen, tschechisch oder slowakisch. Bei uns sind nicht viele Leute auf der Straße, wenn es finster ist."

„Keine Spuren?" Vesna wollte eigentlich immer ein Detektivbüro eröffnen. Auch wenn sie ein erfolgreiches Reinigungsunternehmen hat.

„Doch. Eine Ölspur, auf der ist der Lkw offenbar ausgerutscht. Man hat danach auch jemanden auf der Straße gesehen."

„Und?"

„Es hat sich leider herausgestellt, dass es der Zuber war. Er ist einfach aus dem großen Loch im Haus und draußen herumgeirrt. Nachdem er die Feuerwehr angerufen hat."

„Die Feuerwehr?"

„Die ist ihm näher. Und sie sind verbunden, die Blaulichtorganisationen. Seine Frau muss gleich tot gewesen sein."

„Tragisch", sagt Mira. „Das Lamm ist köstlich. Sellerie und Rosmarin mitbraten. Werde ich demnächst probieren."

„Eigentlich backen", lächle ich und freue mich, auf sicherem Terrain zu sein. „Ein Kilo Lammkeule oder Schulter im Ganzen ohne Knochen, Olivenöl und ganz wenig Wein, grobes Meersalz, Rosmarinzweige und eine kleine Sellerieknolle in acht Teilen. Dann Tontopf und Deckel mit einem Papp von Mehl und Wasser abdichten und zwei Stunden bei hundertsechzig Grad im Ofen backen."

„Was ist mit dem Zuber jetzt?", will Vesna wissen.

„Er zieht weg, heißt es. Er will nicht daran erinnert werden, was in seinem Wohnzimmer geschehen ist. Das Haus wird saniert und total umgebaut. Angeblich soll ein Billa rein. Oder ein anderer Supermarkt."

Mira deutet zu Tisch zwei. Dort sitzt der Lois heute mit Marion Berger. Wenn ich richtig gezählt habe, dann braucht es nur mehr ein Achtel und er weiß, wie es um ihre Zukunft steht. Sie redet und redet, dabei ist sie sonst eher eine Stille. Kann sein, das macht der Alkohol. Oder sie hatte es notwendig, dass ihr einmal jemand zuhört. Egal, was der Lois orakeln wird, Marion tut dieser Abend gut.

Auch wir reden und essen und trinken, drei Freundinnen mit alten Geschichten, die immer wieder gerne aufgewärmt werden. Es ist schon gegen Mitternacht und außer den beiden und uns ist niemand mehr da. Irgendwann steht die Marion auf, bedankt sich, zahlt und geht. Der Lois steht auf, ächzt ein wenig, bedankt sich auch. In der Tür dreht er sich um und sagt: „Manchmal ist es nicht leicht."

Mira, Vesna und ich sehen ihn erwartungsvoll an.

„Das Leben", fügt er hinzu und ist weg.

Alle freilich sind nie zufrieden. Vor allem weil der Lois nicht so freundlich ist, Unangenehmes zu verschweigen. Weitererzählen würde er nichts, dazu ist er zu sehr mit Beicht- und Bankgeheimnis aufgewachsen. Aber den einen oder anderen unter vier Augen warnen, das schon. So etwas gehört ja sozusagen auch zu einem Wahrsagejob, wenn man ihn ernst nimmt. Ent-Täuschung.

Also trennt sich der Huber von seinem Teilhaber. Und der Breitlinger wird seinen billigen Wein nicht wie bisher an Weinviertel-Pur-Online los. Frau Kellermann hat plötzlich deutlich mehr Geld. Sie hat sich letzte Woche das Holz zum Heizen schon bequem geschnitten liefern und einschlichten lassen. Kevin und Tscharli sehen aus, als wären sie auch unter einen Lkw gekommen, und seither hat vor dem Türkenwohnhaus niemand mehr die Autoreifen aufgestochen. Der Pfarrer möchte auf Urlaub gehen und seine Haushälterin auch. Die Marion hat mit einem entzückenden jungen Hundemischling aus dem Heim vorbeigeschaut, statt weiterhin auf Carlo zu warten. Der junge Bäcker traut sich endlich, auf den alten Bäcker zu pfeifen. Er hat Klaudia gefragt, ob sie seine Frau werden will, und gemeinsam wollen sie in Zukunft im Nachbarort richtig gutes Brot backen, ganz ohne diese Fertigmischungen.

Es ist sogar die Idee aufgetaucht, dem Lois einen Orden zu verleihen. Nur dass es so etwas in unserem Dorf nicht gibt. Und der Breitlinger und der Ponwieser, denen er quasi ins

Geschäft „getrunken" hat, stimmen gemeinsam mit einigen Freunden in der Gemeinderatssitzung dagegen, extra für ihn einen zu erfinden.

„Die Wahrheit am Band", hat auch der Bürgermeister gespottet. Er hat es nicht so gern, wenn andere im Mittelpunkt stehen.

Und dann ist endlich Tante Anna an der Reihe. Fast hat es gewirkt, als hätte sich der Lois davor gefürchtet, mit ihr zu trinken. Ich kann es verstehen, immerhin ist sie der Profi im Dorf. Was Glauben und Wahrsagerei angeht, und was die vielen kleinen Wahrheiten über die Menschen hier betrifft, sowieso. Üblicherweise trinkt sie ja nicht so viel, zumindest nicht in der Öffentlichkeit. Aber diesmal muss es eben sein, das ist sie der Zukunft schuldig. Dass der *Apfelbaum* heute knallvoll ist, hat allerdings nichts mit ihr, sondern mit den Zufällen der Gastronomie zu tun. Ich stehe in der Küche und habe nur selten Zeit, einen Blick auf Tisch zwei zu werfen. Wie immer ist es das Gegenüber vom Lois, das spricht, während getrunken wird. Kein Problem für Tante Anna. Kann gut sein, er bekommt auf diese Art ausreichend Basismaterial, um auch anderen im Dorf gekonnt weissagen zu können.

Ich schwitze mit meiner bunten Truppe aus Syrien, Thailand, Guatemala und Ulrichskirchen. Zwölf Personen haben das Große Weinviertelmenü bestellt, vor der Tür steht sogar ein Maserati, hat Ober Hans entzückt verkündet. Aber Tante Anna redet ohnehin lieber, als sie schnell trinkt. Als die letzten Gäste ihre Dessertvariation aus Nussparfait, warmem Kürbiskuchen und Schokokrokant vor sich haben, mache ich mir einen Gespritzten und stelle mich an die Theke. Jetzt redet der Lois. Tante Anna wirkt nicht besonders begeistert. Er sollte sich anstrengen, schneller als man glaubt kann die Stimmung kippen und niemand ist mehr bereit, ihm sechs Achtel Wein auszugeben für etwas Zukunft. Die kommt so oder so, das hat gestern auch der Huber festgestellt. Aber der ist ein Sparmeister der Extraklasse. Wartet immer, bis ihn jemand einlädt. Außerdem hat er nicht eben viel Fantasie. Was soll's, er ist ja kein Dichter, sondern Gemeindearbeiter. Das Öl, das den Lkw ins Schleudern gebracht hat, stammt von seinem Arbeitsplatz, dem Bauhof. Das haben die Spurenexperten von der Polizei inzwischen herausgefunden. Wie es auf die Straße gekommen ist, weiß niemand. Auch nicht, warum es offenbar nur zum kleineren Teil vorher und zum größeren, nachdem der Lkw ins Haus gekracht ist, ausgeronnen ist. Altöldiebstahl ist doch eher unüblich. Selbst wenn die üblichen Idioten wieder einmal feststellen, dass vor den Slowaken eben nichts sicher sei.

Der Lois winkt nur matt, bevor er die Gaststube verlässt.

Tante Anna kommt zu mir und nestelt in ihrer großen braunen Tasche nach der Geldbörse. Diese Art Sucherei kenne ich. Sie soll mir Gelegenheit geben, zu sagen: „Lass bleiben, wir sind doch verwandt." Oder etwas Ähnliches. Stattdessen sage ich: „Er wirkt erschöpft, der Lois, findest du nicht auch?"

Tante Anna verzieht den Mund. „Der trinkt schon lang so viel."

„Ich habe nicht das Trinken gemeint. Obwohl auch das …"

„Ich glaub, bei ihm ist der Saft schon raus, wenn du verstehst. Weissagungsmäßig."

„Bist du nicht einverstanden mit dem, was er dir gesagt hat?"

„Darum geht's nicht. Eigentlich hat die Prognose nur beim Zuber so richtig funktioniert, wenn wir realistisch sind. Die meisten anderen Dinge liegen doch auf der Hand. Du brauchst nur eins und eins zusammenzählen. So machen die das auch im Radio. Wenn die Menschen sonst keinen guten Rat annehmen wollen, kriegen sie ihn eben über die Sterne oder die gehobene Psychologie verpackt, oder über sonst etwas, an das sie glauben wollen."

„Ich dachte, du gehst selbst zu einer Wahrsagerin."

„Natürlich. Man will ja eine zweite Meinung. Heutzutage wird alles geprüft und verglichen, da muss so etwas doch fürs eigene Leben selbstverständlich sein. Außerdem steht nirgendwo geschrieben, dass ich der Wahrsagerin glauben muss."

„Dafür hast du ja noch den Herrgott."

„Natürlich. Auch wenn der nicht viel sagt."

„Der Lois war sozusagen deine dritte Meinung."

„Du willst wissen, was er mir prophezeit hat? Gerne. Bitte. Er hat mir erzählt, dass ich noch mehr Geld haben werde. Das weiß ich selbst. Nachdem Marianne ihr Testament öffentlich gemacht hat. Nichts als Schwierigkeiten hab ich damit. Weil diese Lästerer jetzt sagen, dass ich sie nur besucht hab, um zu erben. Dabei hat sie sonst niemand besucht. Und wir sind ja auch verwandt. Ihr Großonkel, du kennst ihn nicht, er ist schon lange tot, war der Mann von …"

„Bitte!", sage ich, „ich werde es nie begreifen."

„Gut. Das war also die Sache mit dem Geld. Das hat man davon, wenn man eine gute Seele ist. Ansonsten hat er mir erzählt, dass sich der Johann, mein Sohn, scheiden lassen wird. Kein Wunder, er hat seit einem Jahr eine Freundin und seiner Frau reicht es schon lange. Ich kann sie verstehen, selbst wenn er mein Sohn ist. Es wird auch mit der Neuen nicht klappen. Und dann hat der Lois glatt vergessen, dass ohnehin schon jeder weiß, dass mein Neffe, der junge Bäcker, bald woanders backen wird. Ich hab ihm gesagt, dass einem bei einer ordentlichen Wahrsagung mehr geboten werden sollte als ein kleiner Schwips – hast du übrigens Wasser in den Wein getan? Ich merke fast nichts, dabei trinke ich sonst höchstens ein halbes …"

„Hab ich natürlich nicht. Es war ein hervorragender Weißburgunder."

„Ich hab schon überlegt, ob das mit der Prophezeiung deswegen so mau war, weil du geschwindelt hast. Na gut, ich glaube dir. Weil der Lois offenbar gemerkt hat, dass ich nicht ganz zufrieden war, und weil er sicher noch mit vielen gratis trinken will, hat er dann noch etwas gesagt. Ich soll nicht auf den Dachboden gehen, er spürt da eine Gefahr. Ich hab ihm zuvor von dem vielen alten Gerümpel erzählt, das wir am Dachboden haben, in sechzig Jahren sammelt sich eben vieles an, aber was daran gefährlich sein soll? Lächerlich. Er will halt, dass ich nicht hinaufgehe, weil wenn ich es nicht tu, dann kann seine Weissagung auch nicht falsch sein. Aber bitte. Nachdem er mit mir über vier Ecken verwandt ist, werde ich den anderen gegenüber schweigen. Und du deckst ihn sowieso."

„Ich decke ihn?"

„Na, du machst ja ein gutes Geschäft mit ihm. Ist nicht viel, wenn man es mit dem teuren Menü für diese Gourmets vergleicht, aber die kommen auch nicht alle Tage."

„Dann geh doch auf den Dachboden und sieh nach!" Mir macht es nichts, wenn ihr etwas passiert.

Besser, man lässt sich von dieser absurden Glaubensblase gar nicht erst anstecken. Soll der Lois bei mir sitzen und weissagen, ich vergönne ihm seine neue Wichtigkeit. Ich werde mich nicht einmischen, wenn es darum geht, wer was glaubt, glauben soll oder nicht glaubt. Sonst hätte ich auch viel zu tun. Unser Dorf ist nicht eben der Mittelpunkt der Welt. Ich war in Gegenden, da kennt man nicht einmal das Weinviertel und Wien vermuten manche noch immer im Ostblock. Oder sie halten es für eine Erfindung Mozarts. Es sind ja auch nicht alle bei uns für oder gegen den Lois, es gibt sie weiterhin, die unaufgeregt Vernünftigen. Gerda und Joschi, zum Beispiel. Eigentlich sei es wie beim Wetter, hat die Gerda vor kurzem gesagt. Manche sehen sich alle Sendungen an, suchen jede Prognose im Internet, und andere warten, wie das Wetter wird. Es kommt sowieso.

Wobei hinter diesen Vorhersagen immerhin eine Wissenschaft steht. Mit Fakten und Daten und Messreihen. Nur dass sich der Wind nicht immer daran hält, was er üblicherweise tut. Das wiederum ist so ähnlich wie bei den Menschen. Ein wenig Vorausschau schadet nicht, hat der Joschi ergänzt. Vor allem, wenn es um die Spätfröste im Weingarten geht. Oder um die Straßenbedingungen, bevor er sich auf Liefertour macht. Auch wenn man sich nie ganz sicher sein kann, wie es wird. Das Wetter. Jedenfalls erlebt man, wie es ist. Und handelt danach. Dann setzt man eben eine Haube auf. Darauf braucht sich niemand lange vorzubereiten. Oder man zieht die Jacke aus. Außerdem würde keiner auf einen Meteorologen sauer sein, weil es regnet. Ganz abgesehen davon, dass wir im Weinviertel mehr Regen brauchen könnten, hat er hinzugefügt.

„Weißt du es schon?", sagt Ober Hans, als ich am Vormittag, etwas später als sonst, mein Gasthaus betrete.

Ich schüttle den Kopf. Hans ist häufig über Dinge erstaunt, dass einem das Staunen kommt. Wer sonst zum Beispiel kann sich darüber wundern, dass ein paniertes Stück Fleisch ähnlich aussieht wie ein paniertes Stück Fisch?

„Der Mann von Tante Anna, das heißt, ich bin ja nicht mit ihr verwandt, ist durch den Dachboden gebrochen."

Und es dauert nicht lange und ich höre es von ihr selbst. Sauline hat sich durch den Sturz ihres Mannes zur Pauline verwandelt. Beinahe entrückt hebt sie ihr etwas schwabbliges Kinn. „Genau so war es, genau so, wie er gesagt hat!"

Der Rinderbaron, der zufällig auf einen Gespritzten da war, hat es der Briefträgerin erzählt und die hat die Neuigkeit wie immer gewissenhaft ausgetragen, und da Mittagszeit ist, bleibt Tante Anna im *Apfelbaum* und hat bald ein Auditorium, von dem sie bisher nur träumen konnte. Alles dank dem Lois. Und ihrem Mann natürlich, der mit einem doppelten Oberschenkelbruch und einer Gehirnerschütterung im Krankenhaus liegt.

„Ich hab meinen Gatten" – üblicherweise sagt sie, „den Sepp" – „hinaufgeschickt, damit er nachschaut, was denn da für eine Gefahr lauern soll. Ich hab ihm gesagt, dass er überall hingehen soll, auch dorthin, wo die alte Fernsehantenne steht, die seit dem Satellitenanschluss keiner mehr braucht. Und dort, sagt er, hat dann der Boden zu knacken begonnen, es hat gekracht, wie wenn die ganze Erde aufbricht. Es waren aber nur zwei morsche Balken, das hat man später gesehen. Er ist mitten in die Waschküche gedonnert, mitsamt dem Holz und einer Menge Stroh, das seit ewig oben war. Und dann hab ich die Rettung gerufen. Der Lois hat es mir prophezeit: Ich soll nicht auf den Dachboden gehen, da lauert eine Gefahr. Er hat es gesehen! Es ist alles wahr geworden!"

„Na ja", erwidert Friedrich Felber. „Ganz recht hat er nicht gehabt. Die Gefahr hat nicht dich, sondern den Josef getroffen." Er soll in jungen Jahren die Kommunisten gewählt haben, aber ich vermute, er hat gar keinen Glauben. Von Beruf ist er Gaskassier.

Tante Anna sieht den Felber empört an. „Natürlich hat das gestimmt, ganz genau hat das gestimmt mit der Gefahr für mich. Denn wer hat jetzt die ganze Plackerei und muss den Josef pflegen?"

Seit Josefs Höllenfahrt kann sich der Lois vor Neugierigen aller Art kaum mehr retten. Jetzt zirkuliert seine Weissagerei, angefangen mit dem Zuber-Zauber, wie das nun heißt, auch im Internet. Vesnas Sohn, ein Computergenie mit eigener Softwarefirma, will herausfinden, von wem das ausgegangen ist. Die abenteuerlichsten Gerüchte kursieren. Der Lois stamme von Dschingis Khan ab, seine Frau sei ihm nach Sibirien bloß vorausgegangen. Riedendorf sei, richtig berechnet, genau der Mittelpunkt der Erde und bereits seit Jahrtausenden pilgerten Wissende heimlich zum Brunnen der Erkenntnis. Ob sie das

Rinnsal gemeint haben, zu dem es die eine oder andere Wall-
fahrt gegeben hat, bis man draufgekommen ist, dass die Ni-
tratwerte hier besonders hoch sind? Der Lois hätte den Welt-
untergang am 29. Februar 2029 prognostiziert. Kluge Geister
haben gepostet, dass es sich 2029 gar nicht um ein Schaltjahr
handeln würde, Erleuchtete haben erwidert: Eben!

Aber so ist das mit dem Glauben und dem Wissen. Gegen
etwas, das man nicht beweisen kann, kommt man nicht an.

Zum Glück gibt's diese Art von Andrang nur virtuell, in
unser Dorf schaffen es weit weniger Verirrte. Ich lege ihnen
die Speisekarte mit den Spezialitäten hin und dann sind die
meisten wieder weg. Die, die bleiben, sind willkommen. Wer
als Wirtin allzu hohe Ansprüche an seine Klientel stellt, wird
edel und einsam zugrunde gehen. Die meisten der neuen Gäste sind übrigens zufrieden, gewisse sogar positiv überrascht.
Satt werden alle, sehend allerdings nicht mehr als sonst. Es
scheint sie nicht zu stören. So hat diese Mitarbeiterin einer
kleinformatigen Zeitung etwas von einem „Kraftfeld" gemurmelt und gemeint, dass es hier wohl schon immer besondere
Vorkommnisse gegeben haben müsse. „Wir sind in einem
Gasthaus", habe ich trocken geantwortet.

Der Lois trinkt am Abend weiter mit denen, die mehr wissen wollen. Aber es scheint mir, als tue er es nur noch aus
Pflichtbewusstsein. Kann auch sein, er braucht den Alkohol.
Oder doch, trotz allem, die Anerkennung. An so etwas ge-
wöhnt man sich rasch, gerade wenn man noch nicht viel davon
gehabt hat. Er trinkt sich also auf Kosten seiner Klientel sehend, konkrete Prophezeiungen, wie beim Zuber oder bei Tante Anna, versucht er aber offenbar zu vermeiden. Zumindest
bekomme ich nichts davon mit und das ist in einem Gasthaus
doch ungewöhnlich.

Inzwischen bin ich kaum jemals mit ihm allein, wenn seine
Session zu Ende ist. Ein paar hängen wie Jünger rund um den

Stehtisch und sehen ihm zu. Er mag das nicht. Vielleicht hat er es auch deswegen gesagt.

„Das Leben ... es ist manchmal schwer", beginnt er, als Hilde hinausgewankt ist.

„Wenn man so viel weiß", flüstert einer, den ich nicht kenne, respektvoll.

„Na. Wegen der Verantwortung. Weil was kannst du machen, wenn sie dein Wort missbrauchen."

„Du sollst nicht missbrauchen das Wort des Herrn", murmelt Beate. Sie hat unsere Pfarrbücherei über und angeblich auch einiges für unseren Herrn Pfarrer. Und sie ist nicht gerade glücklich damit, dass er sich gleichzeitig mit seiner Haushälterin Urlaub genommen hat.

„Jetzt hält der sich schon für Gott", sagt der Breitlinger laut. Er ist nur zufällig hereingeschneit. Weil noch Licht war. Und er ist sowieso sauer auf den Lois.

Ausnahmsweise reagiert der Lois. Er schaut den Breitlinger an. Konzentriert. Macht den Mund auf. Macht ihn wieder zu. Öffnet ihn wieder. „So a Blödsinn. Was kann ich dafür, dass der Sepp vom Dachboden gefallen ist? Ich war es nicht." Und damit geht er grußlos hinaus.

Die Jünger ergehen sich in Exegese, sie legen aus, bis ich ihnen androhe, ihnen eine aufzulegen, wenn sie nicht endlich gehen.

Der Breitlinger aber sagt: „Der glaubt, die Tante Anna hat nachgeholfen. Vielleicht hat sie gehofft, dass die Sache ausgeht wie beim Zuber. Der ist seine Frau los und es geht ihm besser, das sieht ein jeder."

Natürlich hat sich auch das verbreitet. Nicht übers Internet, sondern über die traditionellen Kanäle. Tante Anna ist gar nicht mehr gut auf den Lois zu sprechen. Sie verlangt von mir, dass ich ihm Lokalverbot gebe. Eine Anzeige wegen Verleumdung werde sie sich überlegen, wie niederträchtig zu sagen, sie habe ihrem Sepp etwas angetan!

„So hat er es nicht gesagt", versuche ich zu beschwichtigen.

„Genau so ist es angekommen. Bei den anderen."

„Wie geht es ihm eigentlich, deinem Mann?"

„Auch was, er jammert. Er könnte schon aufstehen, aber er will nicht. Er war immer faul."

„Vielleicht solltest du freundlicher über ihn reden."

„Was bin ich? Eine Heuchlerin? Und sicher keine Mörderin."

„Nein. Er lebt ja noch."

„Jetzt sagst du es auch! Ich werde mir selbst Lokalverbot geben, so ist das! Ich betrete diesen Mittelpunkt der …"

„… der Erde?"

„Du glaubst wirklich jeden Unsinn!" Und weg ist sie. Ironie war nie ihre Stärke und wer aufgebracht ist, dem steht der Sinn schon gar nicht nach augenzwinkernder Selbst- und Welt-betrachtung. Sollte uns zu denken geben, ganz grundsätzlich. Wobei. Ich glaube nicht, dass Tante Anna ihren Josef loswer-den wollte. Mit wem kann sie dann reden, wenn sonst nie-mand da ist? Und eigentlich ist sie ein treuer Mensch und der Josef sowieso. Nicht bloß, weil er wirklich ein wenig bequem ist. Man hat sich zusammengerauft. Die kann kein Lois so schnell trennen.

Natürlich habe ich ihm kein Hausverbot gegeben. Und trotz-dem. Am Abend kommt er nicht. Dabei wartet der Baumgartner, und der ist immerhin der regionale Fremdenverkehrsdirektor. Vielleicht hatte der Lois die Vermutung, dass der Baumgartner weniger über seine eigene Zukunft als über eine neue Touris-musperspektive mit ihm reden wollte. „Ich bin kein ausgestell-ter Aff!", hat er vorgestern geschrien, als eine gefragt hat, ob sie ein Selfie mit ihm machen darf. Der Lois ist nicht mehr so ruhig wie früher. Kann es sein, dass auch die auf ihn selbst gemünzte Prophezeiung eintritt? Wenn alles im Netz ist, dann schirme ihn das vor der Erkenntnis ab. Dabei will Dominik sogar ein Start-up gründen: „Wein. Weiß. Komm."

Eigenartig, wenn der Platz vom Lois leer ist. Der, den man nicht wahrgenommen hat, ist in den letzten Wochen zum Mittelpunkt geworden. Perspektiven können sich verschieben. Jedes Mal, wenn ich aus der Küche komme, werfe ich schnell einen Blick auf Tisch zwei. Kein Lois, und der Fremdenverkehrsdirektor ist auch schon gegangen.

Als ich es höre, kann ich es erst gar nicht glauben. Ein dummes Gerücht mehr. Bloß, weil der Lois gestern nicht da war. Er ist vielleicht auf Urlaub gefahren. Oder er ist krank. Erst als zwei Ermittler und drei von der Spurensicherung in der Gaststube stehen, begreife ich. Dann aber schlagartig. Im wahrsten Sinn des Wortes. Wie durch einen Schlag. Er ist tot. Was er denn gesagt habe, mit wem er gesprochen habe, wer ihm übel gesonnen gewesen sei, ob er sich verändert habe, all das werde ich gefragt.

Offenbar hat er bei sich selbst doch nicht in die Zukunft sehen können. Hätte er dafür mit sich selbst trinken müssen? So wie er es früher getan hat? Aber genau sechs Achtel. Oder hätten es dann zwölf sein müssen? Hätte er dann gewusst, was kommt? Und: Hätte er es abwenden können?

„Man kann sich vor der Zukunft nicht verstecken", sage ich und denke an die Frau vom Zuber und den Mann von Tante Anna und sehe dann erst, dass mich die beiden Ermittler fassungslos ansehen. Der Lois hat vergifteten Wein getrunken. Und daran ist er dann gestorben. So viel ist klar. Er kann sich selbst etwas hineingeschüttet haben. Weil er nicht mehr konnte. Nicht mehr wollte. Habe ich die Anzeichen übersehen?

Ich erzähle, was ich weiß. Oder zumindest fast alles. Denn dass Tante Anna wütend auf ihn war und seine kryptischen

Bemerkungen zuvor, die gehen niemanden von außerhalb etwas an. Zu schnell könnte die Polizei falsche Schlüsse ziehen. Wobei. Ich habe nicht den Eindruck, dass die Ermittler sonderlich interessiert sind herauszufinden, warum der Lois nie mehr Wein trinken wird. Ein allein lebender Bundesbahnfrühpensionist und Nebenerwerbsbauer weniger, er wollte nicht mehr leben und hat sich Pflanzengift ins letzte Glas Wein gemischt. Natürlich könnte ihn beinahe jeder vergiftet haben, seine Tür war, anders als die der meisten, nie abgesperrt. Aber praktisch hatte keiner Grund dazu. Die seltsame Wahrsagerei, sagt der eine Ermittler, die kann wohl niemand ernst genommen haben. Er war ein Schnorrer, der gern ins Glas geschaut und dabei über die Welt und das Weinviertel schwadroniert hat. Das soll vorkommen. Wenn ich jetzt zu Tisch zwei hinübersehe, beginne ich gleich zu weinen. Stattdessen gehe ich in die Küche und sorge dafür, dass die von der Polizei etwas zu essen bekommen. Der Lois hat wenig gegessen. Ich hätte ihm öfter etwas kochen sollen. Wir haben uns viel zu wenig um ihn gekümmert. Gerade seit er im Mittelpunkt gestanden ist.

„Sie waren bei mir!" Tanta Anna schreit es mir entgegen. „Sie glauben, dass ich es gewesen bin, nur weil bei mir der Fingerhut wächst. Und der Wunderbaum. Und Oleander. Da hast du einen schönen Garten, einen ganz besonders schönen Garten, wie alle sagen, ein Schaugarten könnte es sein, aber ich mag nicht, dass fremde Menschen durch meinen Garten rennen, da hast du also einen Garten, den alle bewundern, und dann kommt die Polizei und sagt, er ist voller Gift. Und damit hab ich den Lois ermordet."

„Wenn sie es glauben würden, wärst du jetzt nicht hier", versuche ich sie zu beruhigen.

„Der Anwalt hat nichts gesagt, aber die Hannelore, diese miese Tratschen. Gibt's nicht auch Verschwiegenheitspflicht für eine Anwaltssekretärin? Darf ich mich nicht wehren, wenn mir der Lois unterstellt, dass ich meinem Sepp etwas antun will?"

„Hat er nicht. Und er ist tot."

„Das ist es ja! Und ich soll schuld sein! Ein Komplott ist das!"

Ich seufze. „Tante Anna. Sie haben auch mich befragt."

„Kein Wunder. Du kennst dich bei Giften besser aus als ich. Schon wegen der ganzen Kocherei."

„Sie wissen nicht, ob jemand nachgeholfen hat."

„Es hat niemand nachgeholfen beim Sepp!"

„Beim Lois. Ich muss in die Küche."

„Da bleibst du. Von hier sind alle Gerüchte ausgegangen."

Langsam werde ich wütend. „Wer hat mit verdrehten Augen vom Lois und seinen Wahrheiten geschwärmt? Ich?"

„Er hat uns etwas vorgespielt. Es war ziemlich logisch, dass bei mir der Dachboden einbrechen kann. Ich hab ihm beschrieben, was da oben für Zeug ist. Und dass es im Winter hereingeschneit hat."

„Und trotzdem hast du deinen Mann hinaufgeschickt?"

„Er hat ja gesagt, dass mir die Gefahr droht."

„Also hast du ihm doch geglaubt."

„Man sichert sich ab. Und wehe, du erzählst jemand, dass da so viel war. Auf dem Dachboden."

Ich schüttle den Kopf. „Keiner verdächtigt dich ernsthaft."

„Es gibt welche, die ein viel besseres Motiv haben. Ich hab schon nachgedacht. Manchen hat er ganz schön in ihre krummen Geschäfte gespuckt. Dazu kommen noch die, die sich fürchten mussten, dass er weiter prophezeit. Und warnt. Man hört so einiges. Ich werde der Polizei eine Liste schreiben. Der Ponwieser kommt drauf und der Breitlinger sowieso. Und vielleicht auch der Kevin und sein pickliger Freund, die sollen es auch gewesen sein, die in das Lager vom Zwerchäcker eingebrochen haben. Und die Beate, weil sie sich immer Hoffnungen gemacht hat auf den Pfarrer. Und der alte Bäcker. Weißt du, dass der schon einmal im Gefängnis gesessen ist? Weil er seine Frau bewusstlos geprügelt hat."

Ich schüttle den Kopf. Ich will jetzt einfach kochen. Es gibt Menschen, die meinen, in der Küche hätte man die Möglichkeit, über vielerlei nachzudenken. Ein Irrglaube mehr. Das betrifft Gasthausküchen ebenso wie die von Sternerestaurants. Ich will kochen, gerade weil ich dabei keine Zeit habe, nachzudenken.

Aber falsch gedacht.

„Der Lois hat sich vor den Leuten gefürchtet, denen er die Zukunft vorhergesagt hat", sagt mein thailändischstämmiger Jungkoch mit Weinviertler Akzent. Außer seinem hübschen Äußeren, dem unaussprechlichen Namen und seinem Pass verbindet ihn nicht viel mit der Heimat seiner Eltern.

„Wahrscheinlich, dass sie sauer sind, wenn nicht alles stimmt", ergänzt sein Kollege von zwei Dörfer weiter in nicht ganz astreinem Deutsch.

Hussam hingegen tut, was er immer macht. Er arbeitet konzentriert. Zerlegt eine Lammkeule, am Herd kocht schon der Jus. Er wird richtig gut werden, da bin ich mir sicher.

„Wie kommt ihr darauf?"

„Weil der Lois uns gefragt hat, ob wir den Zuber gesehen haben. Vor ein paar Tagen. Als wir nach der Arbeit raus sind."

„Und der Lois hat gesagt, dass er einen Riesenfehler gemacht hat. Aber da war er natürlich nicht mehr ganz nüchtern. Nach seinen Achteln."

„Sonst noch was?", frage ich nach.

„Nein, nichts", sagt Suti, unser Thai.

„Nur dass die Schneenockerl leider zusammengefallen sind", ergänzt Daniel. „Ich glaube …"

Aber vom Glauben will ich momentan gar nichts hören. Trotzdem. Ein Satz geht mir nicht mehr aus dem Kopf: „Jetzt

also ihr glaubt an Wunder, nur weil ihr euch gewundert habt."
Vesna hat ihn gesagt. Wozu hat man Freundinnen?

Wozu hat man Verwandte? Wenn ich möchte, dass im *Apfel-baum* wieder Normalität einkehrt – ich spreche nicht von Ruhe, ich bin schließlich Wirtin –, muss ich etwas dafür tun. Vesnas Sohn hat etwas herausgefunden. Manchmal ist das Internet auch hilfreich. Es gibt sie, die Fakten. Man darf nur nicht aufhören, nach ihnen zu suchen. Und niemand, der sich wundert, muss gleich an Wunder glauben.

Wie absurd sich Gerüchte und Glaubensgeschwurbel entwickeln können, zeigt übrigens auch die Sache mit der Frau vom Lois. Sie ist ins Dorf gekommen, um sein Begräbnis zu organisieren. Sie war nie in Sibirien, sie lebt in Rumänien. Sie hat einen Bildhauer und Musiker aus Sibiu geheiratet. Und der Lois, ihr früherer Mann, habe ihr nachgerufen: „Von mir aus kannst du auch nach Sibirien gehen!" Das muss jemand gehört haben.

Alles ist organisiert. Heute Abend werden Tante Anna und Stefan Zuber an Tisch zwei sitzen und miteinander trinken. Jeweils sechs Gläser, den Wein spendiere ich. Grüner Veltliner, Weinviertel DAC, was sonst. Quasi ein Lois-Gedächtnis-Trinken.

Der Beginn gestaltet sich ein wenig stockend. Keiner weiß so recht, was er dem anderen sagen soll. Und es ist auch unklar, wie die Rollen verteilt sind. Wer wem weissagen soll. Es könnte sich ergeben. Die beiden reden zuerst, wie es angebracht ist, über den Lois. Allerdings eher über seine frühen Jahre und über seinen Hund, den es auch schon lange nicht mehr gibt. Dann geht es um den Pfarrer und dass er angeblich nicht mehr zurückkommt.

Und um das Start-up von Dominik, aus dem jetzt doch nichts wird. Und dann um die Eltern von Dominik, die zugezogen sind, und um die Wildschweine, die einige Weingärten heimgesucht haben. Ich habe Ober Hans schon zweimal gesagt, er darf nicht so nah hin zu den beiden, das sei wie beim Beichtgeheimnis.

„Das mit den Wildschweinen? Das weiß ja sogar ich."

Mira und Vesna grinsen ein wenig und senken die Köpfe. Nicht vor Scham, sondern damit sie besser hören. Unter Tisch zwei ist ein kleines feines Mikrofon versteckt.

Nach dem fünften Achtel wird es interessanter. Der Zuber wirft Tante Anna vor, ihn bei der Polizei angeschwärzt zu haben. Ist doch kein Wunder, dass er auf den Lois nicht gut zu sprechen gewesen sei, wo der ihm doch seine Lisi genommen habe. Zumindest indirekt.

„Als sie noch gelebt hat, warst du weniger nett zu ihr", erwidert Tante Anna.

„Das ist eine Sauerei! So gut wie wir uns verstanden haben."

„Und was ist mit der Tina aus Niederkreuzstätten?"

„Du bist eine Dreckschleuder, hat man dir das schon gesagt?"

„Ich hab meinen Josef jedenfalls nie betrogen."

„Nur weil du keinen gefunden hast, der dich angreifen hätte wollen, wenn wir schon bei der Wahrheit sind."

„Du willst die Wahrheit? Kannst du haben. Du hättest dich von der Schreckschraube, ich meine, von der armen Lisi, nie scheiden lassen können. Weil ihr das ganze Geld gehört hat. Während du bloß auf schick getan hast."

„Und du? Machst auf Verwandtschaft und erschleichst dir Erbschaften, indem du Frauen besuchst, die schon mehr drüben als herüben sind."

„Wie es bei euch zugeht", flüstert Vesna.

„Tisch zwei hat eben etwas. Vielleicht ist das doch der Mittelpunkt der Welt, oder so", flüstere ich zurück. Heute ist mir die Küche wurscht. Sollen meine Jungs einmal zeigen, was sie können.

„Nie hätte ich mich scheiden lassen!", geht es drüben weiter.

Ich deute Ober Hans, ihnen nachzuschenken.

Tante Anna trinkt den letzten Schluck des fünften Achtels wie ein Profi. Poker-Ass, High Noon, all so etwas. Jetzt das letzte, das entscheidende Achtel.

Mira nimmt auch einen Schluck. Verstohlener Blick auf den Nebentisch. Zwei Männer. Zwei große Hausbier. Noch halb voll. Aber die müssen ja weder in die Zukunft sehen noch die Wahrheit herausfinden. Das übernehmen wir. Hoffentlich.

„Es wird deutlicher", sagt Tante Anna. „Ich sehe … etwas."

„Frauen sollten nicht so viel trinken."

„Siehst du nichts?"

„Ich sehe, dass der Abend bald vorbei ist. Und dass ich im Dorf nichts mehr verloren habe, jetzt, wo meine Lisi nicht mehr ist."

„Überraschung. Du sollst ja mit der Tina schon eine Wohnung gekauft haben in Wien."

„Das geht dich überhaupt nichts an. Und außerdem ist es Unsinn."

„Was wird mir die Zukunft bringen, Zuber?"

Stefan Zuber trinkt aus und sieht Tante Anna an. „Unglück, wenn du deinen Mund nicht hältst. Und das kannst du nicht auf den Sepp abschieben, wie die Sache mit dem Dachboden."

„Abschieben? Ich …"

Austrinken, austrinken, telepathiere ich. Vielleicht war das mit Tante Anna doch keine so gute Idee.

Aber Tante Anna tut endlich einmal, was man von ihr will. Sie trinkt aus. Bis zum letzten Tropfen.

„Seltsam", sagt sie dann. „Ich sehe in die Zukunft und in die Vergangenheit."

„In die Vergangenheit sehen ist keine Kunst, da war sogar der Lois noch besser!"

„Ich sehe Dinge in der Vergangenheit, die hat noch niemand gesehen. Und was heißt, da war sogar der Lois noch besser? Dass er nicht gut war? Hat er nicht ganz genau vorausgesagt, was passiert? Obwohl du dich versteckt hast im Haus?"

„Dein Haus wollte schon niemand mehr versichern, wegen dem Dachboden mit dem Gerümpel und dem Stroh. Wenn der Sepp nicht durchgebrochen wäre, dann wärt ihr irgendwann abgebrannt."

„Wären wir nicht. Das Stroh war seit dem letzten Winter feucht, wegen dem Schnee, der …"

Ich halte es nicht mehr aus. Ich stehe auf, räuspere mich lautstark.

Tante Anna sieht mich einen Moment lang an. Dann schenkt sie dem Zuber einen langen Blick. „Darum geht's nicht. Also, zuerst das, was ich in der Vergangenheit sehe."

„Interessiert mich nicht", sagt der Zuber und will aufstehen.

„Du bleibst sitzen, sonst wirst du es bereuen", zischt Tante Anna. „Ich sehe den Bauhof. Ich sehe dich, wie du Altöl mitnimmst. Ich sehe dich, wie du dich mit einem Versicherungs-Klienten triffst, der hatte einen Unfall, er war total besoffen, dabei ist er Lastwagenchauffeur. Er verliert seinen Job, wenn das rauskommt. Du bist bereit, ihn zu decken, wenn er dir einen kleinen Gefallen …"

„Ich hör mir den Schwachsinn nicht länger an."

„Soll ich lauter reden? Schau dich um, die lauern doch alle darauf, was wir sagen."

Der Zuber schiebt seinen Kopf vor. „Ich verklage dich, wenn du …"

„Ich sehe noch etwas. Du gibst der Lisi etwas in den Kaffee, damit sie sitzen bleibt. Und danach, als es passiert ist und dein Kumpan sie mitten im eigenen Wohnzimmer totgefahren hat, rennst du hinaus und verteilst das restliche Öl. Damit es aussieht, als wäre er ausgerutscht. Aber das haben nicht einmal die Ermittler aus Wien geglaubt."

„Bist du verrückt? Ich war selbst schwer verletzt!"

„Na ja, du hast ein bissl was abgekriegt, aber nur weil du die Pölster zu früh weggetan hast, um zu schauen, ob alles gut gelaufen ist. Dass mir das nicht gleich aufgefallen ist. Wo sich eure Zusammenräumerin Draga noch über die vielen Pölster gewundert hat, die im Wohnzimmer waren. Und weißt du, dass ich sogar durchs Internet sehen kann? Da hat ein gewisser Zuber einem einen Auftrag gegeben, damit er alles über den Lois verbreitet. Weil der Lois das nicht wollte, weil er dann nicht mehr in die Zukunft sieht."

„Pfeif auf die Zukunft. Der hat nie in die Zukunft gesehen. Der wollte bloß gratis trinken und gelauscht hat er immer schon, weil keiner mit ihm geredet hat. Ich hab ihn erst zu dem gemacht, was er geworden ist: der Wahrtrinker! Das wollt ich ihm auch sagen, nachdem er angefangen hat, Unsinn zu erzählen. Aber er war stur, der hat schon geglaubt, dass er Gott ist. Von wegen, wir missbrauchen seine Worte. Ich werde allen klarmachen, dass das auf dich bezogen war! Du hast es ja selbst geglaubt! Und jetzt sag ich dir etwas über deine Zukunft." Der Zuber beugt sich so weit über den Tisch, dass er Tante Anna beinahe berührt. „Du wirst nicht lange leben, wenn du Lügen verbreitest."

„Jetzt bin wieder ich dran." Sie sagt es so laut, dass das Mikro überflüssig ist. „Gleich werden zwei Männer in diesem Raum aufstehen und danach wirst du tatsächlich das Dorf verlassen. Allerdings anders, als du geplant hast."

Und Tante Anna hat recht behalten. Wieder einmal. Am Gerücht, dass sie jetzt jeden Abend im *Gasthaus Apfelbaum* an Tisch zwei sitzt und nach exakt sechs Achteln Wein für sie und sechs Achteln für ihr Gegenüber sehen kann, was andere erst später sehen, ist allerdings nichts dran. Wo immer es auch verbreitet wird.

K.

Wenn ich sage, dass es in einer Zeit geschah, als alle daheimbleiben sollten, dann ist das womöglich nur zum Teil richtig. Es könnte ebenso gut sein, es passiert gerade jetzt. Vielleicht hat man die Zeit nur erdacht, um Ordnung in unsere Leben zu bringen, ihnen einen fiktiven Ablauf zu geben, weil alles auf einmal zu viel sein kann.

Zum Glück gibt es keine Psychoanalyse für Katzen. Zumindest nicht in Wien. Meine Mitbewohnerin glaubt, ich sei in einem früheren Leben Reporter gewesen. Ich schlafe gerne im Korb mit den alten Zeitungen oder auf ihrem Laptop, das scheint ihre Fantasie zu inspirieren. Sie ist Journalistin. Sie irrt bisweilen.

Ich weiß, dass es gut ist, einen ruhigen und sicheren Platz zu haben. Oder mehrere. Ich habe eine vage Erinnerung an schwarz gekleidete Leute, die in mein Zimmer kommen, um mich über eine Anklage zu unterrichten. Ob es Freunde sind oder Verwandte oder Arbeitskollegen, kann ich nicht sagen, wahrscheinlich sind sie wildfremd, auch wenn sie auf mich nicht so wirken, weder wild noch fremd. Mit Sicherheit aber weiß ich, jeder Raum hat auch ein Dahinter, Säle oder Abgründe, Dachböden oder Kanäle.

In dieser Zeit, in der alle daheimbleiben sollen, umtanzen sich meine Mitbewohner. Mira und Oskar ziehen Kreise in der großen Wohnung, wie in der Absicht, einander möglichst fern zu sein, und um sich dann wieder ganz nahe zu kommen, ineinander verschlungen, als müssten sie dieser Welt vereint gegenübertreten. Atomballett mit Kernfusion als stärkster Kraft. Nur dass man mit Kräften umgehen können muss. Meine Mitbewohner sind auf ihren Tanz konzentriert und blenden aus, dass bei den Nachbarn etwas anders geworden ist. Die Menschen nebenan waren auch sonst eher leise und doch gab es die üblichen Geräusche. Am lautesten waren sie, wenn sie an unsere Tür geklopft haben, um sich über den Lärm, auch meinen, zu beschweren. Haltlose Anklagen, wohin man schaut.

Jetzt ist es dort ganz still. Nur manchmal kann ich hohe gezogene Töne wahrnehmen, sie könnten auch aus dem Weltall stammen, gebündelt durch riesige Teleskope, über die man alles auffangen kann, egal ob es Millionen Jahre vor uns sein wird oder vielleicht auch nach uns war. Gerade das Leise kann unendlich gefährlich sein, es lässt sich nicht festmachen.

Die Welt ist unbegreiflich, wann wird das endlich auch den Menschen klar? Wenn wir in den Vollmond sehen und Schatten auf der Wiese sind, so ist es dieselbe Wiese, die am Tag von der Sonne beschienen wird, sind es die Schatten derselben Bäume, und trotzdem ist es ganz anders. In meinem Leben als Kater habe ich das gelernt, vielleicht auch in anderen. Die meiste Zeit verstehe ich meine Mitbewohnerin Mira ebenso wenig wie ihren Mann Oskar.

Sie schnattern und quietschen, nur hin und wieder dringt etwas durch, wie Erinnerung. In dieser Lebensform treibt mich keinerlei Absicht, besonders zu sein. Eine solche Katze hatten die beiden vor mir, eine Heldin. Sie hat einen Mord verhindert und ist dafür gestorben. Ich lebe. Kann sein, ich habe das eine oder andere nachzuholen. Der Mensch, den meine Vorgängerin gerettet hat, heißt Vui. Und so haben sie auch mich genannt. Als ob ich etwas mit einer kleinen Vietnamesin zu tun hätte. Ich bin ein Maine-Coon-Kater und keiner soll sagen, ich sei zu dick. Das Allerbeste am Katzenleben ist wohl, ohne Scham und Schande essen zu können. So viel man nur bekommen kann. Diese Existenz hat viele Vorteile, vielleicht erscheint sie mir deswegen meist realer als meine eventuellen anderen. Als Kater kennt man seinen Vater nicht. Ich muss nichts beweisen, nicht mehr, aber ich kann eine ganze Menge. Unglaublich, was alles möglich ist. Wenn man es nicht glaubt, ist es auch egal, weil es ist möglich.

Vielleicht spreche ich mir damit selbst Mut zu. Nicht um Risiko geht es, wie es eines sein mag, auf dem Terrassengeländer zu balancieren, sondern um die Stärke, sich über das Selbst zu erheben, immer in der Gefahr, in eine andere, weniger komfortable Lebensform zu fallen.

Ich hänge zu sehr an meinem Katzenleben, als dass ich riskieren möchte, mich in die Nachbarwohnung zu schleichen. Auch das wäre möglich. Immer wieder kommen Boten, die größere und kleinere Pakete abstellen, weiße oder braune Pappkartons, sie läuten und verschwinden wieder, als würden sie Ungehöriges tun. Ich kann es durch den schmalen Schlitz in unserer Eingangstür beobachten. Der Mann mit den gelben Haaren sieht aus seiner Wohnung, vorsichtig, dann schnappt er das Paket, liest die Botschaft darauf. Manchmal wie in sich versunken. In diesem Moment könnte ich unbemerkt an ihm vorbei, hinein, aber wie käme ich wieder heraus? Er ist keiner, mit dem sich ein Kater gut stellen kann. Was ist mit seiner Frau?

Kann es sein, dass ich doch Reporter bin? Meine Ahnung sagt, ich habe es versucht, aber mir ist, wie so oft, meine Fantasie im Weg, mein Hang abzuschweifen. Manchmal stört wohl auch eine gewisse Trägheit. Als Kater ist mir beides gestattet. Nur: Wissen will ich trotzdem, weil es doch schön ist, ein kleines bisschen Licht in einen der zu vielen Winkel zu bringen. Ich kenne eine Krähe, die mir einigermaßen vernünftig erscheint. Wir haben einen Weg gefunden, uns auf der Terrasse zu unterhalten, gefiltert durch den Himmel und das Gefühl, einander zu bewundern, ich ihre Technik und Kühnheit, mit der sie sich in den Himmel hebt, sie meine Fähigkeit zu sehen und in Ruhe zu filtern und wiederzugeben, ohne das Wort Wahrheit vor mir herzutragen. Ich glaube, es war in Brescia, der Lenker eines Aeroplans wie eine Krähe, ganz in Schwarz, und ich habe gesehen und reportiert, wie das ist mit dem Fliegen. Sonne und fast feierliches Wundern.

Die Krähe landet sicher auf dem Terrassenregal, sie sieht auf mich herunter, zwischen der ausrangierten Metallgießkanne und dem roten Übertopf, den keiner braucht. Ihre Federn sind ein wenig gesträubt. Ich hoffe, es ist der richtige Abstand, um über unsere Existenzen hinweg eine Verständigung möglich zu machen. Und tatsächlich, beinahe überdeutlich nehme ich wahr, was sie erzählt: Ganz vorsichtig sei sie am Fensterbrett gelandet, voller spitzer Metallteile sei es, gegen alles, was dort verweilen will, und von dort aus habe sie die Frau gesehen. An einer Leine war sie, fest verankert in der Wand, sodass sie sich bloß ein paar Meter bewegen kann. Dann ist der mit den gelben Haaren gekommen und sie hat sich zusammengekauert wie einer der Kettenhunde, die wissen, was sie erwartet, die sich das Beißen ersparen und gleich zum Dulden übergehen. Zwei Masken hat er ihr angelegt. Masken?, frage ich die Krähe, weil ich mir mit einem Mal nicht sicher bin, ob ich sie verstehe. Mir scheint, als hätte sie eine Lederkappe auf, Flugbrillen, und würde auf diese männliche Art lächeln, die mich immer angezogen hat, auch wenn oder gerade weil ich Derartiges nicht vermag. Masken, wiederholt der Herr der Lüfte, die sind doch jetzt überall, du wirst sie schon gesehen haben, über Mund und Nase werden sie gezogen. Ja, antworte ich, die Spanische Grippe, wenn ich mich recht erinnere, so habe ich sie überlebt. He, sagt die Krähe, du bist irgendwo anders, ich kann dich nicht verstehen, konzentrier dich! Ich kneife die Augen zusammen und strecke mich. Das hilft für oder gegen alles, die Muskeln der Reihe nach dehnen, in einer einzigen fließenden Bewegung, die mich so begeistert, dass ich beinahe ganz aufs Zuhören vergesse. Aber die Krähe kreischt sich in mein Bewusstsein zurück, dagegen kann nicht einmal ein Kater an. Die

Masken hat er ihr angepasst, höre ich. „Nur zum Schutz, nur zu deinem Schutz", hat der Mann mit den gelben Haaren gesagt. Aber es ist ein Schutz, den man nicht ohne Weiteres begreifen kann. Eine Maske in der Mundöffnung, sodass ihre Lippen auseinanderklaffen, ganz fest hinter dem Kopf gebunden, ein Knebel, der nicht mehr möglich macht als einzelne hohe beinahe außerirdische Töne. Die zweite Maske als Augenbinde, wer nicht sieht, kann sich nicht wehren. Dann hängt er sie mit einem Gürtel an einen Stuhl und sie zuckt nur manchmal ein kleines bisschen, während er ihr mit einem feinen Messer etwas in die Arme ritzt, „Man muss Zeichen setzen", sagt er, ein bisschen mehr zuckt sie, wenn er ihr etwas auf Hals und Gesicht schreibt, nicht tief, gerade so fest, dass Blutstropfen wie Perlen nebeneinander stehen, bevor sie dann doch nach unten rinnen.

Ich streife durch unser Zuhause, als würde ich Teil von Miras und Oskars Tanz sein wollen. Dabei sitzen die beiden auf der Couch, vor dem Fernseher. Üblicherweise liege ich im Korb mit den Zeitungen daneben. Bisher schien mir das einer der beiden besten Orte. Zum Nachdenken. Zum Schlafen. Zum Träumen. Gibt es Sicherheit? Ob er mich schon gefüttert habe, fragt Mira ihren Mann. „Natürlich", ist die Antwort. Ich hebe den Schwanz und sehe meine Mitbewohnerin an. Essen geht immer. Aber Mira sagt bloß „Na dann …" und bleibt sitzen. Und ich wandere weiter, sehe durch die Terrassentür ins Freie, natürlich ist die Krähe nicht da. Ich werde etwas tun. Es sind außergewöhnliche Zeiten. Beinahe hatte ich eine Idee. Der andere beste Ort. Miras Laptop. Dieses automatische Schreibgerät, über das ich in einem anderen Leben imaginiere, um meiner Freundin zu gefallen, sogar ein Gerät, das die Umwandlung von Ton in Text schafft, habe ich in jenem Leben für sie erdacht. Nun steht es da, nur dass mir das nichts nützt, auch meine Katzenpfoten und die Tasten sind nicht kompatibel, die Umsetzung meiner klaren Gedanken in für sie lesbare klare Worte gelingt üblicherweise nicht. Ich muss mich über mein Katzenselbst erheben. Der Sprung auf den Schreibtisch ist dafür bloß Vorbereitung, lautlos. Zum Glück hat meine Mitbewohnerin wie meist vergessen, den Deckel zu schließen. Ich kann die Wärme der Tastatur schon an meinem Bauchfell spüren. Das Wohlige, dem man sich hingeben könnte, mit leisem Schnurren endlich Ruhe finden und … Nein. Ich. Darf. Mich. Nicht. Auf. Die. Tastatur. Legen. Über das Selbst hinauswachsen, wie geht das? Wie das geht … Eine ganz andere Schreibmaschine taucht aus dem Gedankennebel, und es ist, als wüchsen mir Hände und ich säße an diesem Gerät, das für mich schreibt, es schreibt, was zu schreiben ist, wie sonst, wenn nicht durch Schreiben, kann ich sein?

SOS nebenan Folter

Ich bin erschöpft, ich klettere auf die Tastatur und rolle mich zusammen. Die Katze muss schlafen.

„Vui hat was geschrieben!", kreischt es an meinem Ohr. Vui verstehe ich, das ist mein Katzen-Ich, noch bevor ich mir über den Rest klar werden kann, packt mich meine Mitbewohnerin und zieht mich vom Schreibgerät.

Sauce Nebensache Roter – und was soll das jetzt heißen?" Ich muss sie falsch oder gar nicht verstanden haben, wieder einmal ein Riss in unserer Leitung.

„Wortvervollständigungsprogramm", erwidert Oskar von der Couch her. „Du hast es eingeschaltet, weil du wissen wolltest, was herauskommt, wenn Vui wieder auf deinen Laptop klettert."

Ich drehe den Kopf, kann kaum über Miras rosa Unterarm sehen, das mit dem Lesen geht bisweilen ganz gut, ich muss bloß wieder in den Flow kommen, die Finger, die mir wachsen, das Schreibgerät, oder auch ein Blatt Papier, leer, oft, dann mit Zeichen, die …

„Au!", schreit Mira, „was hat das Vieh heute bloß?" Noch im Fallen werfe ich einen Blick auf den Bildschirm, vielleicht ist es gerade dieses Fallen, Zeit-Raum-Kurve, die mir die Buchstaben ins Hirn setzt. Tatsächlich. *Sauce Nebensache Roter.* Ich weiß, was ich geschrieben habe, *SOS nebenan Folter.* Ich schleiche deprimiert zum Korb mit den Zeitungen.

„Vui hat sich in meinen Arm gekrallt", sagt Mira.

„Lass ihn", sagt Oskar, „siehst du nicht, was er für ein schlechtes Gewissen hat?"

Wie lautet der Spruch? Irren ist menschlich. Ich muss nachdenken, die Augen schließen, die Welt ausblenden, egal welche.

Ich sehe mich allein in einem kleinen Raum, nein, nicht allein, einsam. Nur ich mit mir und dem, was ich zu tun hätte. In der Ecke ein wenig Staub, das Fenster lässt nur spärlich Licht herein. Zusammen spielen, dämmert mir. Vielleicht ist das mein Fehler. Nicht zusammen zu spielen. Nie spielen und nie mit anderen. Oder nur so kurz, dass ich erschrecke. Zusammen spielen. Weiche wollige Knäuel, ich eines von ihnen, wir kugeln durcheinander und tappen einander nach und trinken am Warmen, Weichen, das unsere Welt ist. Bis jemand kommt und …

Zusammen spielen. Zusammenspielen. Wenn dieser verdammte automatische Wortverfälscher verhindert hat, dass ich es mit Mira kann, bleibt mir immer noch der Herr der Lüfte. Und wenn er dann wiederum mit anderen kühnen Krähen spielt, so wie ich sie oft gemeinsam im Wind sehe, könnte der Plan gelingen.

Ich will erleben, wie sie es anstellen. Dafür muss ich auf das Geländer, die Töpfe mit Thymian geben ausreichend Standfläche. Fünfter Stock eines Hauses aus der Gründerzeit, früher war hier der Dachboden, aber daran möchte ich, warum auch immer, nicht denken, schon gar nicht jetzt, wo es darum geht, nicht unsicher zu werden. Ich konzentriere mich auf das Fenster der Nebenwohnung, mein Federfreund kommt und fliegt kunstvoll so knapp an der Scheibe vorbei, dass er mit dem

Schnabel anklopft, ein riskantes Wendemanöver gegen alle Schwerkraft, eine Steilkurve, wie bewundere ich seinen Wagemut, und noch einmal. Das Fenster wird aufgerissen, der Kopf des Mannes mit den gelben Haaren schnellt nach vorne, eine wütende Bewegung, Töne, die ich nicht verstehe, und nur einen Moment später perfekte Flugformation von vier Aeroplanen, mitten ins geöffnete Fenster, hinein in die Wohnung. Und Schreien und Stürzen und Schweres, das zu Boden fällt, Rumpeln, Heulen, Jaulen, Inferno.

Ich renne ins Wohnzimmer, meine Mitbewohner sind alarmiert. Überfall? Streit?

„Vui", sagt Oskar, „fürchte dich nicht." Ich starre ihn an.

„Polizei", sagt Oskar, „da muss man die Polizei …"

„Komm", sagt Mira.

Oskar wählt und geht mit und spricht und Mira läutet nebenan. Ruhig ist es drin, ganz ruhig. Mira hämmert an die Tür und Oskar hämmert mit. Auch ein paar andere aus dem Haus kommen, sie gackern und quietschen, es ist mir egal, was sie sagen wollen, denn jetzt geht die Tür auf.

Die Frau steht da. Wie blind, den Blick nach innen. Ihre Arme sind voller alter und neuer Wunden, exakte Schnitte, Buchstaben auf der Haut. Sie zieht die Leine nach, als sie langsam ins Innere der Wohnung geht. Mira gibt Oskar einen Schubs, so ist er der Erste, der sich in Bewegung setzt, Murmeln der Nachbarn, griechischer Chor im Flur, aber ich bin im Vorzimmer, nahe an der Wand, keine Krähe mehr zu sehen, nur ein paar schwarze Federn und umgestürzte Möbel, zerbrochene Vasen. Die Frau geht zum hohen geöffneten Fenster, sie sieht hinaus, fünf Stockwerke unter ihr ist die Straße. Sie dreht sich um zu denen, die für sie gar nicht da sind. Sie sagt es nur zu sich. „Er wollte sehen, woher die Krähen gekommen sind."

Und auf ihrem Hals kann ich es lesen, in Blutschrift: *Alles wird*

Wenn ich ihn schon sehe, mit seinen dunklen halblangen Locken, in die sich jetzt etwas Grau mischt. Es gibt genug eitle Männer, viele wissen es nicht besser. Die sind dann einfach ein wenig lächerlich. Aber eitle Professoren sind das Letzte. Egal ob Soziologe, Mathematiker oder Literaturwissenschaftler: Manche schaffen es offenbar, ihre Person vollständig von ihrem Wissen abzukoppeln.

Ich habe Benjamin Koren während meines Studiums kennengelernt. Damals war er der Shootingstar unter den Philosophen. Nur knapp ein Jahrzehnt älter als wir Studierenden, aber bereits ordentlicher Universitätsprofessor. Eitel war er damals schon. Diese zur Schau gestellte Sportlichkeit: Seht her, ich kann denken und laufe trotzdem Halbmarathon! Seine permanent verkündete Liebe zu Fernsehkrimis: Seht her, ich bin wie ihr – nur kann ich denken! Allerdings hatte er ein paar interessante, beinahe schon witzige Thesen zum Thema Demokratie und Kapitalismus. Einer der Grundirrtümer unserer Zeit sei, Konsum mit Entscheidungsfreiheit zu verwechseln. Darüber hat es sich schon vor der Corona-Pandemie gelohnt, nachzudenken.

In den letzten Jahren war er aus der Öffentlichkeit verschwunden. Dazu gibt es unterschiedliche Theorien. Haben die wirklich Einflussreichen dafür gesorgt, dass sich ihre Freunde in der Medienbranche um harmlosere Vordenker umsehen? Hatte es einfach damit zu tun, dass, je größer der Hype, desto schneller sein Ende kommt? Hat er ein neues Betätigungsfeld gefunden? Eine reiche Frau, für die es sich lohnt, privat zu philosophieren? Wir sind uns an einem Ort wiederbegegnet, der auch andere, sympathischere Varianten möglich gemacht hätte. Kurzfristig.

Jetzt jedenfalls ist Benjamin Koren wieder da. Plötzlich und öffentlicher denn je. Und gibt Zeug von sich, dass ich in den Laptop springen könnte. Mam sagt, ich rege mich wie immer zu schnell auf. Dabei ist sie es, die mir beigebracht hat, genau hinzuschauen. Sie hat ein Reinigungsunternehmen. Als mein Zwillingsbruder Fran und ich drei Jahre waren, sind wir nach Österreich. Damals war Krieg in Jugoslawien. „Bei uns" zu sagen, fällt mir schwer. Für mich ist es ein Urlaubsland, in dem einige nette Verwandte leben. Ich habe keine Erinnerung an unsere Flucht. Ich weiß nur noch, dass wir danach in Wien in dieser winzigen Wohnung gesessen sind und Videos geschaut haben. Es gab drei Filme. *Der dritte Mann*, *Kevin – Allein zu Haus* und *Turtles*. Mam hat befunden, dass wir uns die Kassetten so lange ansehen werden, bis wir Deutsch können. Ich glaube, die Filme haben uns geprägt. Mams Lieblingsfilm war *Der dritte Mann*. Fran hat wirklich ein Problem mit Beziehungen. Ich hab die *Turtles* besonders gemocht. Die sind bisweilen aufgeregt.

Und dass ich mich in diesem Fall aufrege, ist wirklich kein Wunder.

Sollte man sich nicht ärgern, wenn ein Philosoph wie er behauptet, dass uns die Klimakrise egal sein kann? Ich habe eine wunderbare Tochter, Lilli, sie wird in Kürze ein Jahr alt. Und da kommt Benjamin Koren zurück, lässt sich von Talkshow zu Talkshow reichen und sagt frech, die Erde gehe ohnehin nicht unter. Das Schlimmste ist: Er leugnet gar nicht, dass sie sich aufheizt. Er sagt bloß: egal. Sollte die Menschheit verschwinden, ist das bloß eine Fußnote der Geschichte.

Er ist tatsächlich zur Automobilmesse nach Frankfurt geflogen und hat dort eine Rede gehalten. Das muss man sich vorstellen: Benjamin Koren, ehemals konsumkritischer Philosoph, lässt sich vom Deutschen Automobilverband einladen. Als Zeichen der Offenheit der Autoindustrie solle das verstanden werden, ist in der Presseerklärung der Autolobby gestanden, man sei sich der „komplexen Verantwortung für die Mobilität der Zukunft" bewusst. Neben „ökologischen müssen freilich auch wirtschaftliche und soziale Aspekte berücksichtigt werden". Zum Kotzen dieses Geschwafel.

Benjamin Korens Vortrag trägt den Titel „Innovation statt Verbote". Ich sitze in der Küche vor dem Laptop und knurre so laut, dass ich erschrecke. Ist Lilli aufgewacht? Auf Zehenspitzen gehe ich ins Kinderzimmer. Nicht rosa, sondern bunt. Und mit vielen Tier- und Blumenmotiven. Lilli liegt in ihrem Bettchen und schläft. Ihr Mund steht einen kleinen Spalt offen, so, als würde sie gerade etwas Neues erleben. Dein Leben soll voll mit schönen Überraschungen sein. Ich küsse sie ganz sanft auf die Stirn. Dieser unglaubliche Geruch nach Babylotion, frischer Wäsche und Unschuld. Ich weiß, das ist kitschig. Ich gehe auch nicht herum und sage so etwas öffentlich. Aber genau so fühlt es sich an. Ich werde sie beschützen.

Nachdem ich kontrolliert habe, ob das Babyphon an ist, schließe ich leise die Tür. Das YouTube-Video. Benjamin Koren steht in einer Halle mit futuristischen Autos, das deutlich erhöhte Rednerpult ist aus Glas. Auch so eine müde PR-Idee. Durchsichtig. Transparent. Dass ich nicht lache. Ich sage nur Dieselskandal. Die Halle wirkt, als hätte sie kein Ende. Verschiedene Grüntöne, was sonst. Mich wundert nur, dass sie im Hintergrund keinen Wald aufgestellt haben. Und dass sich keine Mädels in Öko-Bikinis auf den Schlitten der Zukunft rekeln. Würde ihm inzwischen wohl gefallen, unserem Philosophen. Immerhin schauen die vielen geladenen Gäste des Automobilzirkus zu ihm auf. Und er ergeht sich in schickem Wortgeklingel. Von der „Wende zum Besseren" ist die Rede und vom Wechsel, der als „Chance zu begreifen" sei. Er soll aufpassen. *CHANCE* heißt unsere Bewegung. Und wir wollen, dass sich tatsächlich etwas ändert.

Jetzt lachen die Menschen. „Ich meine, Scham? Glauben sie wirklich, dass ihr oder gar unser Leben besser wird, wenn sie sich dafür genieren, von A nach B zu reisen? ‚Ich möchte meine Mutter in Helsinki besuchen – schäm dich!‘"

Er macht eine Pause, genießt die Reaktion des Publikums. Wenn er sich jetzt auch noch die Locken zurückstreicht, dann springe ich wirklich in den Laptop. Ich sehe mich auf der anderen Seite ankommen, in seinem grünen Plastikparalleluniversum voll mit Autolobbyisten. Ich würde die Stufen zum Podium hinaufeilen und … Was würde ich dann? Ihn mit Pfeilen durchbohren wie den heiligen Sebastian? Ihn vor allen bloßstellen? Ihm eine Torte ins Gesicht drücken und wieder gehen?

„Meine Damen und Herren. Mobilität: Wir haben gerade in der letzten Zeit gelernt, wie kostbar sie ist. Wir sollten sie uns nicht nehmen lassen. Sich mit Maschinenkraft fortzubewegen ist eine der großen zivilisatorischen Errungenschaften. Es ist nicht bloß bequem, es weitet den Horizont. Was ist die Alternative? Daheim zu sitzen und die Welt aus zweiter Hand für echt zu halten? Leider habe ich bisweilen das Gefühl, unsere schamerfüllten jungen Freundinnen und Freunde tun genau das. Ja, wir stehen vor Herausforderungen. Aber wir werden sie nicht lösen, wenn wir uns selbst einsperren. Ich bin dafür, dass Flugzeugtreibstoff umweltfreundlicher wird. Es gibt kein Recht auf Reisen zum Dumpingpreis. Ich wäre auch dafür, Autotreibstoff zu verteuern, allerdings: Wollen wir den Schlechterverdienenden absprechen, ihren Horizont zu erweitern? Bessere Jobs anzunehmen, auch wenn sie ein Stück entfernt sind? In direktem Kontakt mit anderen zu lernen, sich zu entwickeln?"

Applaus. Das Bild zoomt zu drei Männern in dunkelgrauen Anzügen. Sie sind wichtig und sie sind begeistert. Jeder kann das sehen. Jetzt streicht sich Benjamin Koren tatsächlich die Locken zurück.

„Mit Strom betriebene Autos sind eine nette Alternative, aber sie sind lange nicht für alle tauglich, gar nicht zu reden von den Indigenen in Südamerika, denen weit weg von unseren Klimabewegten das Wasser abgegraben wird. Ich bin Philosoph und kein Ingenieur, ich kann keine Lösungen bieten, sondern nur übers Leben, unsere Wege und mögliche Irrwege nachdenken."

Was machst du dann hier? Ich sehe, was du hier tust: schwafeln! Wie viel kassierst du dafür?

„Wer jetzt glaubt, ich halte die Menschen für zu schwach, um mit den Herausforderungen der Zukunft fertigzuwerden, der täuscht sich. Genau das Gegenteil ist der Fall. Diejenigen, die uns einen wichtigen Teil des Lebens, nämlich die Mobilität, absprechen wollen, sind es, die fürchten, dass sie selbst, dass künftige Generationen nichts auf die Reihe kriegen. Ich setze darauf, dass Forscher- und Entwicklungsgeist stärker sein werden als Scham und Furcht vor Veränderung. Ja, ich habe es immer wieder gesagt: Dass sich die Erde aufheizt, dass sich das Klima ändert, ist eine Tatsache. Und diese Veränderungen hängen ursächlich mit unserer Spezies zusammen. Lächerlich, wissenschaftliche Beweise leugnen zu wollen. Aber …"

Er macht eine Kunstpause. Und tatsächlich starren ihn viele erwartungsvoll, sogar mit offenem Mund, an. Ich weiß, was jetzt kommt. Das, was er immer sagt.

„Ich bin kein Anhänger des Darwinismus, ich glaube an die Gestaltungsmacht des Menschen. Sollte sie nicht genutzt werden, sollten anstelle von Forschung immer mehr Verbote treten, dann könnte es unter Umständen passieren, dass wir doch untergehen. Aber keine Angst, es dauert noch."

Zaghaftes Gelächter.

„Und falls es so weit kommt – so what? Gerade den selbsternannten Weltrettern könnte es doch recht sein. Die Erde wird es überleben, wenn es keine Menschen mehr gibt. Wir werden es nicht überprüfen können, aber die Prognose, dass es ihr ohne uns um nichts schlechter geht, ist zulässig. Man sollte …"

Ganz hinten in der Halle, irgendwo beim grünen Horizont und diesem Mondfahrzeug mit den Riesenreifen, rumort es. Ich kneife die Augen zusammen. Jana, das ist ein Video. Du kannst größer zoomen. Ist aber nicht notwendig. Jetzt rumort es auch bei der roten Metallflunder mit dem Luftkissensaum. *Fridays for Future!* kann ich auf Transparenten lesen und *Ende Gelände(wagen)!*.

Benjamin Koren hebt die Arme und lässt sie gespielt resigniert wieder sinken. „Immerhin, die da bewegen sich noch. Auch wenn sie auf dem falschen Dampfer sind. – Willkommen in der wirklichen Welt, gibt's irgendjemanden, der heraufkommen und etwas sagen möchte?"

Der Schnitt im Video ist kunstvoll und trotzdem unelegant. Einige Kids, die einander irritiert ansehen, zwei, die sich an eine Art Zukunfts-SUV gekettet haben und daher schlecht wegkönnen. Dann der Philosoph, der sich verbeugt. Und das Publikum, das frenetisch applaudiert. Ich weiß, wie die Sache in echt weitergegangen ist, es war in vielen Foren. Der Sicherheitsdienst hat die Aktivistinnen hinausgezerrt. Die Angeketteten von der Initiative *Ende Gelände* durften bleiben, bis der Saal leer war. Danach sind sie mit Spezialgerät losgeschnitten worden. Von Anzeigen hat man abgesehen – auf Anraten von Benjamin Koren. Dumm ist er nicht. Aber das habe ich auch nie behauptet.

Wir müssen etwas organisieren, Protest, wann immer er auftritt. Dann hat er freilich noch mehr Öffentlichkeit. Totschweigen geht aber auch nicht. Weil er redet. Und er wird gehört. Eine Guerilla-Aktion. So wie damals, als wir diese Girls-Gang hatten. Wir waren es leid, dass sich die größten Machos und anderes rechtes Gesocks über die Frauenfeinde bei Jugos und Türken ereifert haben. Ausgerechnet. Das war etliche Jahre vor der Fluchtwelle aus Syrien. Inzwischen haben sich gewisse Ex-Jugos schon so gut integriert, dass sie selbst zu den Ausländerfeinden gehören. Damals, das sagt auch der Kanzler mit den großen Ohren – ja, ich weiß, man spottet nicht über körperliche Besonderheiten, aber ich bin mir sicher, er hat sie sich machen lassen, damit er wenigstens irgendwas Besonderes hat –, damals also, sagt er, habe Österreich die Jugoslawen mit offenen Armen empfangen. Weil sie in Not waren und Nachbarn und weil Österreich immer für alle, die wirklich Hilfe gebraucht hätten, dagewesen sei. Er ist nicht viel älter als ich, aber er hätte, wie ich, fragen können. Mam zum Beispiel, die jahrelang in Sorge gelebt hat, dass wir abgeschoben werden. Oder die Flüchtlinge, die tagelang in Bahnwaggons in der größten Hitze ausharren mussten, weil Österreich sie eben nicht wollte.

Jedenfalls, die Girls-Gang war unsere Reaktion auf die real existenten Macho-Jugos und Macho-Türken. Wir haben sie angegriffen. Nicht bloß mit Worten. Wir Mädels wollten die Sache selbst in die Hand nehmen. Damit klar ist, wir sind keine Opfer. Und wir wehren uns. Aber wie wehrt man sich gegen einen Philosophen? Indem man mit ihm diskutiert. Immer. Und überall. Und wenn sie einen ausblenden, wie bei der Automobilschau? Wir müssen viele sein. Besser. Näher. Wir müssen ihm die Diskussion aufdrängen.

Ich höre Lilli durchs Babyphon husten. Nur ganz leicht. Sie hatte letzte Woche eine Erkältung. Nichts Ernstes, aber sie ist noch so klein. So schutzbedürftig. Zum Glück kann ich zum Großteil von daheim arbeiten. Ich bin im Leitungsteam von *CHANCE*, dieser internationalen Bewegung, die sich für eine grundlegende Änderung der Politik einsetzt, um die Erde vor der ultimativen Katastrophe zu bewahren. Na gut. Um uns Menschen vor dem Aussterben zu bewahren. So gesehen hat er recht, der Philosoph der Autolobby. Dieser verdammte Egozentriker, der um einer hübschen Pointe willen die Zukunft von Lilli verkauft.

Ich recherchiere im Netz, wann er wieder in Wien ist. Er wird mit Gegenwind zu rechnen haben, mehr noch, mit einem der Klimakatastrophe geschuldeten Sturm. Wenigstens im übertragenen Sinn. Wobei es im Netz genug Postings gibt, die ihm ganz real alles Üble wünschen. Ersaufen soll er im Hochwasser. Ersticken an den Abgasen. Hoffentlich sei er unfruchtbar, damit sich solcher Abschaum nicht auch noch vermehren kann. Perverser Kinderschänder, das steht auch noch da. – Und das sind meine Verbündeten? Mit denen will ich dafür sorgen, dass sich die Welt zum Besseren verändert? Jana. Die wenigsten sind so. Und habe ich nicht auch schon daran gedacht, wie es wäre, ihn mit Pfeilen zu durchbohren? Heiliger Benjamin der Autoindustrie, wir bitten zu dir. Nie, keine Sekunde meine ich so etwas ernst. Nie würde ich es posten. Ich würde auch nie bei einer Demo mit Steinen werfen. Gewalt ist keine Lösung. Aber wie gegen die angehen, die der Erde Gewalt antun? Die unserer Zukunft Gewalt antun? So große Worte. Wir brauchen andere. Fakten. Coolness. Wir werden die hohlen Phrasen und Halbwahrheiten aufdecken. Nächste Woche. Mittwoch. Benjamin Koren hält eine Vorlesung, man muss online Platzkarten bestellen, weil auch das Audimax zu klein ist für alle, die ihn hören wollen.

Wir sind gut organisiert. Mam passt auf Lilli auf, ihr Beitrag zur Rettung der Welt – um bei den großen Worten zu bleiben. „Willkommen im Konsumkarussell". So lautet der Titel seiner Vorlesung. Früher hat er die These vertreten, dass Konsum vorgegaukelte Entscheidungsfreiheit sei. Und dass Konsumdenken, auf die Spitze getrieben, dem Ideal der Demokratie diametral entgegenstehe.

Wir sind im ganzen Saal verteilt. Studentinnen, aber auch Aktivistinnen, die schon bei Demos im vergangenen Jahrhundert dabei waren. Unsere *Fridays*-Freundinnen, Feministinnen, Bäuerinnen. Wir haben beschlossen, dass der Wind, der ihm heute ins Gesicht blasen soll, weiblich ist. Weil er damit schlechter umgehen kann. Zumindest glaube ich das. Es gab Zugangskontrollen an den Eingängen. Man müsse alles tun, um „die Sicherheitsbestimmungen" aufrechtzuerhalten, haben die von der Uni-Verwaltung gesagt. Sie wollen Kontrolle und sie wollen uns einschüchtern. Das glaube ich.

Siebenhundertfünfzig Plätze hat das Audimax. Und dass Benjamin Koren Applaus von der falschen Seite bekommt, ist leicht erkennbar. Ein ganzes Corps an farbentragenden Studenten hat sich zusammengerottet. Lächerliche Typen mit Käppchen, Schleifchen und Narben im Gesicht. „Schon wieder einer, der zu blöd ist, um verletzungsfrei zu essen" – mit solchen Sprüchen haben wir sie provoziert, als ich noch studiert habe. Die meisten haben uns einfach mit Verachtung gestraft. Aber ich kann mich auch erinnern, wie mich einer mit hochrotem Gesicht angefahren hat: „Wenn du ein Mann wärst, ich würde Satisfaktion von dir verlangen!" Ich hab ihn aufgefordert, trotzdem mit mir rauszugehen. Schauen wir, wer gewinnt. Seine Kameraden haben ihn weitergezogen. Und wir haben hinter ihnen her gelacht. Natürlich sind diese Typen Klimawandelleugner. Und sie glauben, dass die Erde eine Scheibe ist. Wenn sie sich aus der Vergangenheit rausbewegen, fallen sie runter.

Lebhaftes Getrommel auf den Pulten, als Benjamin Koren die Bühne betritt. Jeans, Leinenjacke, wehende Haare. Hinter ihm zwei Typen, die auf hundert Meter nach Bodyguards riechen.

Und eine schlanke großgewachsene Blondine in meinem Alter. Sie trägt mehrere Mappen unter dem Arm. Groupie des Tages?

Ich sehe mich um. Ich habe nicht alle im Blick, aber wir wissen, was wir tun. Zuerst werden wir ihn reden lassen. Und das tut er. Er beginnt mit seinen alten Thesen. Achtung, Konsum ist nicht Entscheidungsfreiheit. Ich bin ein wenig irritiert. Diejenigen, die gekommen sind, um ihn gegen die Klimaschützer lästern zu hören, sind es auch. Das ist deutlich zu sehen. Was, wenn … Aber schon geht es los. Mit Ökokonsum, dem Kaufverhalten der „bessergestellten Klimagerechten". Er beugt sich vor, so, als würde er tatsächlich zu jedem von uns persönlich sprechen. Wir sehen ihn in Großaufnahme am Videoscreen. Braune Augen, dunkle Locken. „Glauben die wirklich, dass sie deshalb besser sind? Sie kaufen bloß anderes. Teureres. Ich kenne welche, die haben nach einem … sagen wir Klimaerweckungserlebnis, ihre konventionell produzierte Kleidung weggegeben, um sich neu mit öko-bio-fairem Fummel einzudecken. Was, so frage ich, verbraucht mehr Ressourcen? Eine Hose, die ich bereits habe, oder eine neue Hose, sei sie auch noch so … wie nennen sie es … klimafreundlich produziert? Sehen Sie her! Meine Jeans. Tadellos. Ich habe sie seit fünf Jahren. Und mein Problem ist nicht, wo werde ich sie los, sondern bestenfalls, ob sie mir noch passt." Er lächelt und fährt mit zwei Fingern in seinen Hosenbund.

Eitler geht es nicht mehr.

„Sie passt. Ich habe keine Ausrede für neuen Konsum. Wobei: Wäre es besser, gar nichts zu kaufen? Oder so wenig wie möglich? Tja, nur dass das, ernst genommen, gar nicht so einfach ist in einer arbeitsteiligen Gesellschaft. Zurück zum Tauschhandel würde nur bedeuten, dass die Schlaueren viel direktere Vorteile hätten. Es ist ähnlich wie mit der Anarchie. Klingt verlockend, keinen Staat zu haben, was?"

Gelächter. Es wird Zeit, ihn zu stören. Ich sehe, dass die anderen auf mein Kommando warten. Wir brauchen das richtige Timing. Und ich will wissen, was er noch verdrehen will.

„Nur dass Anarchie bedeutet, dass die Stärksten die Macht haben. Ohne Regeln und Kontrolle der Allgemeinheit. Aber ich fürchte, vielen Klimabewegten … nein, das ist das falsche Wort, da müssten sie sich ja bewegen, unseren Klimaschockstarren geht es um etwas anderes. Sie fühlen sich gut, wenn sie von den anderen Umdenken und Verzicht fordern. Sie sitzen in ihren Kinderzimmern, auch wenn einige schon in ihren Dreißigern sind, und strafen ihre Mütter oder sonstige Versorgungseinheiten mit vorgeblicher Verweigerung. Aber: Auch Nicht-Konsum gehört zu unserer Gesellschaft, auch Nicht-Konsum ändert die Gesellschaft nicht, willkommen im Konsumkarussell, wir bewegen uns in derselben Welt, wir alle spielen mit. Und die vegane Pizza nehmen sie dann doch. Und das Smartphone auch, man muss ja vernetzt sein. Kann schon sein, es gibt welche, die glauben, dass man mit Kehren die Welt retten kann. – Schauen Sie nicht so erstaunt, Kehren statt Saugen und schon geht es der Erde besser. Ich fürchte bloß, der Schmutz bleibt derselbe. Und die Selbstgerechtigkeit auch. Und die Überheblichkeit denen gegenüber, die das Notwendige kaufen. ‚Plastikfrei‘ ist die kleinere, aber ebenso blöde Schwester von ‚genfrei‘. Ohne Gene … Sie wissen es, ohne Gene wären Sie nicht hier. Und Plastik – wir reden von einer Unzahl von Kunststoffen, ohne die es unser heutiges Leben, das wir mit oder ohne Protest und Verachtung der andern leben, nicht mehr gäbe. Brillen nur mehr mit Horn- oder Goldumrahmung? Dichtungen aus Kitt für elektronische Geräte? Kabel mit Stoffummantelung? Chemikalien, sofern es die noch geben darf, in Blechcontainern oder Holzbottichen? Ein Loblied auf die Entwicklungen der Konsumindustrie …“

Jetzt spinnt er total.

„… werden Sie von mir nie hören. Aber ich will, dass wir zu denken beginnen. Wunderbar, wenn wir die klassischen Einweg-Plastiksäcke vermeiden – nur geht es darum bloß ganz am Rande. Es geht um unseren Zugang zur ganz real existenten Welt, um …"

Pola sieht mich an und jetzt nicke ich. Und es geht los.

Wir bombardieren ihn mit Fragen.

Zuerst ist er irritiert. Dann versucht er es mit dem üblichen Zynismus. „Wer so viele Fragen stellt, mag wohl keine Antworten, schon gar nicht meine!"

Unsere Freundinnen von *Fridays for Future* halten ihre Transparente hoch.

„Willkommen", tönt es vom Rednerpult, jetzt schon eindeutig genervt. Gut so.

„Ich finde es übrigens gut, dass ihr politisch aktiv seid. Und gewaltfrei."

„Aber Sie tun der Erde Gewalt an! Gemeinsam mit Ihren Konzernfreunden!", schreit Klara zurück. Sie ist sechzehn, sie hat in den letzten Monaten einiges an Erfahrung und an Stimmkraft gesammelt.

„Allgemeinplätze haben noch nie etwas verändert. Ist euch klar, wie sehr ihr das Spiel des Systems mitspielt? Bei der Automesse in Frankfurt haben sich eure Freundinnen an SUVs gekettet – wo ihr die doch gar nicht mögt. Super Bilder! Für die Autoindustrie. Pin-up-Girls gehen wirklich nicht mehr, ihr habt das für sie erledigt! Eyecatcher! Alle haben sich die SUVs angesehen!"

Es kommt zu ersten kleinen Tumulten. Einige Hörer versuchen Barbara zum Niedersetzen zu bewegen. Sie hat bis zu ihrer Pensionierung ein Theater geleitet. „Wer zahlt Sie für den Blödsinn?" Sie schreit dramatisch auf, als man sie an den Schultern packt.

Jetzt ist der Saal in Aufruhr.

„Das ist eine Vorlesung und keine Diskussionsveranstaltung", kommt es vom Rednerpult. „Ich bitte alle, die Plätze wieder einzunehmen. Ansonsten ist die Vorlesung beendet." Die beiden Männer sind dicht an ihn herangerückt. Sein blondes Groupie ist nicht mehr zu sehen.

„Warum willst du nicht diskutieren? Weil deine Argumente schwach sind!" Ich brülle es nach vorne. Ich weiß nicht, was mich geritten hat. Eigentlich wollte ich bloß dirigieren. Und im Hintergrund bleiben.

Für einen Moment sieht mich Benjamin Koren an. Fassungslos.

Im nächsten Moment trifft ihn ein Geschoss, das mitten in seinem Gesicht explodiert.

Gebrüllte Befehle von Uni-Verantwortlichen, aufgeregte Leibwächter, hunderte Menschen, die zum Ausgang drängen. Es ist ein reines Glück, dass nicht mehr passiert. Oder es hat mit der eben doch grundsätzlichen Friedfertigkeit der Klimaschützer zu tun.

Dass einer einen großen und offenbar sehr faulen Apfel geworfen hat, dafür kann ich nichts, wir haben die strikte Parole Gewaltfreiheit ausgegeben. Auch wenn ich nicht glaube, dass Benjamin Koren mehr davongetragen hat als eine kurzfristige Beeinträchtigung seiner Heldengestalt.

Lilli hat von all dem nichts mitbekommen. Sie hat mit Mam Bausteine aufgetürmt, sie hat sich ein paar Mal am Sofa angehalten und hochgezogen und sie kräht mir fröhlich entgegen, als ich komme.

„Ich habe gehört, es war Tumult", flüstert Mam etwas später. So, als ob Lilli sie verstehen könnte.

„Ein Idiot hat einen faulen Apfel geworfen und getroffen, viel mehr war nicht."

„Lilli hat versucht, einen Schritt zu machen. Aber ich glaube, sie wartet auf dich. Tu nichts, wo du nicht wiederkommst."

Ich umarme Mam. Zärtlichkeiten dieser Art gibt's erst wieder, seit Lilli da ist. „Es war nicht gefährlich, eine Vorlesung im Audimax."

„Du musst an deine Tochter denken."

„Du hast uns allein großgezogen. Und ich hab dich. Und Fran."

„Vergesse nicht deinen Stiefvater. Und mache es besser als ich. Sei vorsichtig."

„Du hast es großartig gemacht. Du machst es noch immer großartig."

Lilli strahlt uns beide an. Sie ist ein fröhliches Kind, schon beinahe beängstigend unkompliziert.

Als ich später ihre Kleidung zusammenlege, natürlich in Bioqualität und ordentlich erzeugt, egal, was der Mann mit dem faulen Apfel im Gesicht dazu sagt, denke ich über Mam nach. Macht man das erst ab einem gewissen Alter? Oder dann, wenn man selbst Kinder hat? Sie hatte immer ein schlechtes Gewissen. Weil wir nichts hatten, als wir gekommen sind. Weil sie mehr unterwegs war, als sie wollte. Auch um zu arbeiten. Und weil Vater nicht da war. Dabei war unser Stiefvater ein sanfter Mann, lieb, hat gearbeitet wie ein Tier. Ein Jugo konnte sich damals nichts erlauben. Allerdings war schon bald klar, dass er nicht ihre Kragenweite hat. Unser leiblicher Vater ist im Krieg nach Australien. Ich kenne ihn nur von Fotos, ein schlanker großer Mann mit kurzgeschnittenem, dunklem Haar. Fran sieht ihm immer ähnlicher. Eigentlich wollte er uns nachholen, aber manchmal ändert sich das Leben eben. Wir alle kennen das. Es gibt Menschen, die man sehr mag, die man liebt, trotzdem verliert man sie aus den Augen. Und ab einem gewissen Moment ist es zu spät. Man kann nicht einfach wiederkommen und sagen: Hallo, da bin ich! Ich kenne keine Hintergründe, aber ich glaube, es hatte wenig bis nichts mit Mam zu tun, dass er abgetaucht ist. Das Leben ist so.

Und manchmal hat man keine Wahl.

Mams beste Freundin Mira hat geholfen. Sie ist eine angesehene Journalistin und hat gemeinsam mit Mam dazu beigetragen, dass einige miese Machenschaften ans Tageslicht gekommen sind. Apropos Vorsicht und Mam. Es gab da einige Situationen, die brandgefährlich waren. Im wahrsten Sinn des Wortes.

Ich bin zur wichtigsten Talkshow des Landes eingeladen. Der Titel: „Kommt der Strom aus der Steckdose?" Ziemlich doof, aber ich habe ihn ja nicht gemacht. Ich trete als „Jana Krajner, junge Mutter und Aktivistin von *CHANCE*" auf. Und er wird auch dabei sein: „Benjamin Koren, ordentlicher Universitätsprofessor für Philosophie und Querdenker". Ansonsten gibt's noch eine Generalsekretärin der E-Wirtschaft und jemanden mit einem sehr erfolgreichen Start-up. Mini-Fotovoltaik-Anlagen für den Balkon.

Ich habe mich gut vorbereitet. Habe alles gelesen, was ich über die letzten Auftritte des Philosophen finden konnte. Habe seine Thesen analysiert und gut verständliche Gegenargumente geübt. Ich werde mich nicht auf die Befindlichkeitsebene drängen lassen und Lilli auch nicht verbal als Waffe einsetzen. Ich werde cool und … Es läutet und ich zucke zusammen. Lilli sieht mich an und beginnt zu weinen. Ich drücke sie an mich. Sie macht das selten, höchstens, wenn sie in ihrem unendlichen Forscherinnengeist gegen irgendwas wirklich Hartes stößt, oder damals, als sie ihre ersten Zähnchen bekommen hat. Sie spürt meine Unruhe. „Wir machen das, Lilli, du wirst sehen. Alles wird gut. Alle haben dich lieb." – Alle? „Alle, auf die es ankommt." Lilli sieht mich mit ihren großen blauen Augen an. Zweifelt sie? Was kriegt sie mit? Dann kommt Fran zur Tür herein, er albert herum, zeigt ihr die lange Nase, schlenkert mit Armen und Beinen. Lilli lacht. Sie mag Action. Ich glaube, sie hat auch einiges von ihrer Großmutter.

Das übliche Gerenne vor einer Sendung. Seit ich für *CHANCE* arbeite, habe ich es widerholt erlebt. Assistentinnen, die die Eingeladenen vom Empfang abholen und in eine Art Wartezimmer bringen. Mit Tischen wie in ungemütlichen Lokalen, mit schlechtem Ausblick, noch schlechterem Kaffee und einem großen Fernseher. Gäste, die allein oder in Begleitung herumsitzen. Man kennt sich und wechselt ein paar Worte. Oder man kennt sich nicht, winkt unverbindlich und tut, als müsste man dringend etwas übers Smartphone checken. Dann kommt man zur Maskenbildnerin, dann wieder zurück, dann kommt eine Redakteurin, die den Ablauf erklärt, und dann geht's ins Studio. Kameras rundum, Tontechniker, die einem Mikro an- und Sender in den Hosenbund oder eine Jackentasche stecken. Monitore, der Moderator, Smalltalk auf den Plätzen und dann die Signation. Wobei Talksendungen nicht mehr live sind. Sie werden aufgezeichnet. Heute will man alles unter Kontrolle haben. Ganz abgesehen davon, dass das Personal mehr kostet, wenn man live am Abend sendet. Trotzdem, da ist immer dieses gewisse Prickeln. Und heute noch einmal mehr. So routiniert bin ich doch nicht, auch wenn ich so tue. Zoe, die Assistentin, die mich abgeholt hat, tut allerdings auch bloß so, als wäre sie seit ewig mit dabei. Mehr als zwanzig kann sie nicht sein. Ich lächle. Sie bringt mich in den Sondergastraum und gibt mir Tipps. Ich nicke. Natürlich, ich kenne mich aus und weiß, wo die Toiletten sind und dass es dann, schon verkabelt, schwerer geht.

Ich sehe mich im Zimmer um. Die Generalsekretärin der E-Wirtschaft trägt ein lachsfarbenes Kostüm. Sie hat zwei Assistenten dabei, die mich nicht wahrzunehmen scheinen.

Benjamin Koren ist noch nicht da. Ist mir auch lieber so. Dafür Blondie, die ich schon vom Audimax kenne. Ich lächle ihr unverbindlich zu. Sie lächelt unsicher zurück. Frau E-Wirtschaft wird in die Maske gebeten. Ich spiele am Handy herum und erschrecke, als die Blonde vor mir steht. „Nadine Gabler", sagt sie.

„Jana Krajner", antworte ich. „Sie sind die … Begleitung von Professor Koren? Er ist in der Maske?"

Sie schüttelt den Kopf. „Er ist noch nicht da."

Wir warten. Wer nicht kommt, ist unser Herr Professor. Was will er? In letzter Minute auftauchen, damit er auch sicher alle Aufmerksamkeit hat? Aber das ist keine Diskussion mit Publikum. Die Fernsehleute sind zunehmend nervös. Genervt. Nadine Gabler hat versucht, ihn zu erreichen. Sie hat mit der Instituts-Sekretärin telefoniert und mit zwei anderen Leuten, die zu seinem Umfeld gehören. Beinahe tut sie mir leid.

„Wir sind bereits zehn Minuten über der Zeit", sagt der Typ, der uns als Sendungsverantwortlicher vorgestellt wurde. „Wir gehen jetzt ins Studio, warten dann noch zehn Minuten und wenn er immer noch nicht da ist, beginnen wir ohne Professor Koren. Sollte er während der Sendung auftauchen, kann er dazustoßen. Wenn nicht, läuft sie ohne ihn. Wir nehmen eins zu eins auf. Das heißt: wie wenn es live wäre. Nur dass es erst morgen Abend gesendet wird. Also gut, bitte ins Studio."

Ich trabe im Pulk Richtung Fernsehstudio, höre, wie er zur Redakteurin sagt: „Ziemlich überheblich, dieser Koren, Österreich ist ihm offenbar egal, seit sich die Deutschen um ihn reißen."

„Und wenn ihm was passiert ist?"

„Was denn? Die üblichen Checks haben wir gemacht."

Der Philosoph hat etwas vor. Da bin ich mir sicher. Oder hat er sich gar gefürchtet, hier mit mir … Seine letzten Auftritte in

Talkshows waren nicht auf Konfrontation angelegt. Da sitzt der berühmte Moderator mit berühmten Gästen und jeder hat zehn Minuten, um zu erzählen, warum er momentan so besonders berühmt ist.

Nadine ist inzwischen den Tränen nahe. Sie ist mit ins Studio gekommen, sie stolpert beinahe über eines der dicken Kamerakabel.

„Er wird wieder auftauchen", tröste ich sie.

„Ich weiß nicht … Es hat Angriffe gegeben, von den Drohbriefen und dem Hass im Netz gar nicht zu reden. Die Klimaschützer sind nicht alle …"

„Wir sind gewaltfrei." Ich sage es wütender, als ich eigentlich wollte.

„Ja, so wie der Typ mit dem Apfel. Und die Leute, die seine Tür mit Scheiße beschmiert haben. Und die Sachen, die in der Nacht gegen sein Fenster geworfen werden. ,Die Erde klopft an', das ist Terror."

„Sie … sind seine Freundin?"

Nadine schüttelt den Kopf. Wir stehen im Halbdunkel des Studios, die Scheinwerfer leuchten bloß diese pseudogemütliche Sitzecke an, die man aus dem Fernsehen kennt. Ufo im dunklen Technikland. „Ich schreibe meine Masterarbeit über ihn."

„Zu meiner Zeit wurden Doktorarbeiten über Themen geschrieben, nicht über Professoren."

„Na, viel älter bist du auch nicht. Und ich schreibe über das, was er macht. Es geht um Philosophie und Öffentlichkeit – anhand seiner Vorträge und ihrer Rezeption."

„Wann hast du ihn das letzte Mal gesehen?"

„Vor … ein paar Tagen. Wir haben über die Sache im Audimax geredet. Eine Mitarbeiterin hat ihm die Unterlagen zur heutigen Sendung ausgedruckt. Wir haben darüber gesprochen."

„Über seine Strategie."

„Ja, sozusagen. Er wollte sich die Biografien noch genauer ansehen, so wie immer. Aber wahrscheinlich sollte ich dir das nicht sagen."

„Er war also wie immer?"

„Das fragt man, wenn etwas passiert ist. Weißt du etwas? Stecken deine Leute …"

„Unsinn. Was hatte er vor?"

„Das werde ich dir jetzt aber wirklich nicht verraten."

„Ich meine nicht in der Sendung, sondern heute, in der letzten Zeit."

„Keine Ahnung, ich … weiß nicht alles. Er …"

„Was?"

„Er hat gesagt, er braucht eine Auszeit. Ich hab mir nichts dabei gedacht, deswegen hab ich ihn in den letzten Tagen auch nicht gesucht. Er zieht sich ab und zu zurück."

„Also kennst du ihn doch besser?"

„Was soll das jetzt? Warum interessiert dich das?"

„Du hast recht. Ist mir egal."

Eine Hand auf meinem Unterarm. Ich zucke zusammen. Aber es ist bloß die Redakteurin. „Wir starten!"

„Wer tot ist, taucht auf", sagt Mam trocken. „Und das nicht nur im Wasser."

„Du schaffst es, einem Hoffnung zu machen", erwidere ich.

„Ich habe gedacht, er ist dein Lieblingsfeind?"

„Ich will nicht, dass sein Verschwinden den Klimaschützern in die Schuhe geschoben wird. Und ich wünsche niemandem, dass er …"

„Und wenn es jemand von denen war?"

„Du meinst, von uns?"

„Muss nicht *CHANCE* sein. Es gibt Radikale. Auch da."

„Mehr Friedfertige gibt's kaum wo."

„Du lasst uns nicht streiten. ‚Mehr‘ sind nicht alle.“
„Und wo haben sie ihn dann?“

Genau das ist die Frage. Inzwischen wissen wir, dass sich Benjamin Koren nicht nur bei den Klimaengagierten unbeliebt gemacht hat. Es gab auch Drohungen von einer seltsamen Gruppe namens *ProPatria*. Die behaupten mehr oder weniger dasselbe wie Trump. Nämlich dass linke Zellen, die inzwischen die ganze Welt überziehen, sowohl hinter der Propaganda für den Klimaschutz stecken als auch hinter der Erderwärmung selbst. Gemeinsam mit den moralisierenden Meinungskorrekten würden sie daran arbeiten, die Freiheit des Westens durch eine kommunistische Weltdiktatur zu ersetzen. Das Coronavirus hätten sie züchten lassen, um Europa und Amerika zu schwächen. Koren ist für sie ein Heuchler, der den angeblichen Klimawandel über die Gruppe von dummen Jugendlichen hinaus populär gemacht hat.

Von bewaffnetem Kampf ist die Rede, von Gruppen, die in jedem Land bereitstünden, um die Freiheit, das Vaterland, unsere christliche Kultur zu verteidigen. Jetzt finde ich es gut, dass man für die Vorlesung im Audimax online reservieren musste. Ich hoffe, der Ordnungsdienst der Uni hat die Daten noch.

Nadine Gabler nervt zusätzlich. Weil natürlich weiß inzwischen jeder vom Verschwinden des Professors. Eine Fernsehanstalt, von der so etwas nicht nach außen dringt? Unmöglich. Auch wenn die Sendungsmacher offiziell verkündet haben, dass Professor Koren kurzfristig „aus familiären Gründen“ absagen hätte müssen. Das Gute daran: Unbemerkt kann er nirgendwo sein. Das Schlechte daran: Viele Möglichkeiten bleiben nicht.

Nadine hat ein Interview gegeben, in dem sie mehr oder weniger direkt einer Gruppe im Nahbereich von *Ende Gelände* vorwirft, für sein Verschwinden verantwortlich zu sein. Sie sind aus der Anarcho-Szene, und es zeigt sich, dass es gar nicht wenige Journalistinnen und Redakteure gibt, die sich mit großer Freude über die „Radikalisierung der Klimaschützer" auslassen. Als ob die etwas mit *Fridays for Future* oder *CHANCE* zu tun hätten. Im Gegenteil: Die Öko-Anarchos beschimpfen uns als *kapitalistische Weicheier*. Am liebsten wäre mir, sie würden sich mit denen von *ProPatria* auf einem gut umzäunten Fußballfeld matchen. Was immer dann passiert.

„Es hat ihn fertiggemacht, wie man mit ihm umgegangen ist, nur weil er den Mut hat, andere Positionen einzunehmen", sagt Nadine, als wir uns in Mams Reinigungsfirma treffen. Dort sind wir hoffentlich ungestört.

„Wenn er der Autolobby nach dem Mund redet, muss er mit Kritik rechnen."

„Er ist Philosoph, kein Politiker. Wer, wenn nicht er, soll unabhängig denken?"

„Er hat in Frankfurt nicht eben einen wissenschaftlichen Vortrag gehalten. Wer sich so äußert, muss mit der Reaktion darauf umgehen können. Das ist so ähnlich wie bei Handke. Es hat nichts mit seinem literarischen Werk oder, in unserem Fall, mit seinen philosophischen Arbeiten zu tun. Wenn sich jemand politisch einmischt, hat er kein Recht, sich bei Gegenwind wehleidig auf sein geniales Werk zurückzuziehen."

„Wehleidig? Ein komischer Ausdruck, in diesem Zusammenhang."

Ich seufze. „Ich hab nicht von seinem Verschwinden geredet."

„Ich hab alles Material der Polizei übergeben. Die ganzen Drohungen, die Postings, die Vorfälle bei seinen Auftritten."

„Na super."

„Was sonst?"

„Dir ist aber schon klar, dass es mächtige Lobbys gibt, die nicht wollen, dass wirklich was für den Klimaschutz passiert?"

„Und was hat das jetzt damit zu tun?"

„Die freuen sich, wenn Leute von der Klimabewegung verdächtigt werden."

„Es ist mir egal. Er hat brutale Drohungen bekommen. Deswegen haben sie ihm auch bei den Auftritten Personenschutz gegeben."

„Ölindustrie, durchgeknallte Klimawandelleugner – wären doch auch plausible Möglichkeiten, oder?"

Nadine starrt mich aus ihren grauen Augen an. „Ich will, dass man ihn findet."

Lilli hat in den letzten Tagen viel öfter schlechte Laune als sonst. Ich war mit ihr schon bei der Kinderärztin, die sagt, sie sei ganz in Ordnung. Und Menschen, auch kleine, hätten nun einmal Phasen. Vielleicht ist sie zornig, weil sie immer noch nicht gehen kann. Sie ist kräftig, sie richtet sich auf, aber sie schafft keinen Schritt. Die Kinderärztin hat geschmunzelt, als ich ihr das gesagt habe. Ich solle mir keine Sorgen machen, auch Lilli werde lernen zu gehen. Physisch stehe jedenfalls nichts dagegen. Und psychisch? Noch einmal: Ich solle mir keine Sorgen machen. Keine Sorgen. Das ist leicht gesagt.

Zwei Ermittler der Gruppe „Leib und Leben" befragen mich im Zusammenhang mit dem Verschwinden von Benjamin Koren. Ich will nicht, dass sie zu mir in die Wohnung kommen. Ich will sie auch nicht in den Räumen von *CHANCE*, also sitze ich in ihrem trostlosen Büro. In die Jahre gekommene Architektur für Amtsgebäude, die Zimmerpalme wirkt, als würde sie am liebsten davonlaufen. Es sei inzwischen klar, dass ich die Zwischenfälle im Audimax organisiert habe. Und vielleicht sei es kein Zufall, dass der Professor ausgerechnet vor dieser Talksendung verschwunden ist. Was ich geplant hätte?

„Ich habe geplant, mit ihm zu diskutieren. Wenn ihn das schon in die Flucht schlägt …"

„Davon ist nicht auszugehen." Der Blonde im Jeanshemd sieht mich spöttisch an.

„Nadine Gabler hat Ihnen alle Unterlagen gegeben, ich arbeite mit ihr zusammen."

Hochgezogene Braue. „Tun Sie? Frau Gabler hat uns erzählt, dass Sie sich im Fernsehstudio kennengelernt haben."

„Und? Ich habe jeden Grund herauszufinden, was mit dem Professor geschehen ist. Schon damit …"

„Schon damit was?"

„Damit die falschen Verdächtigungen aufhören. Schauen Sie sich doch lieber bei denen von *ProPatria* um!"

„Was wissen Sie über die?"

„Dass sie die Klimakrise für ein Komplott von linken Zellen und Meinungsdiktatoren halten, um die angeblich freie Welt zu zerstören."

„Die angeblich freie?"

Ich sehe den Blonden empört an. „Worum geht's jetzt? Um Kapitalismuskritik?"

„Vielleicht doch. Sie haben bei ihm Vorlesungen besucht."

„Vor zehn Jahren. Und deswegen bin ich verdächtig und er ist verschwunden!"

Der zweite Ermittler streicht sich über seine Glatze. Sie ist sicher rasiert. Eine dieser modernen Glatzen, die Männer mit sonst schütterem Haar potenter aussehen lassen sollen. Fast sehne ich mich nach den Locken von Benjamin Koren. „Niemand hat gesagt, dass Sie verdächtig sind. Wenn Sie allerdings nicht alles sagen, was Sie wissen, machen Sie sich mitschuldig. Verstanden?"

Ich stehe auf. „Verstanden."

„Und?"

„Ich habe alles gesagt."

„Denken Sie an Ihre kleine Tochter."

Ich kann mich gerade noch zurückhalten, ihn anzuschreien. Zweimal durchatmen. Ganz ruhig. „Das mache ich. Genau das mache ich."

Anmerkungen zur Rede auf der Automobilmesse in Frankfurt.

Ich habe die Einladung akzeptiert, weil ich davon überzeugt bin, dass Mobilität eine Errungenschaft unserer Zivilisation ist, egal, ob wir sie als „sogenannte" bezeichnen oder ob wir finden, dass man tatsächlich von einem gemeinschaftlich orientierten Fortschritt der Menschheit sprechen kann (! Thema einer eigenen Vortragsreihe! überlegenswert – auch evtl. Masterarbeit vergeben).

Außerdem wollte ich im Rahmen meiner Versuchsanordnung sehen, wie die verschiedenen Gruppen darauf reagieren. Kurz gefasst: so, wie zu erwarten war.

Namhafte Vertreter der Autoindustrie (übrigens einige im persönlichen Gespräch sehr sympathisch, G. K. sogar mit Selbstironie) haben sich gefreut. Deutlich zu spüren, dass sie sich verkannt fühlen. In ihrem Kosmos unternehmen sie sehr viel, um auch Klimaschutzziele zu erreichen. Dass nicht mehr geht, entschuldigen sie mit Verantwortung gegenüber Beschäftigten, aber auch Eigentümern/Aktionären. Über Geld, vor allem über ihres, wird nicht geredet. Scheint nicht wichtig, sie haben es und werden es immer haben. Selbst „Opfer" der letzten Skandale, die meisten nehmen ihre ehemaligen Kollegen als solche wahr, haben für den Rest ihres Lebens ausgesorgt – sofern sie nicht das Pech haben, in anderen Staaten angeklagt zu werden. FFF haben getan, was sie immer tun. Sehr gut organisiert, Securitys der Autoindustrie sind nicht leicht zu überwinden. Nach Gespräch mit H. K. (Gattin) habe ich den Eindruck, dass die FFF-Kids Hilfe aus den inneren Reihen der Autoclique hatten (sympathisierende Familienmitglieder). Wir haben an diesem Abend unser jeweiliges Spiel gut gespielt, alle waren unterhalten. Signifikante Mobilisierung von Klima-

schutzgruppen im Netz, aber auch außerhalb. Man hat ein zu-
sätzliches Feindbild, mich. Perfiderweise leugne ich die Klima-
erhitzung nicht, im Gegenteil, ich sage auch in diesem Vortrag,
dass es absurd ist, den Wissenschaftlern nicht zu glauben. Inte-
ressanterweise stößt bei den Klimaaktivisten die Störung ihres
Erdrettungsmythos auf größere Empörung als meine viel eher zu
kritisierenden Thesen über die Notwendigkeit des Individualver-
kehrs. Fakt ist, dass gerade die immer beschworenen Geringver-
dienenden von einem Ausbau des öffentlichen Verkehrs viel mehr
hätten als von niedrig gehaltenen Kosten für Flug- und Autover-
kehr.

G. K. bietet mir einen Konsulentenvertrag für die Zukunfts-
agenden (oder so ähnlich!) der Automobilindustrie an, der schwer
auszuschlagen ist, wenn man etwas für Geld und die damit ver-
bundenen Vorteile übrighat.

„Er hat gesagt, wenn ihm etwas zustößt, wird er deshalb noch
nicht schweigen." Nadine flüstert es beinahe.

„Warum hast du das in seinen Blog gestellt? Was habt ihr
vereinbart? Da läuft doch was!" Ich bin stinksauer. Benjamin
Koren spielt mit uns. Heute früh sind seine Anmerkungen zur
Rede vor den Vertretern der Autobranche aufgetaucht. Im Blog
auf seiner Homepage. Natürlich haben sie sich in Windeseile
verbreitet. Samt spöttischen bis bösen Kommentaren.

Sie schüttelt den Kopf, dass ihre blonden Haare nur so fliegen. Sollte das mit ihrer Masterarbeit schiefgehen, kann sie als
Frisurenmodel arbeiten. Immerhin. „Ich habe nichts gewusst,
gar nichts. Das ist einfach … aufgetaucht. Ich hab es über die
Leute an seinem Institut erfahren. Und die sagen, sie waren es
auch nicht. Er hat sich selbst um seine Homepage gekümmert.
Da hat keiner Zugang gehabt."

„Und wo steckt er? Oder bloggt er aus dem Jenseits?" Es tut
mir in der Sekunde leid, in der ich es gesagt habe.

„Es ist vielleicht … sein Vermächtnis … für mich.“

„Kann es sein, dass sich gar nicht alles um dich dreht? Nicht einmal seine Welt?“

„Meine Masterarbeit … Es ist … Es wäre darum gegangen … Warum bist du so wütend?“

Ich atme so tief aus, dass mir schwindlig wird. „Weil nichts zusammenpasst. Er ist verschwunden und er bloggt.“

„Entführer? Was, wenn sie ihn entführt haben?“

„Und zum Bloggen zwingen?“

„Irgend so was …“

Mein Bruder Fran hat eine Softwarefirma, er war schon in der Schulzeit ein Computerfreak. Er muss herausfinden, wer den Eintrag gemacht hat. IP-Adressen, Zugänge, Passwortabfragen, etwas in der Art. Vielleicht kann er sich in die Homepage von Benjamin Koren hacken. – Um was zu tun? Ihn zwischen Bits und Bytes zu finden?

Ich sehe die schöne Nadine so freundlich wie möglich an. „Wenn ihm etwas zustößt, wird er deshalb noch nicht schweigen – hat er das wirklich gesagt? Wann? Wo?“

„Das geht dich nichts an. Er hat es gesagt.“

„Nur dir?“

„Glaubst du mir nicht?“

„Du kannst es … falsch verstanden haben.“

„Du hältst nur dich für klug, was? Selbstgerecht seid ihr, das hat er immer wieder gesagt. Überheblich.“

„Der Typ von der Autolobby: Gibt es einen Konsulentenvertrag?“

„Keine Ahnung.“

„Also doch nicht so klug.“

„Das hat wohl nichts mit Klugheit zu tun!“

„Also ja, oder? Er war drauf und dran, viel Geld von ihnen zu nehmen, um …“ Ich stoppe. Wenn das so ist und wenn das jemand spitzgekriegt hat, macht das die Klimaaktivisten noch verdächtiger. Er hat gemeint, die von *Fridays for Future* hätten Kontakte direkt in die Autolobby gehabt. Kids von Autobossen, sie engagieren sich fürs Klima, sie bekommen über die Familie mit, dass Professor Koren sich kaufen hat lassen …

„Um was zu tun?", fragt Nadine. „Ich glaube das nicht."

Fran hängt sich mit seinem Freund Simon in die Homepage des Professors. Ich will gar nicht wissen, wie sie es machen. Simon gilt als Genie in Hackerkreisen, auch wenn er inzwischen im Zivilberuf Logistikchef von *Loco* ist, dem allerbesten italienischen Lebensmittelhandel. Nur Bio, kleine Produzenten, möglichst schonender Transport, all das.

Sein Ergebnis macht mich nicht glücklich, auch wenn es zumindest dieses Rätsel löst: Benjamin Koren hat die Anmerkungen schon früher geschrieben. Er hat sie so terminiert, dass sie sich von selbst auf seine Seite stellen, wenn er eine Woche lang weder bloggt noch postet, noch sonst mit seiner Provideradresse interagiert. „Wenn ihm etwas zustößt", hat Nadine gesagt, „wird er deshalb noch nicht schweigen." Wobei diese Notiz für ein Vermächtnis à la Koren doch ein wenig mau ist. Ich hätte mir Größeres, Bombastischeres erwartet. Eitleres eben. Er war immer … Ich schüttle den Kopf, auch wenn meine kurzen schwarzen Haare nicht so schön fliegen wie die von Nadine. Ich muss die Tränen aus meinem Gesicht kriegen.

Lilli schläft noch. Den Kopf auf die Seite gedreht, die eine kleine Faust geballt. Dein erster Kampf? Du sollst nicht kämpfen müssen, leicht sollst du leben, umgeben von Menschen, die dich so lieben, wie du es verdienst. Schöne Wünsche, ja. Aber was ich tun kann, werde ich dazu beitragen. Ich schleiche zum Laptop und fahre ihn hoch.

Willkommen auf der Homepage von Benjamin Koren. – Ob sich Denken lohnt? Wir sollten es ausprobieren!

Der Spruch kommt mir heute gar nicht so überheblich vor. Oder hätte er besser schreiben sollen: „Achtung! Denken kann gefährlich sein"? Eigentlich geht's nicht ums Denken, sondern um seine öffentlichen Äußerungen, darum, dass er sich falschen Freunden angedient hat, anstatt mit … Der Blog. Ein neuer Eintrag.

Anmerkungen zum Vortrag „Konsumkarussell" im Audimax.
Die Menschen werden am wütendsten, wenn man ihren Lebensstil kritisiert. Das trifft sie unmittelbar, stärker als Kritik an ihrer öffentlichen bzw. politischen Meinung. Und es ist einigermaßen egal, um welche Menschen es sich handelt. Klimaschützer reagieren ähnlich wie die schlagenden Burschenschafter. Es ist nicht angenehm, Applaus von der falschen Seite zu bekommen. Ich habe mit Verschwörungstheoretikern so wenig gemein wie mit dummen Menschen, die Tatsachen leugnen, nur weil sie ihnen nicht ins Leben passen. Wenn Kinder die Augen schließen, damit man sie nicht sieht, ist das ein Spiel, sie spielen Nicht-gesehen-Werden, aber sie wissen, dass man sie sieht. Bei den Anhängern gewisser Politiker und ihrer Ideologien ist es kein Spiel. (! Zusammenarbeit mit Entwicklungspsychologen – ab wann erkennen Kinder, dass man sie sieht, auch wenn sie die Augen schließen???)
Dumme Postings prallen an mir ab, nicht weil ich, wie mir manchmal vorgeworfen wird, so eitel wäre, dass ich glaubte, über allem zu stehen. Sondern weil sie zu weit weg von meiner Realität sind. Ich habe sogar eine gewisse Schadenfreude für die, die so viel Zeit ihres Lebens vergeuden, um mich zu beschimpfen oder mir zu drohen. Mich beunruhigen die Leibwächter mehr als die Bedrohung, vor der sie mich beschützen sollen. Vielleicht machen sie mir die Bedrohung aber auch physisch deutlich. Natürlich fordere ich Unmut heraus, das ist der Zweck meiner Versuchsanordnung. Ich hoffe, ich kenne die Grenzen. Habe in letzter Zeit das

Gefühl, verfolgt zu werden. Vor allem beim Joggen und wenn ich allein unterwegs bin. Ich bin kein Held.

Wenn ich die neue Verzichtskultur kritisiere, auch wenn sie nur von einer verschwindend kleinen Minderheit praktiziert wird, treffe ich die meist jungen Menschen doppelt. Weil sie ebenso wie die anderen gelernt haben, mehr zu wollen, und weil sie zumindest gelobt werden wollen, wenn sie wegen vorgeblich größerer Interessen trotzdem anders handeln. Verzicht, der darauf aufbaut, dafür auf andere Weise Belohnung zu bekommen, ist keiner – stimmt die These, oder bin ich zu sehr vom christlichen Konstrukt des Verzichts geprägt? (!! Gutes Hausarbeitsthema!!)

Als ich gesagt habe, dass sie Smartphone und vegane Pizza ja doch nehmen, war der Aufschrei der jungen Klimabewegten am größten. Spätestens ab diesem Zeitpunkt war mir klar, dass die Hinweise, es könne zu geplanten Störaktionen kommen, stimmen dürften. Leider habe ich es nicht mehr geschafft, die Vegan-Verzichtler extra zu bedenken: Sie sagen uns, wir sollen keine tierischen Produkte essen, aus Respekt vor den Mitlebewesen. Sie werfen uns ein menschenzentriertes Weltbild vor, Mensch Krone der Schöpfung, etc. Dabei: Gerade sie beschränken ihre Weltsicht auf den Menschen. Sonst könnten sie nie behaupten, dass die Klimaerhitzung die ultimative Welt-Katastrophe wäre. Ende der Menschheit nicht auszuschließen, Ende der Erde (zumindest dadurch vorgezogen) sehr unwahrscheinlich. Viele Gattungen hätten überlebt, wären die Menschen vor fünfzig Jahren ausgestorben.

Gedankenspiel: Sollte ich die Erde von mir befreien, um jemandem eine Freude zu machen? Hätte er/sie/es Freude? Oder nur einen wichtigen Feind weniger? Wodurch werden Argumente stark? Durch Gleichklang oder durch Widerspruch?

Der Apfel im Gesicht hat mich nicht wirklich getroffen, eher schon die Wut. Ist es die Wut auf den Überbringer der schlechten Nachricht? Wobei, kollektive Wut ist deutlich leichter zu verkraften als individuelle.

Als Wanderer zwischen den Welten könnte man sich auf einen Außenposten zurückziehen und denken.

Ich bleibe sitzen, bis ich merke, dass ich zittere. Das Schlafshirt ist zu dünn. Ich sollte mich an die Fakten halten. Er hatte den Eindruck, er wird verfolgt. Von wem? Warum hat er es nicht geschrieben, wenn er uns schon etwas hinterlassen wollte? Davor hat er über die dummen Klimawandelleugner geschrieben. Gibt es einen Zusammenhang? Kann ich etwas Offensichtliches nicht erkennen? Der Apfel habe ihn nicht wirklich getroffen, sondern die Wut. Kann sein, nur dass ihn die nicht auf dem Gewissen hat. Versuchsanordnung. Offenbar hat er das alles als Versuchsanordnung verstanden. Seine Auftritte, seine Thesen. Die Reaktionen darauf. Wenn das nicht eitel ist, dann weiß ich nichts. Am liebsten hätte er wohl, die ganze Welt spielt sein Spiel. Oder ist es doch Wissenschaft? Zulässig, um der großen Antwort näher zu kommen, wie unsere Welt tickt? *The answer to universe, life and everything.* In meinem Lieblings-Sciencefiction-Roman *Per Anhalter durch die Galaxis* klärt das der größte aller Computer nach fast endlosen Rechenoperationen. Die Antwort ist *42*. Eine bessere gibt es nicht. Auch wenn Benjamin Koren es vielleicht versucht hat. – Indem er uns vorführt? Jana, kein Grund, selbst das Denken aufzugeben! Das hätte er auch nicht gewollt. – Was interessiert mich, was er wollte?

Als Wanderer zwischen den Welten könnte man sich auf einen Außenposten zurückziehen und denken. Ja, und dann sitzt du auf einem Felsen und einer gibt dir einen Schubs. Das war es dann mit dem Denken.

Ich klicke mich durch die Seiten. Neueste Nachrichten. In Afrika steht eine Eselart vor dem Aussterben, weil aus ihrer Haut ein Präparat der TCM gewonnen wird. Traditionelle chinesische Medizin. Man verweigert Fakten und glaubt an Gesundheit durch Eselshaut, Kollateralschäden werden in Kauf genommen. Und eine Celebrity ist in Wien gelandet. *Angesprochen darauf, dass sie in Zeiten der Klimakrise in einem Privatjet angereist ist, wurde die Schauspielerin dann ernst. „Ich bin mir sehr bewusst über die Problematik." Sie versuche auch in ihrem Leben, möglichst rücksichtsvoll auf die Probleme der Welt zu reagieren. Doch sei es in ihrem Beruf terminlich und aus Gesundheitsgründen nicht möglich, mit einem Linienflugzeug zu reisen.* Warum bitte sollte die Welt noch lange stehen?

„Ich kann dir nicht sagen, ob weitere Nachrichten kommen", sagt Fran am Telefon.

Ich beobachte Lilli, wie sie wieder einmal versucht, sich aufzurichten.

„Wir könnten den Zugang schließen, aber das willst du nicht, oder? Er hätte es auch nicht gewollt, offenbar hatte er das Gefühl, zumindest noch irgendwas sagen zu müssen."

Lilli steht wackelig und o-beinig, hält sich am Sofa fest und sieht mich an. Ich lächle ihr zu. „Könnt ihr nicht klären, woher die Anmerkungen kommen?"

„Vom Server, ganz einfach, er hat sie terminiert draufgespielt."

„Das hab ich kapiert, aber wer hat das für ihn eingerichtet? Ich glaub nicht, dass er ein Computerfreak war."

„Es ist über seinen Rechner gelaufen, wie sollte der eine Person erkennen? Angeblich machen sie das schon in China, Gesichtskontrolle auch beim Zugang zum Netz, aber da gibt's das noch nicht."

„China … Für die von *ProPatria* steckt so eine Art linker Weltverschwörung hinter der Klimakrise. Weil sie die freie Welt kommunistisch machen wollen."

„Voll irre."

„Von dort bis zu … einem möglichen Attentat ist es nicht weit."

„Nein. Wahrscheinlich nicht. Aber ebenso wahrscheinlich ist, dass sie bloß rumspinnen."

„Könnt ihr Nachrichten, die noch am Server sind, nicht früher online stellen? Oder auslesen? Ich hab das Gefühl, dass wir keine Zeit verlieren dürfen."

„Das Ganze ist sehr gut verschlüsselt. Viel ist nicht mehr da, das steht fest."

„Und wenn du den findest, der es eingerichtet hat?"

„Verschlüsseln können viele, es ist deutlich einfacher als zu entschlüsseln."

„Ihr seid die Besten!"

„Danke, Schwesterherz, hört man selten von dir. Aber logisch gedacht: Was soll es bringen? Wenn es wirklich irgendwelche Irren waren, dann ist es zu spät."

„Und wenn sie ihn entführt haben?"

„Warum? Das ist unlogisch. Die Idee hatten wir, als noch nicht klar war, dass seine Botschaften schon geschrieben waren, bevor er verschwunden ist. Und von wem entführt? Von ein paar *Fridays*-Kids in die sardischen Berge verschleppt, wie in den Siebzigerjahren, obwohl der Handyempfang damals noch kein Thema war?"

„Quatschkopf."

„Danke."

Lilli. Sie hat sich vom Sofa gelöst und torkelt auf mich zu. Armstrong und Mondlandung sind nichts dagegen. Ich strecke ihr die Arme entgegen, ganz langsam. Ich atme nicht, als könnte sie schon ein Windhauch … Lilli taumelt, aber bevor sie fällt, bin ich bei ihr. Wir feiern und quietschen gemeinsam. Die ersten Schritte, wer sagt, dass es nicht mehr als eine Welt gibt?

Eine Welt … Wanderer zwischen den Welten … Daran denke ich, als meine Süße am Nachmittag erschöpft schläft. Außenposten … Ich hab mit Mam die große Neuigkeit besprochen, mit Onkel Fran, ich habe sogar Fotos gemacht, als Lilli es gleich noch einmal probiert hat. Zwei Mal Fehlanzeige, aber ganz ohne Gequengle. Eher konzentriert, erpicht darauf, das Gefühl wiederzufinden für das große Neue. Und dann die nächsten Schritte. Natürlich werde ich nichts online stellen, dazu ist es viel zu kostbar.

Eine Nachricht über den Messengerdienst, den Fran für halbwegs sicher hält.
Wir haben was rausgeholt, das eigentlich erst morgen hätte kommen sollen. Ist nur ganz kurz:
„Denken kann gefährlich sein. Vielleicht ist es eitel, nicht davon lassen zu wollen. Vielleicht hilft es, dorthin zu gehen, wo man noch nicht war. Nach-Denken statt Vor-Denken. Karge Berge.“
Ziemlich cooler Spruch am Ende!

„Nadine, hat er irgendwann einmal etwas von Sardinien gesagt?“
„Von Sardinien? Wie kommst du darauf?“
„Textanalyse.“
„Was jetzt?“
„Egal, Hat er?“ Wir stehen in meinem Vorzimmer, ein kurzer Gang, mehr hoch als breit oder lang, Altbauwohnung eben. Ich habe sie gedrängt, sofort vorbeizukommen.
„Er hat nichts geschrieben von Sardinien.“
„Ja. Noch einmal: Hat er etwas erzählt?“
„Ich … Ich glaube, er hat einmal gesagt, dass er schon fast überall war, aber dort noch nicht. Obwohl er dort irgendwelche Verwandten hat. Er ist ja zum Teil Italiener, merkt man auch, finde ich. Sardinien soll großartig sein.“

„Ja. Ist es."

„Warum fragst du? Glaubst du, dass er in Sardinien ist? Die haben Fabrizio de André entführt."

„Vor vierzig Jahren."

„Benjamin hat seine Musik sehr gemocht."

„Ich weiß, aber darum geht es nicht."

„‚Ich weiß'? Woher weißt du?"

„Ich hab's gelesen, okay?"

„Warum glaubst du, dass er dort ist?"

„Wo ist er üblicherweise hin, wenn er sich zurückgezogen hat?"

„Keine Ahnung. Da hat er sich eben zurückgezogen, Sardinien war es nicht. Das wär zu weit gewesen. Einmal war er in Genua, hat er nachher erzählt, da hat er Freunde."

„So gut kennst du ihn also doch."

„Kann dir doch egal sein. Wenn du nach Sardinien willst, musst du fliegen. So eine wie du fliegt nicht. Sonst wird sie ausgeschlossen aus der heiligen Community. Wenn du was weißt, musst du es mir sagen."

Ich schüttle den Kopf. „Ich habe keine Ahnung, das ist die Wahrheit." Für einen Moment drücke ich Nadine an mich, gebe ihr einen Kuss auf die Wange. Keine Ahnung, wer von uns verwunderter darüber ist.

Natürlich bin ich geflogen. Es gibt keine absoluten Wahrheiten. Aber Notwendigkeiten. Mam schaut auf Lilli. Ich will, wenn es irgendwie geht, morgen wieder zurück sein. Was hat er über den zivilisatorischen Fortschritt durch Mobilität gesagt? Jedenfalls helfen Flugzeuge, meine These deutlich schneller zu überprüfen, als das sonst möglich wäre. Der schnellste Weg, nämlich moderne Kommunikationstechnologie, fällt aus. Dort, wo ich hinwill, gibt es noch immer keinen Handyempfang. Ich hab es geklärt. Ich habe versucht, so wenig wie möglich zu denken.

Mich einfach auf die Reise zu konzentrieren. Umsteigen in Rom, Anschlussflug nach Cagliari, Leihwagen bei Locauto, Straßenkarte, weil das Navi angeblich nicht ganz zuverlässig ist in der Barbagia, dem sardischen Hochland. Unfassbar, dass diese Straßen asphaltiert sind. Ein schmales Band den Berg hinauf, den nächsten wieder hinunter. Man würde sich über Esel weniger wundern als über Autos. Hin und wieder überholt eines, egal, wie nah die nächste Kurve ist. Abzweigung. Wieder einen Berg hinauf. Schroffe Felsen, grüngraues karges Gras auf der Hochebene. Und dann keine befestigte Straße mehr. Ich stoppe. Sehe auf der Karte nach. Stimmt. Einige Kilometer, dann soll Birri kommen. Das Navi wollte mich schon lange dazu bringen, umzukehren. Ich habe es ausgeschaltet. Ich muss langsam fahren. Ich kann ohnehin nicht anders. Ein Geländewagen wäre besser gewesen. Zu spät. Atemberaubende Aussicht. Ein großer Vogel kreist, der klarste blaue Himmel, den ich je gesehen habe, Felsengipfel, die Hochebene längst unter mir, zwischen zwei Bergen der Blick auf das Meer. Weiter. Birri. Tatsächlich. Es gibt ein Ortsschild, auch wenn es schon reichlich verwittert ist. Steinhäuser, Straße aus Kopfsteinpflaster, Steinkirche. Weiß verputztes Lebensmittelgeschäft. Die Bar. Mehr als eine wird es hier nicht geben. Sein Großonkel ist neunzig. Er ist Bildhauer und er betreibt die Bar in Birri. Noch eine Gemeinsamkeit, die Sehnsucht nach diesem Außenposten Europas, haben wir damals gesagt. Im Camp im Libanon.

Ich parke mein Auto hinter einem roten Fiat und drücke die Tür auf. Ich kann kaum etwas erkennen nach dem gleißenden Licht.

Ein schlanker, sehr aufrechter Mann sieht mich an. Nicht auszumachen, wie alt er ist, wie er reagiert. Benjamin Koren ist es jedenfalls nicht. Ich will etwas sagen, mein Italienisch ist noch ganz gut. Er macht eine Handbewegung und ich schweige. Er geht.

Und in der Tür steht Benjamin.

„Du bist einfach abgehauen."

„Ist nicht verboten. Ich habe mich quasi der Welt entzogen. Zumindest eine Zeit lang."

„Du weißt, dass dich alle suchen?"

„War anzunehmen."

Mit einem Mal werde ich wütend. „Was ist das? Noch eine Versuchsanordnung?"

„So etwas Ähnliches. Ich war mir nicht sicher, ob du kommen willst."

„Willst? Was glaubst du, wer du bist?"

„Warum hast du mir nicht gesagt, dass wir eine Tochter haben?"

Auch wenn der einen oder dem anderen Orte, Situationen oder Randfiguren bekannt vorkommen mögen: Die Handlung aller meiner Erzählungen ist frei erfunden. Ich habe mir die Freiheit gegönnt, meine reale Welt mit Spielformen der Fiktion zu verknüpfen.

DANKE

Bei diesen doch sehr unterschiedlichen Erzählungen würde der Dank für so vielfältige Unterstützung und Inspiration ein weiteres Buch füllen, deshalb nur einige Namen, stellvertretend: Joe, Ludwig, Marylou, Claudia, Manfred, Joschi, Gerda, Rotraut, Michi, Ettore, Maria, Luisa, Giuliano, Luca. Und natürlich DANKE an Ernest, mit dem ich heuer fünfundzwanzig Jahre verheiratet bin, auch dafür, dass du in dieser Zeit fünfundzwanzig Manuskripte als wichtigster und erster Leser betreut hast. Viele weitere werden hoffentlich folgen.

Auf unsere gemeinsamen Abenteuer – und die im Kopf!

Von Klimakrise und anderen Herausforderungen – Eva Rossmann liefert Fakten und mörderische Spannung.

HEISSZEIT 51
Ein Mira-Valensky-Krimi

ISBN 978-85256-789-1
E-Book ISBN 978-3-99037-099-5

Heißzeit – Gar nicht so einfach, die Welt zu retten.

Jahrhunderthochwasser auf dem Markusplatz in Venedig. Das weiße Sweatshirt liegt eng an Julias durchnässtem Körper, sie hält ein Schild hoch: CHANCE! Die Bilder gehen um die Welt, Millionen folgen ihr auf Instagram. Einen Tag später ist die Klimaschutzheldin tot.

„Themen, die unsere Gesellschaft bewegen." Salzburger Nachrichten

Die Mira-Valensky-Serie
im Hardcover und als E-Book

„Aufregend bis zur letzten Seite." BRIGITTE

Wahlkampf ISBN 978-3-85256-332-9; E-Book ISBN 978-3-99037-000-1

Ausgejodelt E-Book ISBN 978-3-99037-001-8

Freudsche Verbrechen ISBN 978-3-85256-163-9; E-Book ISBN 978-3-99037-002-5

Kaltes Fleisch ISBN 978-3-85256-220-9; E-Book ISBN 978-3-99037-003-2

Ausgekocht ISBN 978-3-85256-251-3; E-Book ISBN 978-3-99037-004-9

Karibik all inklusive E-Book ISBN 978-3-99037-005-6

Wein & Tod ISBN 978-3-85256-311-4; E-Book ISBN 978-3-99037-006-3

Verschieden ISBN 978-3-85256-345-9; E-Book ISBN 978-3-99037-007-0

MillionenKochen ISBN 978-3-85256-378-7; E-Book ISBN 978-3-99037-008-7

Russen kommen ISBN 978-3-85256-444-9

Leben lassen ISBN 978-3-85256-496-8; E-Book ISBN 978-3-99037-009-4

Evelyns Fall ISBN 978-3-85256-528-6; E-Book ISBN 978-3-99037-010-0

Unterm Messer ISBN 978-3-85256-575-0; E-Book ISBN 978-3-99037-011-7

Unter Strom ISBN 978-3-85256-605-4; E-Book ISBN 978-3-99037-012-4

Männerfallen ISBN 978-3-85256-629-0; E-Book ISBN 978-3-99037-035-3

Alles rot ISBN 978-3-85256-648-1; E-Book ISBN 978-3-99037-040-7

Fadenkreuz ISBN 978-3-85256-668-9; E-Book ISBN 978-3-99037-046-9

Gut, aber tot ISBN 978-3-85256-698-6; E-Book ISBN 978-3-99037-059-9

Im Netz ISBN 978-3-85256-752-5; E-Book ISBN 978-3-99037-081-0

Heißzeit 51 ISBN 978-3-85256-789-1; E-Book ISBN 978-3-99037-099-5